TANJA JESCHKE

Svendborg 1937

Product footprint
CO_2 Neutral
PBN-CFMCP-015258
www.preferredbynature.org

FSC
www.fsc.org
MIX
Papier aus verantwortungsvollen Quellen
FSC® C014138

Grafische Gestaltung: Dorothea Löcker, Wien
Umschlagabbildung: © Magdalena Russocka/Trevillion Images
Druck und Verarbeitung:
FINIDR, s.r.o., Český Těšín
ISBN: 978-3-7117-2128-0

Informationen über das aktuelle Programm
des Picus Verlags und Veranstaltungen unter
www.picus.at

TANJA JESCHKE

Svendborg 1937

Roman

PICUS VERLAG WIEN

Sie wollten entrinnen den Schlachten
Dem ganzen Nachtmahr
Und eines Tages kommen
In ein Land, wo Frieden war.

BERTOLT BRECHT,
Kinderkreuzzug 1939

Die Aufgabe der Emigranten ist die schwerste, aber auch die wertvollste, die es heute gibt. Wie Samen und Keime der Freiheit wehen sie über die Grenzen und bereichern die Kultur der Länder, wo sie Obdach finden. Jedes Land sollte mit offenen Armen die Emigranten aufnehmen – und dazu dankbar sein!

MARTIN ANDERSEN NEXØ,
Brief vom 15.6.1939 an Otto Piehl

Die Reise

Meret Dinkelspiel trägt ein lachsfarbenes Sommerkleid mit winzigen weißen Standuhren darauf und einem Gürtel aus geflochtenem Leder. Das Kleid hat einen weißen Kragen und zwei große Taschen, in denen Meret ihre Hände vergräbt, während sie im Zugabteil am Fenster sitzt und der ständig entschwindenden Landschaft draußen nachschaut. Die Hügel und Felder sehen aus wie ein riesiges Tuch, das sich im Wind bauscht. Was mag sich unter so einem Tuch verbergen? Nichts verbirgt sich darunter, nichts, nur Erde. Deutsche Erde, die braun ist.

Meret ballt in ihren Taschen die Hände zu Fäusten.

In Dänemark steht ein Haus. Die alte Freundin der Großmutter wohnt darin. Die verwitwete Tante Gertrud. Sie ist dem Vater eingefallen, als er darüber grübelte, wohin sie im Sommer gehen könnten. Als ginge es nur um den Sommer, um Sommerferien. Die Sommerferien verbringen im Jahre 1937, das ist etwas ganz anderes als die Sommerferien verbringen im Jahre 1932.

1932 in Tirol. Jeden Morgen hatte ein frisch gebackenes Brot auf der Bank vor dem Haus gelegen. Manchmal eine Schale mit Himbeeren oder schwarzen Johannisbeeren. Die Bäuerin hatte sie gut versorgt. Eiskalt war nur der See gewesen. Und die Berge hatten alles mit einem stolzen Schweigen umgeben.

Aber schon 1933 war es dann anders, am Staffelsee in Murnau. Sie hatten dort eine schöne Ferienwohnung, Gabriele Münter, mit der der Vater befreundet war, hatte sie ihnen beschafft. Die Münter hatte sie in ihr Haus eingeladen, am ersten Tag gleich, hatte Grießknödel für sie gemacht, die sie mit gerösteten Sonnenblumenkernen und Brombeersauce auf grünen Tellern servierte, und ihnen ihre neuen Bilder gezeigt, die die Mutter besonders mochte. Aber dann hatte die Münter mit den Eltern nur von Hitler gesprochen, und die dreizehnjährige Meret war mit dem wenige Monate alten Brüderchen Friedrich auf dem Arm auf die Wiese vor dem Haus gegangen und hatte das Gesicht des Kleinen betrachtet und ihn über die Maßen lieb gehabt. Der Vater hatte am nächsten Tag die Zeitung sogar mit aufs Boot genommen, hatte dann vor lauter Zeitunglesen die Segel nicht gesetzt, weiß und schlaff hingen sie herab, bis Ricarda, die damals fünfzehn war, mit ihren starken, braun gebrannten Armen sich die Aufgabe vornahm. Ehe der Vater umblättern konnte, trotzten die Segel schon der steifen Brise. Und los ging es.

Auch in den Sommern 1934 und 1935 sind sie in Murnau gewesen, sind auf den See hinausgefahren, sogar noch 1936, da hat die Mutter den dreijährigen Friedrich an den Hosenträgern festgehalten, er hing ihr zu weit über die Reling, aber sie lachte dabei. Und wäre er ins Wasser gefallen, hätte sie sich mit Schwung über die Reling gestürzt, ihm nach, und hätte ihn gerettet, und Friedrich wäre nass wie ein Hündchen von ihr aufs Deck geschubst worden.

Diese Jahre sind lang vorbei, als wären es nicht ein oder zwei, sondern zehn Jahre. Meret fühlt sich viel älter inzwischen, viel älter als die schlanken siebzehn, die sie alt ist. Ricarda ist neunzehn. Aber auch sie kommt Meret älter vor. Meret sieht zur Schwester hinüber. Sie trägt ihr Haar kurz, seitdem sie mit Kurt-Anselm befreundet ist, dem Geiger aus ihrem früheren Orchester. Er ist inzwischen Student an der Musikhochschule München. Ricardas Cello liegt oben im Gepäcknetz. Immer wieder steht Meret auf und schaut nach, ob es nicht verrutscht ist. Es darf nicht herunterfallen. Ricarda ist sowieso nicht einverstanden damit, nach Dänemark zu reisen. Und Meret? Ist sie einverstanden? Na, gegen ein Spiel, ein Sommerferien-Spiel hat sie nichts einzuwenden. Meret spielt nicht Cello, sie spielt Ferien. Mit siebzehn geht alles, denkt sie.

Flensburg, Hauptbahnhof. Die Sonne geht eben unter. Sie schickt schräge, blendende Strahlen ins Abteil. Jetzt ist es noch wärmer als vorher. Und der Mann, der mit ihnen im Abteil sitzt, möchte das Fenster nicht geöffnet haben. Draußen bellen mehrere Hunde. Ein blutjunger Uniformierter erscheint an der Tür, schiebt sie auf, Ausweiskontrolle!, ruft er und betrachtet die Familie Dinkelspiel mit seinem bubenhaft zögernden Blick. Die Mutter lächelt ihn an. Sie hat sich vorhin noch die Lippen kirschrot angemalt. Friedrich beobachtet den Mann, und der bleibt einen zu langen Augenblick an seinem Gesicht hängen. Friedrich hat schräg gestellte Augen, er lächelt freundlich und mit geöffnetem Mund, aus dem seine Zunge speichelnass heraushängt. Der Vater hält seine Hände auf dem Schoß gefaltet und guckt blinzelnd geradeaus. Hinter dem Futter im Kofferdeckel hat er das Bild von Mitsch-Forch verstaut. Das einzige, das er noch nicht verkauft oder versteckt hat auf den Dachböden seiner Freunde. Er ist Kunsthändler. An diesem Bild klebt jetzt sein Beruf. Es passte gerade so in den Deckel des großen Koffers. Zwei Schichten Butterbrotpapier hat die Mutter absurderweise darüber befestigt. Das ist unsere Lebensversicherung, hat der Vater gesagt.

Jetzt entdeckt Meret, dass der Uniformierte eine Hasenscharte hat. Sie starrt darauf, auf seinen groben Fehler, während der Vater ihm die Papiere gibt, die er fordert. Nur Ricarda lässt sich nichts anmerken, nichts von der Spannung, die immer dann entsteht, wenn es vermutlich darum geht, dass sie eine jüdische Familie sind, wo doch jetzt das genaue Gegenteil verlangt ist. Ricarda macht einfach etwas anderes. Sie schaut aus dem Fenster und fängt an zu summen. *Sah ein Knab ein Röslein stehen.* Sie summt extra falsch, laut und gekonnt arglos.

Als der Zug wieder anfährt, sind die Backsteinhäuser ringsum in Licht getaucht und es sieht aus, als blühten Rosen überall.

Der Zug rollt in die sommerliche Dämmerung der Juninacht. Eine Müdigkeit hat sich im überhitzten Abteil ausgebreitet. Vater, Mutter, Friedrich, Ricarda und Meret hängen verschwitzt in ihren Sitzen, der fremde Herr in der Ecke hat sein Buch zur Seite gelegt und die Augen geschlossen. Die Nachtfahrt hat begonnen. Dänemark rückt näher, je näher, desto unwahrscheinlicher. Meret weiß genau: Es ist kein Spiel. Es ist etwas anderes. Aber sie weiß nicht was, und das weiß keiner, und sie schließt die Augen und schläft ein.

Mitten in der Nacht umsteigen, dann lange warten im Wartesaal eines kleinen dänischen Bahnhofs, es riecht nach kaltem Zigarettenqualm. Ricarda liegt halb über ihrem Cellokasten auf der Holzbank und schläft. Meret geht auf die Suche nach einem Wasserhahn, sie hat Durst, der Vorrat an Wasser ist erschöpft, sie ist selbst erschöpft, sie verlässt ihre Familie und läuft in der dunklen dänischen Sommernacht auf dem Bahnsteig herum, es ist immer noch warm. Der Mond steht am schwarzen Himmel, stumm und mitwisserisch. Meret schickt einen kleinen Blick zu ihm hinauf. Der Mond kommt ihr unendlich vertraut vor. Einen Wasserhahn findet sie nicht.

Als sie zurück in den Wartesaal kommt, ist der Vater ärgerlich auf Friedrich, der heult und Hunger hat. Die Mutter hält ihn am Arm fest, damit er sich nicht losreißt. Ricarda hebt ihren Kopf vom Cello und zischt: Sei still, Friedrich, es gibt nichts mehr. Dabei stimmt das gar nicht: Die Mutter teilt saure Bonbons aus. Genau das Richtige mitten in der Nacht, denkt Meret, während sie im Mund Saft produziert. Sie findet diese Reise in diesem Moment gar nicht so schlecht.

Der Zug kommt.

Um wer weiß wie viel Uhr erreichen sie Odense.

Hans Christian Andersen!, flüstert die Mutter.

Die anderen reagieren nicht.

Hat hier gelebt! Sie sagt es wie eine Beschwörung von etwas und presst das Gesicht an die schwarze Fensterscheibe.

Und noch immer nicht am Ziel.

Aber endlich ruft der Schaffner *Svendborg!* durch die Nacht, mit heiserer, gleichgültiger Stimme. Svendborg. Meret nimmt es zur Kenntnis wie eine mittelmäßige Schulnote. Sie will es plötzlich nicht glauben, dass sie am Ziel sind. Was für ein Ziel soll das sein?

Sie steigen aus, stehen da mit ihrem Gepäck.

Die Mutter fängt an zu weinen, ganz still.

Meret hat es ja gewusst: Sommerferien werden das nicht.

Ricarda öffnet ihren Koffer und zerrt ihre blaue Wolljacke hervor. Meret macht es ihr mechanisch nach, findet ihre Jacke aber nicht. Sie nimmt einfach das nächstbeste Kleidungsstück, ein Pyjamaoberteil, zieht es über, es ist frisch hier. Ein Wind weht.

Seewind, sagt die Mutter.

Morgenwind, sagt Ricarda und hält ihr Gesicht in die Böen, und Meret findet, das klingt wie eine verheißungsvolle Korrektur.

Das Haus

Es ist ein altes Haus aus hellgelb angestrichenem Holz, es steht im Niels Juels Vej. Ein Bogen von duftenden rosa Rosen über der Eingangstür, summend von Bienen. Die Tür muss immer sofort geschlossen werden, sagt die Tante, damit die Bienen nicht ins Haus einfallen. Sie führt die Dinkelspiels am ersten Tag durch das ganze Haus. Die große Diele. Ein weißes Schuhregal. Das ist mein ordentliches Schuhregal, sagt die Tante, ihr stellt eure Schuhe in eure Zimmer und zieht sie erst draußen vor der Haustür an.

Aber da stechen mich dann die Bienen, sagt Meret.

Nein, nicht wenn ihr betet, sagt die Tante.

Neben dem ordentlichen Schuhregal ein Hutständer für die Hüte der Tante. Und für den einzigen Hut des Vaters, der schon als Kind hier zu Besuch war und vieles wiedererkennt. An der Wand ein ovaler Spiegel, er ist so winzig, dass man darin nur entweder seine Nase oder seinen Mund oder seine Augen sehen kann, mehr nicht. Vermutlich ist er nur für das Gesicht der Tante gedacht, für die Hälfte vom Gesicht der Tante. Für die Dinkelspiel-Gesichter reicht er jedenfalls nicht.

Das ist mein Spiegelchen, sagt die Tante, ich brauche es, damit ich meine Zähne überprüfen kann, bevor ich das Haus verlasse. Man soll sich nicht selbst anschauen, sondern den Herrn.

Im Badezimmer gibt es keinen Spiegel.

Aber ich überprüfe meine Zähne immer beim Zähneputzen vor dem Spiegel, sagt Ricarda.

Zum Zähneputzen reichen Salz und Wasser, sagt die Tante.

Dabei hebt sie eine kleine Porzellanschale hoch, die neben dem Waschbecken auf einer Kommode steht.

Mein Salzschüsselchen, sagt sie. Ihr könnt mein Salz verwenden, aber wer das letzte Salz gebraucht hat, muss nachfüllen.

Es hört sich so an, als hätte die Tante sich viele Regeln überlegt für die Zeit mit den Dinkelspiels. Sie weiß sie alle auswendig und sagt sie auf je nach Bedarf. Und anscheinend hat sie oft Bedarf.

Die Dinkelspiels schlucken stumm, was die Tante sagt. Sie gehen ihr in die Küche, ins Musikzimmer und ins Wohnzimmer hinterher, das drei große Fenster in den Garten hinaus hat, kostbare Möbel, ein langes schmales Sofa, Fotos an der Wand, wahrscheinlich die Familie der Tante, und die Dinkelspiels gehören nicht dazu, sie sind Fremde für die Tante, auch wenn es diese deutsche Freundin gab, die aber schon längst tot ist, die Großmutter.

Ich bin ja auch Deutsche, sagt die Tante am Schluss der Hausführung, als sie jeden Winkel kennengelernt haben und jede Regel, auch die von der Vorratskammer, in der sich die Eier, der Zucker, der Honig und alle anderen Lebensmittel befinden außer den Kartoffeln, die natürlich im Kartoffelkeller lagern, den die Dinkelspiels auch stumm betrachten durften. Die Regel der Vorratskammer lautet: Finger weg. Es wird dreimal am Tag etwas zu essen geben, und das wird von der Tante zubereitet, also wird kein Bedarf sein, die Vorratskammer zu betreten. Der Herr sorgt gut für alle Menschen, sagt die Tante und dreht den Schlüssel um.

Aber Jüdin bin ich nicht mehr, sagt sie, ich habe mich protestantisch taufen lassen, noch in Köln damals, für meine Verheiratung mit meinem seligen Knud, war seit zehn Jahren nicht mehr in Köln und jetzt, wo ihr den bösen Mann der Ungerechtigkeit an die Macht gelassen habt, werde ich auch nicht mehr hinreisen. Ade schöner Dom!

Meret ist empört. Wer hat denn den Kerl an die Macht gelassen? Doch nicht sie, die Familie Dinkelspiel! Aber sie sagt nichts.

Er ist der Satan, flüstert die Tante, ich weiß es, der Satan! Er bringt Unheil über die Welt!

Die Dinkelspiels stehen still da, Ricarda gähnt laut.

Da öffnet der Vater endlich den Mund.

Du hast vollkommen recht, sagt er. Und deshalb sind wir ja auch hier.

Die Tante schaut ihn aus zusammengekniffenen Äuglein an und scheint etwas Bestimmtes zu überlegen. Dann nickt sie und sagt: Ich bin kein Engel, damit ihr das nur gleich wisst, ein Engel bin ich nicht, ich kann euch nicht erlösen, nur wohnen könnt ihr hier.

Das ist ja auch alles, was wir wollen, sagt die Mutter und legt ihr plötzlich den Arm um die Schultern. Danke, fügt sie noch hinzu, etwas gequetscht kommt es heraus, aber immerhin.

Die Tante macht noch immer ein mürrisches Gesicht.

Um eins gibt es Mittagessen. Gulasch.

Damit dreht sie sich um und verlässt mit lauten festen Schritten das Zimmer.

Hier wohnen ist nicht alles, was ich will, sagt Ricarda leise und mit bitterbösem Augenaufschlag. Ganz bestimmt nicht. Ich will etwas ganz anderes.

Ihre Worte fallen auf den weißen Teppich aus Schafwolle, auf dem sie immer noch alle fünf stehen und sich nicht regen. Als wüssten sie nicht den nächsten Schritt zu tun.

Worte wie Bullaugen

Jeden Vormittag übt Ricarda Cello. In der Zeit muss Meret ihr gemeinsames Zimmer verlassen. Ricarda übt eisern drei Stunden. Zuerst Etüden, dann Brahms. Immerzu seine zweite Symphonie. Wunderschön. Aber dann fängt sie an zu sägen. Das ist keine Musik mehr. Als würde sie Holz sägen, laut, hart, ohne jedes Gefühl kratzt sie auf ihrem Instrument herum, hin, her, kreuz, quer, verbissene Tonleitern, lang gezogenen Katzenjammer, wilde, bodenlose Geräusche.

Meret findet es grauenhaft. Aber die Eltern lassen Ricarda. Sie sagen: Sie muss sich austoben. Sonst geht es gar nicht mit ihr hier.

Die Tante, die in der Küche die ganze Zeit mit den Vorbereitungen der Mahlzeiten beschäftigt ist und sich nicht helfen lassen möchte, runzelt die Stirn zu dem Gekratze und Gekreische. Was macht sie da? Ricarda muss doch üben, sagt sie vorwurfsvoll, richtig üben, sehr gut werden muss sie, die Beste von allen, das wart ihr doch immer, ihr Juden.

Die Erleichterung des Vaters über den gelungenen Ortswechsel scheint riesig. Schon morgens beim Frühstück erzählt er ohne Sinn und Verstand einen Hitler-Witz nach dem anderen. Ein Zuviel an Hoffnung ist das.

Trifft ein Psychiater einen anderen Psychiater. Sagt der eine: Heil Hitler!, sagt der andere: Heil du ihn doch! Dabei lauscht der Vater seinen eigenen Worten nach und steckt sich schmunzelnd und nickend die Serviette in den Hemdkragen, während die anderen ein klein bisschen lachen.

Später setzt er sich in den Garten, ganz nach hinten beim

Holunderbusch auf die weiße Bank, und liest Zeitung. Er holt sich diese jeden Morgen um zehn Uhr von Herrn Vegesack, einem Deutschen aus der Nachbarschaft, der schon lange hier lebt, kein Emigrant, einer, der hier ein Schuhgeschäft hat, etwas Richtiges. Herr Vegesack ist gleich am zweiten Tag an der Tür erschienen, die Bienen wild im Rosenbogen summend, während er sich dem Vater vorstellte, ein alter Freund Knuds, wie dieser ein Quäker, bereit, seine deutsche Zeitung mit ihm zu teilen, kein Nazi-Blatt, natürlich nicht, sondern die *Frankfurter Zeitung*. Der Vater nickte zustimmend und wollte wissen, woher der Mann kam. Herr Vegesack sagte, er wohne in der Valdemarsgade. Aber nein, sagte der Vater, woher aus Deutschland. Ach so, aus Deutschland, sagte Herr Vegesack, aus Wuppertal, seine Frau sei Dänin, deshalb habe es ihn hierher verschlagen, schon 1914 vor dem Großen Krieg, er sei ein Glückspilz, schon immer einer gewesen, ein von Unglück und Krieg verschonter Mensch. Und nun bin ich auch ein Glückspilz, sagte der Vater, und kann jeden Tag die *Frankfurter Zeitung* lesen. Ganz richtig, sagte Herr Vegesack und nickte zufrieden. Keine einzige Biene stach, ganz ohne Beten.

Nach dem Mittagessen gehen die Eltern zu den Behörden in die Stadt. Meret muss dann auf Friedrich aufpassen. Sie spielt ein bisschen lustlos mit ihm im Garten. Eigentlich weiß sie mit der Zeit nichts anzufangen. Sie hat in Stuttgart eine große Bücherkiste vorausschicken lassen, mit all den Klassikern, die sie jetzt endlich lesen will: Goethe, Schiller, Kleist, die Droste, Mörike, die Manns, Klopstock, Heine, Rilke, auch Dostojewski und Tolstoi, Turgenjew und Puschkin, die halbe Bibliothek der Eltern hat sie in die Kiste gepackt. Ich werde viel Zeit dafür haben, hat sie zu Lisa Stubenrauch gesagt, ihrer besten Freundin, der sie hat versprechen müssen, ein Tagebuch zu führen über ihre Lektüre-Eindrücke. Dann können wir darüber reden, wenn du wiederkommst, hat Lisa Stubenrauch gemeint und Meret zum Abschied ein dickes Schreibheft mit blauem Leineneinband in die Hand gedrückt. Die Kiste steht oben in ihrem Zimmer, sie könnte gleich anfangen. Aber sich einen Platz suchen und hinsetzen und ein Buch aufschlagen, das geht noch nicht. Es sind ja auch keine Ferien. Sie hat das Gefühl, es ist gar nicht ihre eigene Zeit. Ist es nicht Ricarda, die alles bestimmt? Die Stimmung, die Tätigkeiten, die ganze Zukunft bestimmt Ricarda mit ihrem Cello, um das sich alles dreht. Solange sie ihr Cello spielt, ist alles noch fast wie immer und alles kann noch werden.

Manchmal setzt sich Meret mit Friedrich auf die Bank und liest ihm aus der Zeitung vor, die der Vater dort immer liegen lässt. Friedrich lauscht mit ernstem, stillem Gesicht und weit geöffnetem Mund, als würde er alles verstehen. Aber Meret lässt die gedruckten schwarzen Zeilen nicht in ihren Kopf vordringen. Sie prallen gegen die Mauer, die dort entstanden ist.

Der Mauerbau hat vor langer Zeit schon begonnen. Fertig war sie dann im April, als der Vater sagte: Wir müssen hier weg. Ein ungewöhnlich höflicher Nazi ist in seiner Galerie in der Kronprinzenstraße aufgetaucht, Wolfgang Willrich. Ich nehm mir dann mal, was ich brauche, hat er gesagt und sich die Bilder angeschaut, die Gemälde und Zeichnungen und die Aquarelle, hat sie genau betrachtet, dann die besten beschlagnahmt mit den Worten: Entartet, Herr Dinkelspiel, die haben keinen Wert mehr. Aber was geschieht mit ihnen?, hat der Vater entsetzt gefragt, obwohl er es genau wusste. Woraufhin der Mann mit völlig unverständlichem Frohsinn, der ihm über der Nase lag wie ein Wundverband, von der Ausstellung berichtet hat. Ab Juli in München, Herr Dinkelspiel, da stellen wir die Entarteten aus, in den Hofgartenarkaden werden sie hängen, und unser deutsches Volk wird erkennen, was heute nicht mehr passt. Dann hat Wolfgang Willrich den Vater aufgefordert, ihm bei der Verladung der Bilder zu helfen, der Lieferwagen draußen, der Vater, der seine Schätze hintragen muss, in der Eile nicht sorgsam genug verpackt, nur mit einfachem grauem Papier. Willrich, der seine Absätze zusammengeknallt und die Hand zum Hitlergruß gestreckt hat und abgefahren ist, der Vater, zurückgeblieben mit herabhängenden Schultern, die sich seither nicht mehr aufrichten lassen.

Wir müssen hier weg, so heißen die letzten Mauersteine in Merets Kopf. Vor der Mauer aber ist noch ein bisschen Platz, ein siebzehn Jahre junger Platz, darauf scheint die Sonne in den ersten Tagen warm vom hellblauen dänischen Himmel, an dem dicke Möwen flattern und kreischen. Es ist Sommer, denn hohe blutrote Malven stehen am Zaun, dessen weiße Farbe abblättert.

Meret kommt plötzlich auf den Gedanken, diesen Zaun anzustreichen. Sie erinnert sich dabei an Tom Sawyer, der sich daraus einen großen Spaß gemacht hat, als er den Zaun seiner Tante Polly streichen musste. Er hat seine Strafarbeit einfach umgewandelt in einen Gewinn.

Kann ich das nicht auch?, fragt sich Meret grüblerisch. Das hier umwandeln in einen Gewinn?

Sie geht zur Tante und erzählt ihr von der Idee, die schaut sie lange zögernd an und antwortet schließlich: Das lohnt nicht mehr.

Meret ist daraufhin so enttäuscht, dass ihr die Tränen kommen. Weil die Tante ihr Angebot abgelehnt hat? Weil sie so gern den Zaun mit frischer Farbe versehen hätte? Weil die Tante nicht Tante Polly ist und sie nicht Tom Sawyer? Oder weil es sich nicht mehr lohnt? Was lohnt sich nicht mehr, was?

Dann, denkt sie, lohnt sich doch auch Ricardas Cello-Üben nicht mehr.

Sie rennt hinauf in ihr Zimmer. Da am Fenster sitzt Ricarda am Cello in ihrem blauen Kleid mit den roten Tupfen, das Haar hochgesteckt, das Gesicht erhitzt, die Brille schief auf der Nase.

Hör auf!, schreit Meret die Schwester an. Das hält ja kein Mensch aus!

Ricarda lässt den Bogen erstaunt sinken. Dann legt sie ihn auf die Fensterbank neben sich, steht auf und nimmt Meret in den Arm.

Ja, sagt sie ganz ruhig, und deshalb werde ich auch nicht lange hierbleiben.

Meret erschrickt. Was willst du machen?, fragt sie und schüttelt die Schwester ab.

Gehen, gibt Ricarda patzig zur Antwort.

Aber wohin?, fragt Meret und spürt die Angst heraufkriechen.

Zu Kurt-Anselm, sagt Ricarda.

Das kannst du nicht, stößt Meret hervor und weiß es in diesem Augenblick zum ersten Mal selber ganz klar: Es ist unmöglich, zurückzukehren, der Satan ist an der Macht.

Ricarda, du kannst nicht mehr zurück. Meret weiß es nicht nur, sie ist auch so alt wie dieses Wissen, nämlich älter als Ricarda, älter als alle Menschen auf der Welt und allein.

Doch, sagt Ricarda, das kann ich.

Sie werden dich –, sagt Meret. Du weißt doch, warum wir hier sind. Weil es keine Chance mehr für uns in Deutschland gibt.

Ach, aber hier in diesem dänischen Nest soll es die geben?! Ricarda schnaubt zynisch durch die Nase.

Du musst hierbleiben, sagt Meret.

Ricarda schüttelt den Kopf.

Doch. Du musst versuchen zu bleiben, sagt Meret und merkt, wie sie anfängt zu betteln. Wenn sie diesen Punkt erreicht hat, ist es schon immer umsonst gewesen, worum es auch ging. Die bettelnde Meret und die erhabene, sich stets verweigernde große Schwester. Das alte Spiel. Meret muss ganz kurz lächeln. Und beendet es dann auf der Stelle. Und für einen winzigen Augenblick fühlt sie keine Bedrängnis, nur Freiheit.

Ich hatte vor, gar nicht erst in den Zug zu steigen, nicht einmal zum Bahnhof habe ich kommen wollen, sagt Ricarda. Aber vielleicht hätte ich euch dann nie mehr wiedergesehen.

Ja, nickt Meret und ist schon fast erleichtert, weil Ricarda so einsichtig ist.

Aber jetzt weiß ich, sagt Ricarda, dass es keine Lösung ist, hierzubleiben. Gar keine.

Die beiden Schwestern schauen einander an und blicken dann zu Boden. Meret denkt angestrengt nach, aber sie weiß nicht, über was eigentlich, und jeder Gedanke scheint vergeblich.

Kurt-Anselm und ich, sagt Ricarda, wir gehen nach Palästina. Immer noch zu Boden schauend, lächelt sie plötzlich. Als wäre sie sich ganz sicher, nein, als wäre sie schon dort.

Man braucht kein Visum für Palästina. Man kann über Italien per Schiff hinkommen. Das Schiff legt immer mittwochs um ein Uhr mittags in Triest ab. Und montags kommt man um sechs Uhr morgens schon in Jaffa an. Es kostet in der dritten Klasse nur hundertzweiundzwanzig Reichsmark vierzig! Ricarda flüstert diese Sätze. Meret, du sagst den Eltern nichts davon, hörst du?

Mechanisch nickt Meret. Montags, Triest, Jaffa. Die Worte klingen wie Bullaugen. Sie machen dieses kleine dänische Zimmer zu einem Schiff. Ein Rotes Meer tut sich auf. Ein Geheimgang, entdeckt hinter dem verschlissenen Wandbehang der Gegenwart.

Kurt-Anselm, flüstert Ricarda, weiß von einem jüdischen Hilfskomitee in Berlin, er wird versuchen, Schiffskarten zu bekommen. Er hat Geld gespart. Er fährt bald nach Berlin. Er wird zum Judentum konvertieren, heimlich. Er wird Jude, Meret. Wir gehen nach Palästina.

Die Tante

Die Tante genießt die Bedeutung, die sie in ihrer Nachbarschaft durch die jüdische Einquartierung bekommt. Sie wird gefragt, was das für Leute sind, und sie kann sagen: Es sind Juden. Und dann die tiefen, faszinierten Blicke der Nachbarn, die tun ihr gut. Ihr Haus wird ein Lebkuchenhaus. Die Nachbarn schauen beim Vorbeigehen oder beim Extra-Vorbeigehen herüber, als hätten sie auch gern so eines.

Und dann ist da Musik zu hören, Cellomusik dringt nach draußen. Das hört die ganze Nachbarschaft, denkt die Tante zufrieden. So klingt es, wenn eine Jüdin spielt. Es klingt schön, weil es verfolgt klingt. Die schöne Musik und das Gekratze, beides schaurig. Beides ein Zeugnis. Die Tante fühlt sich gut benotet.

Sie hat, als sie im März den Brief vom Vater bekommen hat, nicht lange gezögert und ihm geschrieben, dass sie bereit sei, den Sohn ihrer einstmals besten Freundin aus Köln mitsamt seiner Familie in ihr Haus aufzunehmen. Sie hat nicht lange gezögert, obgleich sie eine Eigenbrötlerin ist, die nach dem Tod ihres dänischen Mannes Knud Sørensen vor schon zwanzig Jahren ganz und gar nicht in Trauer versank, sondern sich beinahe zufrieden in seiner Religion einrichtete wie in einem Museum für Geheimnisse, Rituale, Regeln und Zaubermittel. Denn nichts anderes sind für sie die Gebete, die sie morgens und abends spricht. Sie hat nie verstanden, was Knud meinte, wenn er von seinem Herrn sprach. Dass es ein tatsächlich lebender Gott war, den er verehrte, blieb ihr eine Frage, die sie nicht stellte. Knud war kein Antwortgeber. Er war ein schweigsamer Kontorist, ein stiller Quäker und Royalist. Das dänische Königshaus war ihm neben seinem Gott die einzig anzuerkennende Autorität. Und die Tante hat all das mit ihrer Verheiratung selbstverständlich übernommen, etwas anderes wäre ihr gar nicht eingefallen. Sie hat ihre jüdische Herkunft abgelegt wie ein Kleidungsstück. Sie hat das Kleidungsstück einfach aussortiert. Die jüdische Religion ist für sie jedoch kein alter Hut, kein zerschlissener Mantel, die Tante sieht in ihr eher so etwas wie ein Dirndl, das man vielleicht in den Bergen trägt, nicht aber am Meer.

Dass sie nicht gezögert hat, die Familie Dinkelspiel bei sich wohnen zu lassen, hat zu tun mit ihren Finanzen und mit ihrem Gewissen.

Mit ihren Finanzen steht es nicht allzu gut. Denn Knud war nicht nur kein Antwortgeber, sondern auch kein Vorsorger. Er ging davon aus, dass sein Herr bald kommen würde und es sich nicht lohnte, Geld zu sparen oder anzulegen oder dergleichen. Verschwenderisch ging er natürlich nicht damit um, er hätte auch gar nicht gewusst, wofür er Geld verschwenden sollte, abgesehen davon hatte er gar nicht so viel davon, es reichte gerade für das winzige, gottgefällige Leben, das er mit seiner deutschen Frau führte. Die Tante hat, als sie dem Sohn ihrer früheren Freundin die Tür ihres gelben Hauses öffnete, gewusst, dass dieser Sohn sie bezahlen würde für ihre christliche Herberge, dass er sich nicht lumpen lassen würde, genauso hat er es in seinem Brief an sie geschrieben. *Du sollst wissen, dass ich für unseren Unterschlupf, für den wir dir immer dankbar sein werden, selbstverständlich bares Geld zahlen werde, und ich werde mich nicht lumpen lassen, dessen sei gewiss.* Der Tante gefiel dieser Satz in dem Brief. Er klingt würdig und ein bisschen galant, dachte sie. Und sie wusste gleich, dass sie nicht zögern würde, und antwortete sofort. Anders als Knud bin ich nämlich eine

Antwortgeberin, hat sie beim Schreiben gedacht. Was sie noch beim Schreiben gedacht hat, ist: Ich lasse mir meine christliche Tat zwar bezahlen, aber das ist keine Sünde. Der Freimut ihrer Antwort ist ihr direkt aus dem soeben aufgeweckten und reuigen Gewissen zugeflossen. Dieses Gewissen hat nämlich angesichts der Bitte des Juden aufgejubelt wie eine Schwalbe, wenn auch sehr viel stiller und geheimer, weil es sich endlich wieder erheben durfte aus dem Staub. Als die Tante damals bei der Verheiratung mit Knud Sørensen ihr *Jüdisch* aussortiert hat, ist ihr das Ausmaß dieser Tat ja nicht im Geringsten klar gewesen. Dass ein solches Erbteil sich nicht auf einer Kleiderstange hinaushängen lässt aus dem Leben, kam ihr nie in den Sinn. Zwar wurden ihr seitens des Gewissens bald unweigerlich gequälte Signale zugesandt, Migräne, Ekzeme, eine Stauballergie, aber da hatte die neue Religion die Tante bereits erfolgreich abgeworben und mit genügend hausbackenen Regeln versehen, sodass sie es gut überhören konnte und sich lieber aussichtslos von Ärzten behandeln ließ als ihre protestantische Strickweste auszuziehen. Seit Knuds Tod ist die Frage immer wieder herangesurrt gekommen, konsequent und irritierend wie eine Mücke am frühen Morgen, die Frage: *Gertrud, hast du deinen jüdischen Gott verraten?* Und als dann die Familie Dinkelspiel sich angekündigt hat, ist die Tante darüber gefallen wie über einen übersehenen Stuhl, und sie hat sich sehr schnell darauf gesetzt und von hier aus ihre türöffnende Antwort gegeben: Kommt nur her. Ihr Gewissen hat das gesagt, das Gewissen der noch jungen, unverheirateten, deutschen Kölnerin, das immer noch jüdisch ist und bleibt. Es hat nie geheiratet. Es hat diese Schummelei mit dem Protestantischen nie mitgemacht. Jubelnd wie eine Schwalbe hat es die Chance gesehen, endlich etwas wiedergutzumachen, etwas Großes, Heiliges wieder an Ort und Stelle zu rücken, etwas, das mit der neuen dänischen

Religiosität zwar nicht in den Staub gezogen, aber doch vergessen worden ist. Und Vergessen ist so etwas wie Staub.

Die Finanzen und das Gewissen, beide arbeiten bei der Tante also feinmaschig zusammen und sich gegenseitig in die Hände. Beiden dürfte es nicht schlecht gehen, seit dem Einzug der Familie Dinkelspiel. Die Laune der Tante jedoch hat damit nicht im Geringsten zu tun. Die ist nicht gehoben, um es vorsichtig auszudrücken, und anders als vorsichtig darf sich nicht ausgedrückt werden im gelben Haus der Tante, das von gebetshörigen Bienen umschwärmt wird. Eine Laune, die jahrzehntelang verwitwet ist, hat einen Riss. Sie hält sich nicht an Regeln, sie nicht. Sie schert sich nicht um Heiterkeit. Die Mundwinkel der Tante hängen herab. Ihre von der Stauballergie geröteten Augen blinzeln wild, wenn Friedrich kreischt, für den ihr Gewissen den Roller besorgt hat. Ihr Gewissen lässt Ricarda Cello üben und kratzen und beklagt sich nicht, ihr Gewissen will, dass die jüdischen Cellisten die besten bleiben, aber ihre Laune meutert. Ihre Laune hat genug vom Wiedergutmachen. So ist die Tante. Mit dieser Tante muss die Familie Dinkelspiel zusammenwohnen. Von ihr bekommen sie alle ihr Essen ausgeschöpft. Sie kocht es nicht nur, sie schöpft es ja auch aus. Die Familie Dinkelspiel sitzt dann da wie eine kleine geprügelte Schar, und nur Friedrich klatscht jedes Mal begeistert in die Hände. Friedrich, der mit zweitem Namen Lazarus heißt. Die Mutter hat dies der Tante schon am zweiten Abend erzählt, ein taktisch kluger Schachzug, den sie ganz bewusst vornahm, um ihrer Familie einen wie auch immer gearteten Vorteil zu sichern. *Er heißt mit zweitem Namen Lazarus.* Sie hat auf diese Weise mit der Tante anzubändeln versucht, denn der Name Lazarus kommt aus deren Religion, aus deren Neuem Testament, aus der Geschichte des protestantischen Jesus, Lazarus ist dessen Freund gewesen, und er und Friedrich dienen an dieser Stelle also als Köder, um die Gunst der Tante zu angeln für den Aufenthalt der Familie Dinkelspiel in ihrem Haus. Und tatsächlich ist die Tante von dieser Nachricht auf ihre spröde Art erfreut gewesen, ihre Mundwinkel sind aufwärts gezuckt – und warum? Es hat sie getröstet. Der Name Lazarus bei einem jüdischen Jungen, hat sie gedacht, ja, kommt hier nicht dasselbe Verrutschen zum Vorschein, das auch in meinem eigenen Schicksal zu bemerken ist, das Verrutschen göttlicher Tatbestände? Dieser Junge an ihrem Tisch, er gefällt der Tante plötzlich, sie mag ihn hier sitzen haben, findet sein Mienenspiel charmant, Friedrich Lazarus bekommt von der Tante jetzt immer zuerst ausgeschöpft.

Aber in die Vorratskammer darf er selbstverständlich nicht, die Vorratskammer gehört nicht in den Bereich der Reue, nicht in den Bereich des Alten Testaments und auch nicht in den Bereich des Neuen. Die Vorratskammer gehört der Tante.

Lazarus

Friedrich ist am Ostersonntag im Jahr 1933 zur Welt gekommen. Weil die Familie Dinkelspiel jüdisch ist, hat der Ostersonntag für sie nie eine Rolle gespielt. Mit Pessach ist das etwas anderes, Pessach ist etwas, das auch für die unorthodoxen Dinkelspiels eine gültige Bedeutung hat, ohne dass die Bräuche beachtet werden müssten. Aber der Ostersonntag? Nein – so unwichtig wie Weihnachten. Kaum wurde jedoch kurz nach der Geburt festgestellt, dass der Junge mongoloid ist, ließ der Ostersonntag der Mutter, Malka Dinkelspiel, urplötzlich keine Ruhe mehr. Sie war noch ganz erschöpft und mochte nicht einmal etwas essen, aber was es mit dem Ostersonntag 33 auf sich hatte für sie als jüdische Mutter und für Friedrich als jüdisches Menschenkind mit Mongolismus, das ging der Mutter auf einmal nicht mehr aus dem Sinn. Sie lag in ihrem Krankenhausbett unter schneeweißen Laken und sprach über nichts anderes als über die Frauen, die zum Grab gekommen sind und es war leer, der Leichnam Jesu fort, stattdessen ein Engel und schließlich: Auferstehung statt Tod. Sie packte dieses fremdgläubige Mysterium und hielt es fest, bereit, es von nun an ganz für sich in Anspruch zu nehmen, für ihren Sohn Friedrich, der es dringend brauchte.

Aber was hat das mit dem Kind zu tun?, fragte Oz Dinkelspiel, der Vater, ungeduldig und starrte seinen neugeborenen und einzigen Sohn an, der endlich auf der Welt war, wenn auch anders als gedacht. Oz Dinkelspiel kannte keinen Menschen mit Mongolismus, sein Sohn war der erste, er hatte aber ein Wissen davon, dass er ihn noch mehr würde schützen müssen als seine Töchter Meret und Ricarda, nur wie? Von Friedrichs erster Lebensstunde an fühlte der Vater sich unzulänglich. Er konnte das winzige Wesen nur in seinem Arm halten, mehr nicht, und er wusste, es war zu wenig. Das Reden seiner Frau über den Ostersonntag kam ihm seltsam vor, wöchnerinnenkryptisch, aber er merkte gleich, wie es die ganze Sache mit Friedrich in Bewegung brachte, anschob, hinüberrückte an einen Ort, der vielleicht nicht seiner Religion entsprach, dafür aber seinem tiefsten Wunsch nach Unversehrtheit.

Etwas wie Ostern konnte er Friedrich nicht bieten, es gehörte zu jenen Dingen, die vollkommen und unerreichbar waren. Auferstehung von den Toten – das war messianische Hoffnung, aber keine Realität. Was Realität war, lag hier in seinen Armen, rot, runzlig, mit einem winzigen Mund, einer deutlich sich hervortuenden Zunge und leicht schrägen Äugelchen. Und Realität war auch – da hatte seine Frau ja recht – der heutige Sonntag, dieser sonnige Ostersonntag, vom christlichen Kalender aus betrachtet. Durfte er so einen gewöhnlichen Tag vom christlichen Kalender aus betrachten? Angenommen ja, dann war es auch zulässig, Friedrich mit dem Feiertag in Verbindung zu bringen und diesen Mongolismus, das Erschrecken darüber, den vermeintlichen Fehlschlag der Natur in das Licht zu stellen, das den Frauen am Grab aufgegangen sein muss, dieses vermutlich überhelle Licht der Überwindung. Die haben gedacht, alles ist aus, sagte seine bleiche Frau, und ließ ihre lila geäderten Augenlider immer wieder langsam sinken. Aber dann kam die Auferstehung. Jesus war nicht der Messias!, sagte der Vater und seine Verzagtheit ragte ihm aus dem Gesicht wie ein Dorn.

Das weiß ich, Oz, sagte Malka Dinkelspiel und nickte. Wir nennen ihn ja auch nicht Jesus. Wir nennen ihn Lazarus, und auch nur mit zweitem Namen.

Lazarus? Er war noch ratloser als zuvor. Warum das? Der andere Auferstandene, erklärte sie, der Mann, der auferweckt worden ist, als er schon gestorben war: Lazarus war sein Name. Jesus Christus soll ihn aus seinem Grab herausgerufen haben, und da kam er gewankt und war noch eingewickelt in Leichentücher, aber er soll wieder gelebt haben, Oz.

Du willst die christliche Geschichte hineinschmuggeln in Friedrichs Namen. Er runzelte die Stirn. Dagegen ist nichts einzuwenden, meinte er dann und schaute das Kindchen an, das eben seine geheimnisvollen Augen aufschlug.

Und so stand der Ostersonntag Pate bei Friedrich Lazarus Dinkelspiel.

Was Meret wissen will

Meret erzählt den Eltern nichts von dem Gespräch mit Ricarda. Sie haben schon genug Sorgen. Ständig sind sie bei den Behörden vom Justizministerium, wegen des Visums oder der Aufenthaltsgenehmigung, die Aufenthaltsgenehmigung ohne Visum beträgt nur drei Monate, für die Einreise haben sie keines gebraucht, aber jetzt. Meret hasst die Entschiedenheit dieser beiden Wörter, die durch die Luft schwirren wie lästige Fliegen, die totgeschlagen gehören, sie nennt die zwei Fliegen nur noch A und V, manchmal auch Arsch und Viper.

Es gibt ein Komitee, das den Emigranten helfen will, Arsch und Viper zu bekommen. Es sind famose Leute, sagt der Vater. Aber dennoch scheint nichts voranzugehen. Sie kommen blass und müde von der stundenlangen Warterei zurück, können den Kindern meistens nichts Neues von Arsch und Viper erzählen und sitzen dann schweigsam beim Essen mit der Tante.

Nur wenn sie zu berichten haben, dass sie mit anderen Emigranten sprechen konnten – beim Warten auf dem stickigen Flur des Büros des Hilfskomitees in einem heruntergekommenen Gebäude am Hafen –, dann wird es für Meret spannend. Darüber will sie alles wissen. Was das für Leute sind, woher sie kommen und was sie dort gemacht haben, ob sie hierbleiben oder wohin sie sonst gehen werden. Was für ein Leben hinter ihnen liegt, was für Geschichten es von ihrem Leben zu erzählen gibt. Ob sie der eigenen Geschichte gleicht – und ja, sie gleichen sich alle, diese Geschichten der Emigranten, denn sie haben alle dieselben Anfänge, dieselben Auslöser und dieselbe Not. Hinter allen liegt der große schmerzhafte Moment der Entscheidung, Deutschland zu verlassen. Und von diesem Moment kann Meret nie genug hören, immer wieder braucht sie die Schilderung dieses Momentes im Leben der anderen Emigranten. Denn das hilft ihr zu sehen, wie notwendig es war, zu gehen. All diese fremden Menschen und die Familie Dinkelspiel, sie alle mussten gehen, mussten dringend fort aus Deutschland, so war es, deswegen sind sie hier, und dann ist hier nicht falsch. Auch wenn es sich beinahe täglich so anfühlt.

Nach dem Hören einer solchen Geschichte lehnt Meret sich fast zufrieden zurück in ihrem Stuhl am Esstisch der Tante, die das Essen austeilt mit ihrem silbernen Schöpflöffel. Sie lässt sich geben, was ihr zugeteilt wird, schaut nicht hin, wie nackt und erbärmlich die beiden Kartoffeln auf dem Teller liegen, sondern sieht die anderen Menschen vor sich, die auch in diesem Land zu leben versuchen, und wünscht sich nichts sehnlicher, als selbst solchen zu begegnen.

Aber wehe, die Eltern kommen nur mit einem mageren, ungenauen Bruchteil nach Hause, irgendeiner kläglichen Information, dem Schnipsel einer Geschichte. Dann wird Meret schlecht gelaunt. Sie bringt die Kartoffeln mit der Gabel um, spießt sie auf, stopft sie sich in den Mund und schlingt sie beinahe ungekaut hinunter. Blitzende, stecknadelkopfgroße Blicke schießt sie auf das weiße Porzellan des Tellers oder auf die zerknitterte Hand der Tante.

Ricarda kann Meret nicht verstehen. Sie sprechen abends vor dem Einschlafen manchmal ein bisschen über dies und das, und es kommt Meret dann fast normal vor, in Dänemark in einem dunklen Zimmer gemeinsam mit der Schwester zu liegen, die Bäume draußen rauschen zu hören, wenn der Regen hineinfällt. Hatten sie nicht auch in Tirol 1932 ein gemeinsames Zimmer? Mit rot-weiß karierter Bettwäsche, die so rau war, dass sie fast die Haut aufscheuerte. Und in Murnau 1933 auch, man konnte vom Fenster aus den Staffelsee sehen, glänzende, ferne Flecken durch die Bäume hindurch, bei Vollmond war das wunderbar, alles versilbert. Da war Hitler schon an der Macht, aber es hatte sie nicht gekümmert, nicht in jenen Sommerferien, gar nicht, es war viel zu heiß dafür und das Tanzen auf dem Dorffest zu lustig.

Was willst du denn immer mit den anderen Emigranten?, fragt Ricarda.

Nichts will ich von denen, nur mich nicht so allein fühlen, wenn's erlaubt ist, danke, gnädige Frau, sagt Meret und dreht sich zur anderen Seite.

Allein? Ricarda gähnt. Was soll ich denn da sagen, wo doch Kurt-Anselm so weit weg ist?

Du? Jetzt holt Meret zu einem richtigen Schlag aus. Du denkst nur an dich, Ricarda. Deshalb bist du am besten ganz still.

Sie liegen stumm in ihren Betten. Meret spürt, dass sie ganz gut getroffen hat. Aber es tut ihr nicht leid, es musste sein. Und Ricarda hat ja ihr Cello. Soll sie sich damit trösten. Soll sie morgen wieder all ihre Gefühle drauf kratzen, dass die Ohren wehtun.

Schlaf gut, sagt sie kühl zur Wand.

Ricarda antwortet nicht.

Das Bild von Mitsch-Forch

Das Bild, das hinter dem Futter im Kofferdeckel die Reise nach Dänemark überstanden hat, steht jetzt im Zimmer der Eltern auf dem Nachttisch des Vaters, an die Wand gelehnt. Diese Lebensversicherung, die gerahmt und unversehrt so tut, als wäre der Vater immer noch der Kunsthändler, der er einmal war – der Kunsthändler Dinkelspiel mit der Galerie in der Kronprinzenstraße in Stuttgart –, diese Lebensversicherung zeigt drei Gesichter in grellen Farben, Rosa, Grün und Rot, eines lachend, eines ernst, eines tot. Ihre schwarzen Konturen gehen ineinander über. Es sind drei Gesichter und eines zugleich. Der Künstler, der es gemalt hat, heißt Gregor Mitsch-Forch und lebt nicht mehr. Er weiß nichts davon, dass sein Werk inzwischen auf einem dänischen Nachttisch steht und auf diese Weise vor Hitler sicher ist, anders als er selbst es gewesen wäre, wenn er noch lebte und nicht an einer normalen Krankheit gestorben wäre, an der auch andere Normasterbliche sterben würden, wenn sie es sich aussuchen könnten. Mitsch-Forch hat das Bild gemalt, kurz bevor seine Krankheit ausbrach wie ein Krieg. Er hat es dem Vater angeboten und der hat das Bild sofort gekauft. Der Vater sagt, er habe auf den ersten Blick erkannt, womit er es hier zu tun habe, nämlich mit einem Kunstwerk von höchstem, ja allerhöchstem Rang, und er scheut sich bis heute nicht, Mitsch-Forch mit van Gogh zu vergleichen, der in seiner Zeit zwar nicht bekannt war, heute aber so berühmt sei wie kaum ein Zweiter. Und genauso werde es auch mit Mitsch-Forch zugehen, er werde einmal weltberühmt und seine Bilder, von denen es nur neunundzwanzig gebe, würden ungeheuer wertvoll gehandelt werden, davon ist er überzeugt. Es muss nur eine andere Zeit kommen, dann. Aus diesem Grund, sagt er, hüte ich auch das Bild wie meinen Augapfel, wobei seine Stimme vor Stolz und Sorge zittert. Bevor es hier in Svendborg an der Nachttischlampe lehnte, hat es lange in der Galerie des Vaters in der Kronprinzenstraße gehangen. Mitsch-Forch selbst ist manchmal vorbeigekommen, um sich sein Bild noch einmal anzuschauen, denn es bedeutete ihm viel, vor allem nachdem seine Krankheit ihn schon quälte. Er sprach davon, dass er, wenn er sein Bild anschaute, jedes Mal das Gefühl hätte, in diesen drei Gesichtern vollkommen gesund zu sein, als wäre seine Heilung darin aufbewahrt, wenn auch nicht zur Verfügung. Eine Heilung, die ihm nicht gewährt war, denn er selbst musste seine Krankheit bis zur Neige ausleiden, auch wenn er schließlich noch ein Jahr in Montevideo lebte und dort drei weitere Bilder malte, die der Vater aber nicht kannte, von denen der Vater nur durch Briefe von Mitsch-Forch unterrichtet wurde. Der Vater hätte diese Bilder auf jeden Fall auch gekauft, wenn er nach Montevideo hätte reisen können. Aber das war schon ausgeschlossen, und Mitsch-Forch starb, ohne dass seine drei letzten Bilder je gekauft worden wären. Sie sind immer noch in Montevideo in dem Haus, in dem Mitsch-Forch gelebt hat, der Vater geht davon aus, dass sie noch dort sind. Vielleicht stehen sie dort einfach so herum, ohne einen Ort zum Hängen und Wirken zu finden, wie dieses Bild von Mitsch-Forch in Dänemark auf einem Nachttisch steht, angelehnt an eine Wand, in dem Haus einer alten Frau, die ihr weißes Schuhregal hartnäckig gegen eine Flüchtlingsfamilie verteidigt und ihr Salzschüsselchen, das keiner will, mildtätig anbietet.

Die drei Gesichter prangen und strahlen auf dem Nachttisch, und auf Meret wirken sie ganz eigenartig. Meret denkt nicht an die Heilung, die darin enthalten ist, sondern an die Lebensversicherung, die auch darin steckt, ohne dass man es sehen könnte. Diese Gesichter sollen das Leben der Familie Dinkelspiel hüten? Lachend, ernst und tot blicken die bunten Augen auf Meret, ihre Betrachterin, und Meret guckt zurück mit den Augen eines jungen Mädchens, das gern eine andere Art von Lebensversicherung hätte, nicht so ein Bild, sondern eine tägliche, kecke und erhebende, wenn auch nicht feierliche Bestätigung der Zukunft, eine Gewähr, morgen und übermorgen in handfeste Möglichkeiten hineintauchen oder hineinwachsen zu können, so etwas wie eine Impfung gegen Pocken, die vielleicht eine Narbe hinterlässt am Oberarm, dafür aber springlebendige, lebenslange Freiheit von Pocken schafft. Das wäre etwas für sie. Diesem Bild mit seiner Geschichte von Mitsch-Forch kann Meret nichts abgewinnen. Sie schaut es an und denkt an die Tante, deren Haus die Familie Dinkelspiel in Beschlag genommen hat wie eine Räuberbande.

Wenn dieses Bild eine Lebensversicherung sein soll, dann müsste die Tante doch auch eine sein. Sie würde die Familie Dinkelspiel nicht hinauswerfen, auch wenn es manchmal scheint, als wäre es ihr nicht ganz recht, ihr weiterhin ein Dach über dem Kopf zu bieten. Es ist ihr Haus, in dem die Dinkelspiels Betten haben, einen Kühlschrank, ein Bad, einen Garten. Eine Vorratskammer eigentlich nicht. Trotz all dieser Gegebenheiten fühlt Meret sich hier nicht sicher. Weiterhin nicht hinausgeworfen zu werden, bedeutet keine Sicherheit. Wäre die Familie Dinkelspiel aber wirklich eine Räuberbande, würde sie auch die Vorratskammer plündern, wie es ihr gefiele. Friedrich würde sich längst auf den Butterkuchen gestürzt haben, und Ricarda hätte ungebeten böhmische Buchteln gebacken und mit Schlagsahne serviert. Der Vater würde seine Füße samt Schuhen auf das Sofa betten, Ricarda und Meret hätten im Badeanzug hinter dem Holunderbusch Tango getanzt, hätten sich eine separate Mädels-Ecke eingerichtet, mit Liegestühlen, Cocktails und einem rüschigen Sonnenschirm, hätten nicht aufgehört zu lachen wegen irgendwas, hätten sich die Räuberbäuche gehalten vor Lachen, Meret hätte mit Friedrich Lippenstift-Sonnen auf das Spiegelchen gemalt, die Mutter hätte das Bratfett verspritzt. Eine Räuberbande hält sich nicht an Regeln, nicht an all diese Verordnungen, die aus dem geraden Mund der Tante kommen. Doch obwohl alle sich penibel daran halten und die Mutter immer darauf aufpasst, dass Friedrich nicht in die Vorratskammer zum Butterkuchen geht, fühlen sie sich doch wie die Räuber, Belagerer eines fremden Besitzes, Belagerer eines Hauses, dessen Besitzerin den Räubern all ihr Hab und Gut gefechtlos auszuliefern hat, weil ihr das Leben lieb ist. Wessen Leben? Die Tante ist zur Ausgelieferten geworden, die sich nicht wehren kann gegen diese Räuberbande da in ihrem hellgelben Haus. Sie muss ihr Bad mit ihnen teilen, ihr Bettzeug, ihr Salz, das keiner will, ihren Spiegel, ihren Esstisch, und dieses Teilen verändert ihren Besitz, und nicht nur ihren Besitz, sondern auch ihr Gesicht. Beide wirken sie angegriffen, unverteidigt. Die Nase der Tante, ihre Wangen, ihr Mund und ihre Stühle, die Türen und die Vorratskammer scheinen ineinander überzugehen wie die Konturen auf dem Bild von Mitsch-Forch. Die Tante geht in ihrem Haus herum wie mit dem schwarz konturierten Gesicht einer Geisel, sie wird gefangen gehalten in ihrem eigenen Haus von der Dinkelspiel-Bande, dabei sind sie es doch, die Räuber, die bedroht sind. Ihr selbst droht nichts. Die Räuber sind es, die damit rechnen müssen, dass alles auffliegt, ihre bodenlose, unrechtmäßige Existenz, ihre falsche Inbesitznahme von Dingen, Möbeln, Essen und Gegenständen.

So fühlt sich Meret also wie eine Räuberin, besitzlos, aber

schuldig gesprochen der Besetzung und Benutzung fremden Eigentums.

Angesichts dieses Tatbestands – was müsste passieren, damit das Bild von Mitsch-Forch tatsächlich Merets Leben versichert?

Aber das Bild steht vielleicht nur da als Zeichen dafür, dass die Dinkelspiels alles, was nötig ist, noch selbst besitzen. Dass die Tante keine Geisel ist und Familie Dinkelspiel keine Räuberbande. Das Bild versucht vielleicht nur zu beweisen, dass es immer noch den Kunsthändler gibt, der für die Familie sorgt, und es noch immer die Mutter ist, die die Vorratskammer vor Friedrich schließen oder öffnen kann. Mitsch-Forch lässt glauben, dass die Zukunft noch immer kommen wird und etwas bereithält, sogar für Ricarda etwas bereithält, etwas, das in diesem Bild verborgen ist, wie die Heilung von Mitsch-Forch, unsichtbar und nur jetzt nicht zur Verfügung.

Filme

Meret, die mittlerweile die Kiste mit den Büchern aufgemacht hat und täglich Heine-Gedichte liest, aber noch nicht in Lisa Stubenrauchs Heft schreiben mag, geht seit Anfang August gemeinsam mit der Mutter zum Dänischunterricht, den eine Lehrerin ihnen an ihrem Wohnzimmertisch erteilt. Sie heißt Frau Crasselius, trägt ihre grauen Haare kurz wie ein Mann und weite Leinenhosen. Wenn sie ihnen die Haustür öffnet, bellt ihr Cockerspaniel Duffy und sie sperrt ihn unter lauten dänischen Ausrufen in den Keller, wo er augenblicklich zu winseln beginnt. Meret hört es gern, wenn Frau Crasselius Deutsch spricht, es klingt so sanft und friedlich. Sogar als sie beim ersten Treffen ihrem Erstaunen darüber Ausdruck verliehen hat, wie man freiwillig ein Land verlassen könne, das doch den kulturellen Mittelpunkt Europas darstelle, klang das sanft und friedlich. Und vermutlich hat die Mutter aus diesem Grund auch nur nickend gelächelt anstatt zu antworten. Vielleicht hätte sie auch gar nicht gewusst, was sie dazu sagen sollte.

Frau Crasselius ist so anders als die Lehrerinnen, die Meret in Deutschland hatte, dass Meret es zuerst kaum glauben kann: Unterricht in einem fremden Wohnzimmer, an einem Tisch mit blauer Tischdecke und einer Kanne Rhabarbersaft, den die Lehrerin in dickwandige dunkelrote Gläser einschenkt. Wenn sie da an die strenge, betörend schöne Frau Karpf denkt, ihre einstige Deutschlehrerin in Stuttgart, an deren schmal geschnittene, elegante Röcke, ihre blonde Gretchenfrisur. Die kerzengerade Karpf. Ihre vornehme Aussprache, ihr forderndes Mienenspiel. Sie hielt sich für etwas Besseres, so kam es Meret immer vor. Und war sie das nicht auch? In ihrem Unterricht standen sie alle unter ihrem Bann, hingen ihr an den Lippen, vermochten zuzuhören und zu denken wie sonst nie.

Frau Karpf hatte mit ihnen *Die Judenbuche* von Annette von Droste-Hülshoff durchgenommen, die keineswegs auf dem Lehrplan stand, das wusste jeder. Man versündigt sich nicht ungestraft an den Juden, hatte sie gesagt und dabei aus dem Fenster geschaut. Die Klasse hatte den Atem angehalten. Alma Gundersohn und Meret hatten sich unter dem Tisch gegenseitig in die Handgelenke gekniffen.

Frau Karpf war doch Arierin.

Und dann war sie nach Ostern auf einmal nicht mehr da. Keiner wusste etwas, es gab nur die Gerüchteküche, und die sprach wie immer klare Worte. Ganz ohne auf die Aussprache zu achten wurden sie weitergereicht. Das Wort Gestapo war so ein Wort. Man konnte es nicht anders als messerscharf aussprechen, so wie es Frau Karpf gefallen hätte. Ge-sta-po. Drei Splitter von Eisen, die in den Klassenraum schnitten. Sie sei Kommunistin gewesen. Sie sei nach Dachau gebracht worden. Auch Dachau war so ein Wort. Es tat in der Kehle weh. Meret hatte dagesessen am ersten Schultag nach den Osterferien mit leerem Kopf. Hatte die helle Frühlingssonne auf den Fensterscheiben mit hohlem Entsetzen angestarrt, sich fast blenden lassen von den zuckenden Sonnenreflexen, bis die Tränen liefen. Johanna Mohl, ihre Tischnachbarin, kreidebleich.

Frau Crasselius dagegen mit ihrer braun gebrannten Haut und der selbst gestrickten Jacke, ihren Hosen und Männerhaaren und ihrer Burschikosität – sie könnte doch eher aus einem amerikanischen Drehbuch stammen. Aber ist es nicht so, dass Meret selbst jetzt in einer Art Film lebt? Einem Film, der in Svendborg spielt, irgendeinem Ort im südlichen Fünen? Doch worum geht es in diesem Film? Wie ein deutsches Mädchen

Dänisch lernt? Wie ein anderes deutsches Mädchen Cello übt, um in Deutschland weiterstudieren zu können? Wie die Nazis immer noch das Sagen haben über die Familie Dinkelspiel, auch wenn sie jetzt in Sicherheit ist?

Oder ist nicht vielmehr die Vergangenheit in Deutschland der Film, aus dem Meret jetzt ausgestiegen ist in die echte dänische Wirklichkeit? Dann handelt der seltsame, befremdliche Film von dem Verschwinden der Frau Karpf, von dem immer mehr in die Ecke gedrängten Leben unter den Nazis ringsum, von den judenfeindlichen Gesetzen, die eins nach dem anderen erlassen werden und eine Bedrängnis herstellen, sich elendig zuspitzend zu einem Jagdpfeil mit giftiger Spitze, gerichtet auf die Familie Dinkelspiel und viele, viele andere.

Was ist das für ein Film, der da abläuft, in Deutschland und hier in Svendborg? Was soll Meret glauben? Was soll sie für wahr halten?

Und wofür eigentlich Dänisch lernen? Ist das die Filmsprache, die von den Schauspielern erwartet wird? Meret lernt dänische Vokabeln. Und manchmal macht es ihr sogar Spaß. Die Mutter fragt sie jeden Abend ab, und dann umgekehrt, Meret fragt die Mutter ab. Auch das ist so ungewöhnlich. Die Mutter lernt leicht. Sie saugt den Unterrichtsstoff auf und sitzt am Nachmittag mit den Büchern im Garten und paukt, während Meret mit Friedrich Ball spielt.

Meret möchte, dass Friedrich endlich den Ball auffängt, dass er endlich zugreift, wenn der Ball zu ihm kommt. Aber der kleine Kerl lässt den Ball fallen und wieder fallen und wieder. Er packt nicht zu. Meret wird immer ungeduldiger. Sie ruft ihm zu: Friedrich! Zupacken! Jetzt!

Aber es wird nichts draus. Friedrich schafft es einfach nicht. Er lacht jedes Mal begeistert und wirft die Arme in die Luft, dem Ball entgegen, und dann landet der Ball doch im Sand.

Auch da lacht Friedrich. Er ärgert sich selten. Das Leben ist für ihn erstaunlich gut, jeden Tag neu. Und das liegt nicht daran, dass er erst vier Jahre alt ist, sondern an seiner Behinderung.

Zum ersten Mal ist diese Behinderung für ihn ein Vorteil, denkt Meret. Friedrich ist nie im falschen Film.

Die Mutter schaut von den Büchern auf und formuliert mit den Lippen irgendwelche dänischen Wörter. Meret weiß schon jetzt, dass die Mutter im Gegensatz zu ihr heute Abend wieder keine Lücken haben wird beim Abfragen. Warum ist sie so eifrig? Meret hat keine rechte Lust, sich ein Bein auszureißen für die fremde Sprache. Aber mitmachen beim Unterricht und ein bisschen Dänisch lernen, warum nicht. So kommt sie aus dem Haus der Tante raus und kann bei Frau Crasselius am Tisch sitzen, Rhabarbersaft trinken und dänische Sätze nachsprechen.

Der Vater kann schon lange ein wenig Dänisch, gut genug, um klarzukommen. Er hat als Kind mit seiner Mutter oft bei der Tante seine Ferien verbracht. Er spricht Dänisch so wie er dänisches Knäckebrot isst, mit viel Krachen und Kauen und mit der geheimen Freude eines Jungen an komischen Dingen.

Ricarda aber ist nicht dazu zu bewegen. Sie sagt: Ich habe dafür keine Zeit. Ich kann doch jetzt nicht Dänisch lernen, wenn ich mit meinem Cello weiterkommen will. Die Eltern versuchen immer wieder, ihr klarzumachen, dass sie sich hier wohler fühlen wird, wenn sie die Sprache versteht. Dass Ricarda mit Dänischkenntnissen viel weiter kommen wird in diesem Land als ohne. Du wirst dann in Kopenhagen am Musikkonservatorium studieren können, Ricarda, stell dir das einmal vor!

Aber Ricarda schüttelt nur den Kopf. Sie tut so, als würde sie nicht mitbekommen, wie die Mutter und Meret lernen. Bei vielen Dingen tut sie so, als gingen sie sie nichts an.

Auch für sie scheint ein Film abzulaufen, einer, der nichts mit ihr zu tun hat, ein Film, den sie bald abschalten wird, ganz einfach, sie wird auf den Knopf drücken und den Film abschalten, sobald sie wieder bei Kurt-Anselm ist.

Quallen

Ein Tag am Strand auf der Insel Taasinge bei Svendborg.

Die Sonne scheint warm, es ist ein richtig heißer Sommertag, wie gemacht für Ferien. Die Dinkelspiels und die Tante sind mit dem kleinen Passagierschiff »Helge« herübergefahren, ihre Handtücher liegen ausgebreitet auf dem weißen Sand unterhalb von Valdemars Schloss. Ein Sonnenschirm steht aufgespannt, darunter der von der Tante gepackte Korb mit Zitronenlimonade, belegten Broten, Äpfeln und Kartoffelsalat. Die Ostsee schubst beruhigend gleichmäßige, kleine Wellen an den Strand, eine nach der anderen, maßvolle Wasserhügelchen, die sich, sobald sie ihre Höhe erreicht haben, gleich wieder legen.

Es passiert nichts. Der Tante, die mitgekommen ist, ist es zu warm, um ihre Regeln zu zitieren. Sie schweigt heute viel. Sie hat die Thermoskanne geöffnet und verteilt Kaffee. Die Mutter hält ihren Becher hin, der Vater auch. Ricarda, die ausnahmsweise auch dabei ist, liegt gleich neben Meret im Sand, Arme und Beine weit ausgestreckt. So ergeben, wie man sie gar nicht kennt, denkt Meret. Der Kaffee ergießt sich in den Becher der Mutter. Der Kaffee ergießt sich in den Becher des Vaters. Die Tante sagt: Zucker ist auch da, und es klingt fast gütig. Sie trägt ein altmodisches Badekleid mit blassem Rosenmuster und Volants und war schon im Wasser. Sie ist ohne Zögern hineingegangen, die Quallen machen ihr nichts aus. Meret ekelt sich vor ihnen, aber ist vorhin trotzdem schwimmen gegangen, Ricarda auch. Die Mutter ist weit hinausgeschwommen, und der Vater ist so lange im Wasser stehen geblieben, bis er alle sichtbaren Quallen gezählt hat, dann hat er einen Sprung gemacht und ist hinausgekrault zur Mutter. Er erzählt, als Junge habe er einmal vierzehn Quallen an einer Stelle gezählt. Es ist heute so, als wäre alles gut. Meret reicht das vollkommen. Sie möchte bitte endlich einmal einen Tag haben, der ganz normal verläuft und an dem nichts zum Thema wird, zum Thema Nummer eins. Einfach nichts. Dafür Sommer und Sonne und Thomas Mann. Bisher scheint das zu klappen, sie kann es kaum glauben. Und je weniger sie denkt und sagt, desto mehr wird der Tag prima. Primissima.

Sie liest jetzt *Tonio Kröger*. Sie ist schon beim letzten Kapitel. Tonio ist zu ihrer großen Begeisterung – genau wie sie selbst! – in einem dänischen Badeort gelandet und schreibt gerade einen Brief an seine weise Freundin Lisaweta, während die Ostsee rauscht und ihm Zuversicht und Hoffnung gibt. Meret schaut auf und spitzt die Ohren, aber hier rauscht die Ostsee nicht, der Sund liegt flach da wie ein leer gegessener Teller aus blauem Porzellan. Von weißblonden Menschen allerdings, denen Tonios verstohlenste Liebe gehört, wimmelt es auch hier, lauter Ingeborgs und Hänse, sie sitzen rechts und links von den Dinkelspiels, ganze Familien von Blonden und Blauäugigen, *die den Geist nicht nötig haben*, wie Tonio schreibt.

Meret stößt Ricarda in die Seite. Schau mal, Ricarda, sagt sie, all diese Dänen mit ihrer *lichten, stahlblauäugigen und blondhaarigen Art!*

Ricarda setzt sich auf, schaut sich um und kichert. Sie haben *den Geist nicht nötig*, musst du wissen!, sagt Meret. Die beiden brechen in Gelächter aus.

Tonio Kröger glaubt tatsächlich, dass denen das Glück gehört, erklärt sie der Schwester mit einer pathetischen Armbewegung, *den hellen Lebendigen, den Glücklichen, Liebenswürdigen und Gewöhnlichen.*

Na klar, erwidert Ricarda, wenn ich sehe, wie locker und

dumpf sie hier über den Strand verteilt den Sommertag genießen, in ihrer gepflegten Badekleidung – die dänische Badehose des Herrn dort zum Beispiel: Sieht sie nicht *gewöhnlich* aus, *stählern* und *lebendig* zugleich? Oder das Kleid jener korpulenten Dame dort, lacht Meret, ist es nicht ein Produkt geistloser Lebensbejahung? Ja, denn es stammt aus einem geistlosen Geschäft und wurde mit geistlosem Geld bezahlt, sagt Ricarda trocken. Und doch ähneln diese Menschen uns Dinkelspiels heute, meint Meret. Sie haben denselben Strand ausgewählt und dieselbe Ostsee, dieselbe Wärme umgibt sie. Und weißt du was? Dafür bin ich dankbar. Das ist doch lächerlich, Ricarda, wie dankbar ich dafür bin! Heute fühle ich mich nicht wie ein Zaungast!

Sie legt für einen Augenblick das Gesicht in den Sand, drückt Nase und Mund fest hinein ins Raue und zugleich Weiche, das sich so angenehm anfühlt auf der Haut. Das könnte ich doch für Lisa Stubenrauch aufschreiben, denkt sie. Dass ich anderer Meinung bin als Tonio Kröger und wir uns alle gar nicht so sehr unterscheiden. Und dann könnten Lisa und ich darüber sprechen, wenn ich wieder in Stuttgart bin, so wie sie es sich gewünscht hat. Nur glaube ich nicht daran, dass das geschehen wird. Träge lässt sie sich die Sonne auf den Nacken brennen. Vielleicht schreibe ich es trotzdem auf, für die Nachwelt, heute Abend, überlegt sie.

Aber sie wird es nicht tun.

Friedrich liebt Quallen. Wenn er eine im Wasser, in dem er herumläuft, entdeckt, dann fasst er mit beiden Händen danach und er, der keinen Ball fangen kann, bringt es fertig, die glibberigen Pudding-Dinger zu nehmen und behutsam in den Sand am Ufer zu legen. Aufgeregte Geräusche gibt er dabei von sich, wirft sich vor den Fund zu Boden, schaut seine spiegelnden Pfannkuchen von allen Seiten an, läuft wieder ins Wasser, holt die nächste Qualle, und so ist er den ganzen Nachmittag beschäftigt.

Der Vater hat angefangen, eine dänische Zeitung zu lesen. Er versteht schon mühelos, was er da liest, und übersetzt ab und zu einen wichtigen Artikel laut ins Deutsche. Die Mutter lauscht, sagt dann: Lies doch auf Dänisch, ich möchte wissen, was ich schon verstehe. Der Vater liest auf Dänisch, und es hört sich so an, als würde er nicht nur Knäckebrot kauen, sondern dabei auch noch auf Quallen gehen, ausrutschen, sich fangen, auf Algen und Schlamm tapsen, sich am Knäckebrot verschlucken und dann an einem Ort ankommen, an dem es nichts zu sehen gibt. Er schiebt die Brille auf die Stirn und reibt sich die Augen, und die Mutter schaut nachdenklich zu Boden. Dann sagt sie: Habe nichts verstanden.

In dem Moment schreit Friedrich auf. Alle schauen zu ihm hin, die Tante reibt sich schmollmundig das Knie, Friedrich steht da und kreischt und zeigt auf eine seiner großen Quallen-Fladen. Die Mutter läuft zu ihm, sie guckt genau hin, aber es ist nichts zu sehen, nichts Aufsehenerregendes. Die Quallen liegen da, Friedrichs Beute, Friedrich hört auch schon auf zu schreien, er hockt sich neben die Fladen in den Sand, grinst zur Mutter hoch. Es ist nichts passiert. Friedrich hat sich vielleicht nur noch einmal deutlich geäußert über sein neues Spiel mit der Natur.

Die Mutter setzt sich wieder neben den Vater. Der Vater legt die Zeitung zusammen. Er sagt: In dem Artikel steht etwas über Hunde, über Dänische Doggen und Deutsche Schäferhunde im Vergleich. Über die Geschichte dieser Hunde. Und über ihre Funktionen heute.

Meret schaut zu den Eltern hinüber. Die Tante hat sich hingelegt. Ihre alten, runzligen weißen Beine liegen in ihrer Nähe ausgestreckt. Wie Ricardas Beine, nur sind Ricardas Beine jung. Die Tante schläft. Meret hofft, dass Ricarda nicht schläft. Dass sie genau zuhört, was der Vater jetzt sagt.

Er sagt: Und es geht auch um die Besitzer der Hunde. Was für Menschen das sind, die Dänische Doggen haben, und was für Deutsche das sind, die Deutsche Schäferhunde haben.

Das ist alles, was heute passiert an diesem Sommertag am Strand in Svendborg.

Die Mutter häkelt

Anfang September, als die Sommerferien sozusagen vorbei sind, verliert der Vater kein Wort darüber, dass sie nicht nach Hause zurückkehren werden, dass es nicht möglich ist, dass die Situation in Deutschland das nicht zulässt, dass es im Gegenteil immer gefährlicher werden würde für die Familie Dinkelspiel. Und dass die Leute, die nicht für Hitler sind, lebensmüde sein müssen, wenn sie nicht emigrieren wie sie. All das sagt er nicht. Zwar ist es allen von Anfang an klar gewesen, es ist mit allen so besprochen, man muss fort und wird – vorerst – nicht mehr zurückkehren, aber trotzdem ist jetzt erst das Bleiben schlagartig zum Schicksal geworden.

Was er sagt, ist: Nappich war erfolgreich. Nappich ist sein Anwalt. Er hat ihr Haus verkauft. Ihr Haus und alles, was darinnen ist.

Jetzt kann es keiner mehr beschlagnahmen, sagt der Vater, Nappich war sehr geschickt, er hat es geschafft, den Nazis zuvorzukommen. Wir haben Glück.

Glück nennst du das, sagt die Mutter.

Malka, sagt der Vater, das ist Geld.

Die Stimmung im gelben Haus kippt um wie eine Vase lange schon welker Blumen. Das übel riechende Wasser ergießt sich über die Räume, und auch der weiße Schafwollteppich im Wohnzimmer wird fleckenweise davon erfasst. Etwas stinkt, etwas ist vorbei: die Bereitschaft.

Die Tante verschränkt die Arme vor der Brust, während sie aus dem Fenster starrt. Ihr gefällt es nicht mehr, dass die Räuberfamilie Dinkelspiel bleibt. Da hat sie sich etwas Schönes eingebrockt.

Wenn das Haus verkauft ist, kann die Familie Dinkelspiel nirgends mehr hingeschickt werden, nur noch zum Teufel, was die Tante insgeheim schon lange tut.

An wen hat der Herr Nappich denn euer schönes Haus verkauft?, fragt sie den Vater. Darüber zumindest könnte er doch mehr mitteilen.

Der Vater hat mit Nappich ausgemacht, das Haus an keine Nazis zu verkaufen. Und falls das nicht gelingt, dann wenigstens die Möbel und alles andere – wenn nötig auch einzeln – an gute Leute. Dann täte es Malka Dinkelspiel nicht ganz so weh und ihm selbst auch nicht. Aber so geschickt Nappich auch war, *das* ist ihm nicht gelungen. Er hat keine guten Leute gefunden. Nur Nazis haben sich dafür interessiert, denn nach jüdischem Besitz lecken sie sich die Finger. Dinkelspiels Zuhause mit allem Drum und Dran gehört jetzt einem Kollegen von Nappich aus Heilbronn, dem Nazi Gottfried Glatz, der seiner Verlobten ein großartiges Weihnachtsgeschenk machen wird. Jetzt kann der Mann heiraten und sich mit seiner Frau ins gemachte Nest setzen. Diese Details hat Nappich dem Vater allerdings erspart. Das muss ja nicht sein. Was soll man mit so einer Information anfangen. Nappich hat schlicht und einfach gelogen und dem Vater gesagt, dass sie beruhigt sein könnten, der neue Besitzer sei kein Nazi. Dabei weiß Nappich genau, was für ein waschechter Genosse Gottfried Glatz ist, ein Hund, ein zu Geld gekommener Straßenköter.

Der Vater, der Nappichs Lüge nicht glaubt, weicht dem neugierigen Blick der Tante aus, er schaut die Mutter und die Mädchen an, die so still dastehen und sich vor der Antwort fürchten. Da beschließt auch er zu lügen, weil es sein muss. Es reicht nicht, dass ihr Haus jetzt von keinen Nazis bewohnt werden wird, es müssen wirklich gute Menschen sein, versehen mit einer den Verlust mildernden Geschichte.

Es ist eine Familie Glatz aus Heilbronn, sagt er, sie haben vor Kurzem wohl ihre Zwillingssöhne bei einem Autounfall verloren. Und jetzt möchten sie weg von Heilbronn, fort von ihrem alten Leben, wo sie alles an die Söhne erinnert. Sie sollen sehr nett sein, aber natürlich verzweifelt.

So greift der Vater die Unwahrheit Nappichs auf und spinnt sie weiter. Eine Moritat ist daraus geworden, eine Sterbegeschichte des Dinkelspiel'schen Hauses. Das habe ich geschickt gemacht, nicht nur Nappich, auch ich habe das gut verkauft, denkt der Vater. Der neue Besitzer muss zweimal Tod verkraften, das müssen wir hier nicht. Wir sind alle am Leben, während Familie Glatz unerträglich allein und wie tot zurückgeblieben ist. Malka Dinkelspiel schlägt genüsslich die Hand vor den Mund. Beide Zwillingssöhne auf einmal!, flüstert sie. Sie sinnt diesem Doppeltod nach, den ihr Mann aus dem Stegreif erfunden hat. Sie schnappt danach wie nach Luft, ohne Zögern glaubt sie ihm die Geschichte, ja, sie wird die Moritat auswendig lernen und sie immer hersagen können.

Was ist mit Meret, die den Vater mit rätselhafter Miene anstarrt?

Und mit Ricarda?

Die arme, arme Familie Glatz, sagt diese mit klirrender Ironie und geht aus dem Zimmer.

Am Abend nimmt Oz Dinkelspiel das Bild von Mitsch-Forch in die Hand und betrachtet es mit zweierlei Augen: Das eine Auge staunt noch immer, das andere zweifelt. Es zweifelt nicht an dem Wert des Bildes, aber an der Versicherung darin.

Meret erlebt die folgenden Tage, als würde es sich um eine völlig überteuerte Ansammlung von Zeit handeln, Stunde für Stunde auf eigene Kosten. Sie spielt nach einem Mittagessen, bei dem es Kartoffeln mit Quark und Endiviensalat gegeben hat, mit der Vorstellung, dass sie jetzt ihren Esstisch aus Palisanderholz gebraten und aufgegessen haben. Am nächsten Tag ist es das Telefontischchen. Und dann muss für einen fade schmeckenden Lauchauflauf mit Schinken der halbe Kirschbaum-Sekretär der Großmutter dran glauben. Ricarda hat ihn vorzeitig geerbt, weil die Großmutter, die in Görlitz in der Steinstraße neben dem jüdischen Kaufhaus Totschek noch immer zu leben versucht, gemeint hat, Ricarda solle schon als junge Frau etwas davon haben, nicht erst später, sie solle ihn als junge Frau bereits genießen, so wie auch die Großmutter selbst ihn in jungen Jahren geschenkt bekommen hat. Dieser halbe Kirschbaum-Sekretär schmeckt nur halb gut, was vielleicht an dem Schinken liegt, der rosa in einer weißlichen Mehlsauce zwischen dem grünen Lauch schwimmt. Meret kaut darauf herum, auf jeder einzelnen der vielen kleinen Schubladen des Möbelstücks, die schwer zu beißen sind, das Holz splittert und sticht in den Gaumen, aber sie zwingt sich dazu, jeden harten Bissen runterzuschlucken, denn Kirschbaum hat viele wichtige Mineralien. Hoffentlich ahnt Ricarda nicht, was sie da gerade verspeist, ihr werden die Mineralien nicht so viel bedeuten wie Meret, sie wird die Mahlzeit verpönen. Aber dann wird sie bald ganz vom Fleisch fallen, denn was bleibt ihnen allen anderes übrig, als ihr altes Haus zu verzehren, Möbelstück für Möbelstück, Fensterbrett für Fensterbrett.

Das ist Glück, denkt Meret bei jeder Mahlzeit, wir haben jetzt genug für lange Zeit, das ist Glück.

Sie hätte gern endlich wieder ein eigenes Zimmer. Es fällt ihr schwer, mit der schweigsamen Ricarda zusammen zu sein, die ihr nicht erlaubt, über das zurückgelassene Leben zu sprechen, über die Freundinnen, die Schule. Ricarda hält sich jedes Mal gemeinerweise die Ohren zu, und Meret bleibt mitten im Satz stecken und wird wütend. Bei einem Streifzug auf den Dachboden entdeckt sie oben eine Tür zu einem Raum, und weil die Tür verschlossen ist, findet sie diesen Raum zunächst geheimnisvoll. Sie geht mehrmals hin und rüttelt am Schloss, aber ihre Vorstellungen davon, was sich in dem Raum dahinter verbergen könnte, sind nicht besonders lustvoll. Meret hat einfach genug vom Suspekten, sie sehnt sich nach Schlichtheit, nach ganz normalen vier Wänden. Eigenen. Trotzdem kommt sie seltsam spät auf die naheliegende Idee, die Tante ganz einfach nach dem Schlüssel zu diesem Raum zu fragen. Vielleicht hat sie bisher tatsächlich gemeint, dass verschlossene Zimmer sich wie in den Büchern verhalten und niemals aufzuschließen sind, sondern für eine sonderbare Geschichte herhalten müssen, die erforscht gehört. Eine Geschichte von Tod und Wahnsinn. Aber es verhält sich viel einfacher als in den Büchern: Die Tante hat einen Schlüssel und gibt ihn ihr sogar. Und Meret findet nichts anderes in dem Zimmer als alte Möbel und Staub. Gegenstände ohne Bedeutung. Alte Koffer mit vergilbter Tischwäsche, kaputte Stühle, Bilderrahmen ohne Bilder. Nichts, gar nichts, das sich finden ließe. Mit einem tiefen Gefühl der Verachtung für die Tante und ihren Knud, ja für ganz Dänemark gibt Meret das Kramen und Gucken bald auf. Ihr bleibt nichts anderes übrig, als die Treppe wieder hinunterzusteigen.

Ricarda übt nicht mehr jeden Tag Cello. Sie läuft ruhelos durch die Straßen von Svendborg. Manchmal kommt Meret mit, sie schauen sich die Auslagen in den Schaufenstern an, schlendern umher, sitzen am Hafen, reden wenig. Meret merkt, dass Ricarda über irgendetwas brütet. Aber fragen würde zu nichts führen. Meret lässt die Schwester brüten. Es ist kühl, die Wolken bauschen sich grau, der Wind schlägt um sich.

Die Mutter setzt ein vergnügtes und zugleich blasses Gesicht auf, das Kräuseln ihrer Lippen, wenn sie etwas Aufmunterndes sagt, ist verräterisch. Ihre Bemerkungen sind nicht mehr trocken, sondern spitz. Sie lacht zu laut bei jeder kleinsten komischen Begebenheit. Ihr Humor, mit dem sie alle anstecken möchte, geht Meret wirklich auf die Nerven. Früher war das Lustige vielleicht lustig, aber jetzt ist es einfach bloß unpassend, mehr nicht. Und wenn die Mutter hinter dem Rücken der Tante Grimassen zieht, um ihrer Familie zu beweisen, wie wenig sie sich von ihr kleinkriegen lässt, glaubt ihr niemand.

Und Friedrich? Kriegt er nichts mit? Wovon? Er hat neulich *Stuttgart* gesagt. Präzise. Der Vater hat ihn angeschaut, als hätte Friedrich eine Pistole in der Hand. Oder eben mal ein Examen bestanden. Eine Pistole oder ein Examen, egal, beides gleich in der Wirkung, beides völlig vergeblich.

Meret hat Friedrich geantwortet. Ja, Stuttgart, Friedrich, das weißt du noch! Stuttgart! Friedrich hat ihr einen vorwurfsvollen Blick zugeworfen, die Stirn in Falten, die rechte Hand am Ohr, als könnte er das Wort aus dem Hören herausschütteln und Stuttgart wäre wieder da. Stuttgart, hat Meret noch einmal gesagt, etwas anderes ist ihr nicht eingefallen, sie hat sich hilflos gefühlt vor diesem irgendwie irritierten Bruder. Stuttgart. Dabei ist das Wort zu einer Erinnerung geworden, zum ersten Mal. Ein Stück Vergangenheit, etwas von damals. Jetzt – das ist nur noch Svendborg, gelbes Haus, Heimatlosigkeit.

An einem Morgen, als ein starker Regen auf das Dach prasselt und die Tante mit Migräne im Bett geblieben ist, sitzen alle Dinkelspiels außer Ricarda nach dem Frühstück, das sie ausnahmsweise selber zubereiten durften, wie allein gelassene Kinder im Wohnzimmer. Die Migräne kommt in letzter Zeit oft, aber immer erst *nach* dem Essen, nach der Zuteilung der Rationen, heute jedoch hat sie keinen Aufschub geduldet und ist mit bleicher Macht am frühen Morgen schon über den Tantenkopf hergefallen.

Meret lernt dänische Vokabeln, mühelos und mechanisch, Friedrich liegt der Länge nach auf dem Boden und spielt mit den Schnürsenkeln des Vaters, der mit geschlossenen Augen auf dem Sessel sitzt, den Kopf nach hinten gelehnt, und so tut, als schliefe er. Die Mutter häkelt. Das ist ihr neuestes, furchtbar belangloses Hobby, eine überhaupt nicht zu der Mutter passende Tätigkeit, mit der sie vermutlich nur davon ablenken will, dass sie eigentlich nicht weiß, was tun. Es ist schon die dritte Häkelmütze, die sie macht, eine für Friedrich, eine für den Vater, und für wen diese rot-weiß gestreifte werden soll, ahnt Meret mit Schrecken. Ich werde sie nicht tragen, diese Nationalfarben Dänemarks, denkt sie, während sie mit einer Vokabelkarte zwischen ihren Zähnen herumsticht, um die Brotreste herauszubekommen. Sie hat sich die Zähne noch nicht geputzt, wie schon so oft in letzter Zeit, denn wenn schon sowieso alles anders ist, warum dann nicht auch das. Wozu eigentlich Zähne putzen. In Kopenhagen gibt es eine Ausstellung, fängt die Mutter auf einmal an. Der Vater öffnet die Augen. Meret tut, als wäre sie ganz in ihre Paukerei vertieft, spitzt aber die Ohren, denn unerwarteterweise scheint die Mutter etwas zu sagen, was sich zu hören lohnt. Zumindest kann man ja mal hinhören, allein schon, weil es um die dänische Hauptstadt geht und nicht um dieses pastellfarbene Svendborg, in dem nie etwas geschieht. Eine Buchausstellung, *Der Deutsche Kulturkampf* heißt sie, und als die Mutter merkt, dass sie auf Interesse stößt, spricht sie aufgeregter und lauter weiter: Es ist eine Protestausstellung gegen die Nazis. Frau Crasselius hat mir davon erzählt. Die Bücher werden da ausgestellt, unsere deutsche Literatur, die die Nazis verboten haben. Die sie auf dem Scheiterhaufen verbrannt haben. Am 10. Mai vor vier Jahren. Die Ausstellung wird am 26. September eröffnet.

Die klaren Zeitangaben stechen wie Nadeln in diesen vagen Vormittag. Meret stockt der Atem. Eine Protestausstellung. Ihr ist, als würde ihr Herz zum ersten Mal seit der Ankunft so schlagen, wie es sich für ein Herz gehört. Das Wort Protest klingt göttlich. Es gibt in Kopenhagen ein Emigrantenheim, sagt die Mutter und wechselt einen raschen Blick mit dem Vater, der sein Ohrläppchen reibt. Da treffen sich die Emigranten. Das Wort Emigranten hört sich aus ihrem Mund plötzlich so an, als handelte es sich dabei um eine besonders wertvolle Spezies. Großartige, faszinierende Leute.

Meret muss leise lachen.

Die Mutter schaut sie erstaunt an. Die Emigranten können dort in Ruhe sitzen, sagt sie nachdrücklich, sie können dort miteinander reden und ... nun: *sein*, es ist ihr Wohnzimmer, wisst ihr, ein Wohnzimmer in der Fremde. Sie lesen dort, sie ... sie trinken Kaffee. Es gibt ein Klavier, es wird Musik gemacht. Und an den Wänden hängen Gemälde, sagt Frau Crasselius. Das Kunstmuseum hat sie extra für dieses Heim zur Verfügung gestellt. Das Haus ist ein kultureller Treffpunkt. Ein Ort für ... uns.

Die Mutter streicht sich die Locken hinter die Ohren und schaut ernst auf die Wanduhr, die eben anfängt zu schlagen. Sie verfolgt jeden einzelnen Schlag und wendet den Blick erst ab, als der letzte dumpfe Ton verklungen ist. Das, was sie über dieses Emigrantenheim erzählt hat, ist noch nicht verklungen. Meret merkt, dass es noch da ist, ein helles Wissen, eine Art Fenster. Sie möchte nach Kopenhagen, jetzt sofort. Lasst uns hinfahren, sagt sie und steht auf.

Die Mutter lächelt sie überrascht an. Dass jemand aus ihrer Familie ein neu gewonnenes Ziel hat, aufsteht, sich bewegt: Endlich! Ihre Kinder sollen etwas erleben, das wirklich einmal etwas Gutes ist! Ja, sagt sie zu Meret, ja, wir reisen gemeinsam hin. Wir fahren alle fünf!

Und Meret glaubt in dem Moment, dass Ricarda sogar mitkommen wird. Dieser Ort wird auch etwas für Ricarda sein, ganz bestimmt.

Der Vater nickt und streicht nachdenklich über die Sessellehne, als müsste er sie beruhigen. Friedrich klopft mit der Hand aufs Sofa, fest und mehrmals hintereinander.

Meret hat es jetzt eilig. Sie verlässt das Wohnzimmer, läuft die Treppe hinauf und stürzt zu Ricarda ins Zimmer, die am Schreibtisch sitzt und eben Morten Hilgersen als Absender auf einen Briefumschlag schreibt.

Ricarda!, ruft Meret aus und holt Luft. Es ist, als hätte sie zu verkünden, dass die Zeit vorbei ist und es zurückgeht nach Deutschland. Wir werden nach Kopenhagen reisen und dort eine Protestausstellung besuchen! Eine Ausstellung gegen die Nazis! Dort zeigen sie die verbotenen Bücher! Und wir werden in ein Haus gehen, in dem die Emigranten sich treffen. Es gibt dort ein Klavier, man kann Musik machen und schöne Bilder anschauen, die dort hängen, das Kunstmuseum hat sie herausgegeben für die Emigranten, für uns, Ricarda! Tatsächlich blitzt hinter Ricardas Brillengläsern etwas in ihren Augen, sie schaut zu Meret auf und lässt den Füllfederhalter sinken. Sie nickt langsam. Sehr fein, sagt sie.

Sehr fein hat sie schon lange nicht mehr gesagt, das klingt phänomenal. Sie werden alle fünf nach Kopenhagen reisen. Und jetzt wird das geplant. Meret schließt die Tür mit einem Rumms hinter sich und eilt wieder hinunter zu den anderen.

Ricarda kommt mit, sagt sie und lässt sich auf einen Sessel plumpsen wie nach einem harten Tag.

Morten Hilgersen

Morten Hilgersen gehört zu jenen seidenen Fäden, an denen die Dinkelspiels hängen, seitdem die Nazis ihnen die Wurzeln ausgerissen haben. Sie baumeln an diesen seidenen Fäden über einem Abgrund, der schwärzer nicht sein könnte und aus dem ein aus der Mundhöhle Hitlers stammender Gestank heraufdringt. Auch die Tante ist ein solcher Faden, ebenso Nappich, Kurt-Anselm, Frau Crasselius, des Vaters Freund Gustav Torzecht, der die Dinkelspiel'sche Bibliothek in Kisten gepackt und in seinen Keller in Cannstatt gestellt hat, und die ehemalige Putzfrau der Dinkelspiels Minna Schrumme, die sich um Hamlet, den Kater der Dinkelspiels, kümmert und auch noch einen Schlüssel zum Haus besitzt, was sie aber niemandem sagt.

Natürlich sind in gewisser, besser gesagt: ungewisser Weise auch Arsch und Viper seidene Fäden, nicht zu vergessen Herr Vegesack, aber von diesen dänischen seidenen Fäden unterscheidet sich Morten Hilgersen doch deutlich. Er ist nämlich der einzige, der sich von Dänemark bis nach Deutschland spannt, genauer gesagt von Svendborg bis nach München, wo Kurt-Anselm Geige studiert, ja, der seidene Faden Morten Hilgersen spannt sich von Ricarda bis zu Kurt-Anselm. Er ist auch der einzige seidene Faden, der in seiner Person ganz und gar hinter seine Funktion zurücktritt, der keine andere Rolle spielt als die eines Fadens von unpersönlicher Natur.

So unpersönlich, dass der Mensch Hilgersen kaum existiert, denn tatsächlich ist Ricarda selbst Morten Hilgersen, wenn sie an Kurt-Anselm Briefe schreibt. Dabei handelt es sich jedoch nicht um ein Pseudonym Ricardas, sondern durchaus um einen wirklichen Mann, einen Dänen aus Fleisch und Blut, dänisch-rotem Blut, der in der Nähe des Hafens in Svendborg lebt. Er ist früher Kollege von Knud Sørensen gewesen und noch immer mit der Tante in Kontakt, die ihm seine Strümpfe stopft, damit er ihr das Dach repariert und dergleichen Tauschhandel mehr. Morten Hilgersen hält als Postadresse für Ricarda und ihren Freund Kurt-Anselm her, darin besteht sein Faden-Sein, es ist kein Tauschhandel, er will nichts dafür haben. Kurt-Anselm in München soll keine Briefe einer verschwundenen Jüdin aus Dänemark bekommen. Das wäre unklug. Ricarda muss sich also hinter Hilgersen versteckt halten beziehungsweise an den seidenen Hilgersen-Faden hängen. Kurt-Anselm muss an Hilgersen schreiben, sich aber nicht an ihn hängen, er braucht keinerlei Fäden, denn er kann auf seinen eigenen Füßen stehen, es sind arische Füße. Hilgersens Füße sind im Übrigen ebenfalls arisch, auch wenn dänisch-rotes Blut in ihnen fließt. Dänisch-rotes Blut ist arisch – wenn man den Nazis glauben will, was man aber nicht will –, deutsch-jüdisch-rotes Blut ist ganz und gar nicht arisch.

Morten Hilgersen hat sich gern vor diesen Karren spannen lassen. Er spannt den Faden mit Bravour. Seit die Briefe aus München bei ihm ankommen, spürt er eine neue Brisanz, ein Stück Ungeheuerlichkeit sich in seinem Leben ausbreiten. Es ist das Monster aus Deutschland, das plötzlich scheel über Hilgersens Tellerrand linst, und Hilgersen ist bereit, dieser frechen Fratze die Stirn zu bieten. Er ist bereit, jeden Brief Kurt-Anselms in seine Hände zu nehmen und in das Haus im Niels Juels Vej zu Ricarda zu tragen. Er weiß, wie wichtig sein Briefkasten ist und dass er diese Briefe niemals öffnen, geschweige denn heimlich lesen darf, auch wenn er das gern täte. Für sein Leben gern würde er herausfinden, worüber ein deutscher Student an seine jüdische Freundin schreibt. Aber das wird ihm versagt bleiben, diesem Hilgersen, wie ihm vieles andere versagt geblieben ist.

Jedes Mal, wenn er Ricarda einen Brief übergibt, ist er gerührt. Dabei weiß er nicht, ob über sich selbst oder über dieses junge Mädchen, das durch seine Gabe rot oder blass wird, sich geistesabwesend bedankt und gleich die Treppe hinauf in den ersten Stock läuft. Er hört, wie oben die Tür geschlossen wird und sich dann eine in seinen Ohren köstliche Stille ausbreitet, die vom Brieföffnen und Brieflesen herrührt, verursacht von ihm. In der Küche bekommt er jetzt einen Schnaps. Die Tante kostet wie er die Situation aus. Sie genehmigt sich sonst nie tagsüber einen Schnaps und ihren Dauergästen, den Dinkelspiels, erst recht nicht, aber wenn Hilgersen kommt, dann ist das die Gelegenheit. Der Schnaps wird aus der Vorratskammer geholt, der Pfropfen herausgedreht, die beiden kleinen dickwandigen Gläschen, die Knud mit in die Ehe gebracht hat, kommen mit dem dazugehörenden leichten Knall auf den Küchentisch, der Schnaps wird eingefüllt, eine kristallklare und scharfe Birne, und mit knapper Geste dann wortlos gekippt. Hinunter damit, sagt die Tante immer erst danach. Eine Bekräftigung? Hilgersen glaubt, dass sie damit die ganze Juden-Sache meint, die sie in Dänemark ja so nicht haben. Er jedenfalls schluckt mit dem Schnaps das Monster. Mit jedem Schnaps ein Stück mehr Monster. Wie auch mit jedem Brief eine kleine Schlacht gegen dieses deutsche Biest gewonnen scheint. Kein Wunder, dass die beiden in der Küche sich so zufrieden ansehen. Sie haben also doch noch einen Tauschhandel daraus gemacht. Hier die Postadresse, da der Schnaps, eine runde Sache, bis in die brennenden Eingeweide hinunter eine runde gute Sache und keine Judensache mehr.

Reise nach Kopenhagen

Am 25. September fahren sie früh am Morgen los. Sie werden für eine Nacht in Kopenhagen bleiben, Frau Crasselius hat für sie mit ihrem Telefon Zimmer in einer Pension gebucht, leider ohne Frühstück, weil das billiger ist. Wir können ja nicht Friedrichs Kinderbett für ein Marmeladenbrötchen in Kopenhagen aufessen, überlegt Meret.

Auf der Zugfahrt werden sie alle an die Abreise aus Stuttgart erinnert, aber es ist jetzt etwas ganz anderes, es hat fast den Charakter einer Vergnügungsreise. Sie haben nur Handtaschen um die Schultern gehängt, mehr nicht. Ein Ausflug, etwas Leichtes. Meret hat sich morgens noch die Haare gewaschen, sie schwingen ihr duftig und weich um die Ohren. Die Sonne scheint vorsichtig, aber freundlich, es ist nicht warm, aber Meret trägt wieder das lachsfarbene Sommerkleid mit den kleinen Standuhren. Sie hat es gestern Abend noch gebügelt, es hat einen frischen, reinen Geruch. Sie hat die hübsche graue Strickjacke darüber gezogen und fühlt sich ordentlich, auch in ihrem Kopf kommt ihr alles sortiert vor, die Gedanken liegen in den Fächern, in die sie gehören. Es sind die Fächer *Jugend, Hauptstadt, Bummeln gehen, andere nicht faschistische, normale Leute, schöne Geschäfte, Beobachtungen sammeln*. Es sind nicht viele Fächer und deshalb redet Meret vorsichtshalber wenig, um keine Überlegungen hervorzulocken, die diesen angenehmen Zustand schlichter Vorfreude dann gleich wieder verbeulen.

Und Ricarda spielt mit. Sie hat ihr grün-rot kariertes Kleid mit den großen Taschen angezogen, und sie macht mit Friedrich ein Fingerspiel, bei dem er immer gewinnen kann. Ihr

Lachen rollt durch das Abteil wie ein Apfel, wenn sie nach seinem Daumen greift und ihn nicht zu fassen kriegt, weil Friedrich ihn immer wieder behäbig unter die restlichen vier Finger schlüpfen lässt. Wenn Ricarda so lacht, wird Meret ganz ruhig zumute.

In Kopenhagen kommt die Sonne entschieden aus den Wolken heraus. Es ist erst zehn Uhr, die Luft ist wie neu. Meret fröstelt aufgeregt. Die Dinkelspiels gehen langsam wie auf einem Sonntagsspaziergang vom Bahnhof in das bunte Zentrum der Stadt. Die Kopenhagener Häuser ragen anders in die Höhe als die Svendborger, findet Meret, man sieht gleich das Hauptstädtische. Auch den Menschen sieht man es an. Den Kopenhagenern steht eine andere Tür offen, sie haben etwas in der Miene, das Meret auf Anhieb gefällt, sie schaut jede Person, die an ihr vorübergeht, fast mit einer Gier an.

Die Mutter hat sich beim Vater eingehakt. Um den Hals trägt sie ihren türkisfarbenen Seidenschal, den der Vater ihr einmal aus Padua mitgebracht hat und dessen Ende ihr am Rücken flattert wie eine Fahne. Meret sieht zu ihr hinüber. Wie gut ihr der Schal zu ihren schwarzen Haaren steht, denkt sie, und wie schön sie ist. Sie gehen und betrachten ernsthaft die Schaufenster und all diese Leute, die Stadtmenschen, die Kopenhagener, sie ziehen weiter, sie entdecken einen Fahrradladen und einen großen Textilwarenladen mit aparten, edlen Stoffen, dessen Auslagen sie lange betrachten. Friedrich ist ganz still.

Dann das lange schmale Hafenbecken mit vielen Schiffen, die ruhig auf dem Wasser liegen. Ein fast grelles, fast in den Augen schmerzendes Licht über den alten, schmalen Häusern der Hafenzeile.

Auf einmal deutsche Stimmen ganz in der Nähe, wie von einem Schlag getroffen zuckt Meret zusammen, schaut sich nervös um, entdeckt eine Gruppe junger Männer, die aus einem kleinen, gelb bewimpelten Ausflugsdampfer herausquillt. Gut gelaunt springen sie einer nach dem andern von Bord, laut und übermütig. Es sind Deutsche, Juden sind das nicht, es sind normale Deutsche, und unwillkürlich überkommt Meret der Impuls zurückzuweichen. Jetzt fängt einer an zu singen, die anderen stimmen ein, und zu Merets Entsetzen schallt da das Horst-Wessel-Lied über die Hafenmole, und die Kerle lassen prompt ihre Arme schräg hinaufschießen, machen tatsächlich den Hitlergruß, wie können sie es wagen, sie sind doch in Dänemark. Meret erstarrt. Sie greift nach Ricarda, die neben ihr steht, hält sich an ihrem Arm fest und spürt die Verkrampfung der Schwester wie die eigene. Wo ist Friedrich? ist alles, was Meret in diesem Augenblick denken kann, sie sieht, dass die Mutter ihn auf den Arm genommen hat, ein langer Spuckefaden hängt ihm aus seinem zum O geöffneten Mund, er hat die Augen halb geschlossen und blinzelt in Richtung der grölenden Männer, die sich jetzt gegenseitig auf die Schultern klopfen, der eine nimmt einen Schluck aus einer Bierflasche, gibt sie weiter an den nächsten, der sie mit weit in den Nacken gelegtem Kopf austrinkt und dann in das Hafenbecken schleudert.

Meret beobachtet, wie ein älterer Herr jetzt auf die Gruppe zugeht, er spricht sie auf Deutsch an und beginnt, ihnen Drucksachen in die Hand zu drücken. Die Männer werfen gleich einen Blick darauf, einer sagt etwas, daraufhin lachen alle einmütig und schallend, der Mann auch, er wirft den Kopf dabei mit weit geöffnetem Mund in den Nacken. Das Lachen der Männer und das Geschrei der Möwen vermischen sich, ein Gellen liegt in der Luft, und dann hört Meret die deutsche Sprache, deutsche Brocken, es ist ein Witz, erzählt von einem braun gebrannten Blonden, und es ist nicht irgendein Witz, hier am Hafen wird gerade ein Hitler-Witz zum Besten gegeben, der Name ist deutlich zu hören, und auch die Verhöhnung ist eindeutig, sie findet in aller Öffentlichkeit statt, und keiner hat Angst.

Meret entdeckt in der Gruppe einen, den sie hübsch findet, er hat braune Locken und ein verschmitztes Lächeln, er steht gar nicht weit weg von ihr, sie könnte mit ein paar Schritten bei ihm sein und ihn riechen, das würde sie gern, sie würde gern wissen, wie der riecht, der Deutsche da, der Arier da. Sie betrachtet die Haut seiner Arme, die aus seinem blauen kurzärmeligen Hemd herauskommen, einen blauen Pullover hat er sich über die Schulter gehängt, dazu trägt er hellgraue Hosen.

Oz Dinkelspiel hat den Witz auch gehört und es zieht ihn magnetisch zu der Gruppe, denn was da verteilt wurde, das interessiert ihn.

Als die jungen Männer weiterziehen, direkt an den Dinkelspiels vorbei, die kerzengerade und dicht beieinander dastehen und sich nicht rühren, wendet sich der ältere Herr um und kommt geradewegs auf sie zu und jetzt spricht er sie an: Sie sind auch deutsche Touristen, die zum Tivoli wollen, stimmt's?

Der Vater sucht verlegen nach einer diplomatischen Antwort: Zum Tivoli, warum nicht, aber wir möchten in die Glyptothek.

Die ist am Dantes Plads, erwidert der Mann mit berückender Selbstverständlichkeit, kommen Sie, ich führe Sie hin. Das liegt auf meinem Weg. Sie haben Glück, Sie werden dort Harald Isenstein antreffen, den Bildhauer, er macht heute eine deutsche Führung in der Glyptothek. Der Vater wechselt mit der Mutter einen Blick. Die Mutter nickt knapp.

Da meldet sich Ricarda zu Wort: Vor allem möchten wir zum Emigrantenheim.

Jetzt ist es heraus, jetzt weiß er, wer wir sind, denkt Meret, und es kommt alles auf seine Reaktion an, warum hat Ricarda das nicht für sich behalten können. Der Mann verliert für einen Augenblick seine joviale Miene, sein Blick streift Friedrich, Meret stockt der Atem, dann sagt er: Sie wollen zu unserer Ausstellung, *Der deutsche Kulturkampf*, sehr gut! Sehr gut! Aber die wird erst morgen eröffnet, das wissen Sie hoffentlich! Gut, auch zum Emigrantenheim kann ich Sie hinführen, denn Sie sehen nicht so aus, als wären Sie schon lange hier.

Wie sieht man denn aus, wenn man schon lange in Kopenhagen ist?, fragt Ricarda spitz.

Ich bin auch Emigrant, sagt er und hebt seinen Hut, lustig ist das Zigeunerleben!

Die Dinkelspiels schauen ihn stumm an, keiner verzieht eine Miene. Friedrich bohrt sich in der Nase. Jetzt gibt der Mann dem Vater die Hand und schnurrt ab: Walter Christiansen, aus Elberfeld. Mitbegründer des Emigrantenheims, zusammen mit Otto Piehl. Seit 1934 hier im Lande. In meinem früheren Leben Verleger, Fackelreiter-Verlag. Jetzt hauptsächlich Agitator. Das Wort Agitator klingt in Merets Ohren wie Alligator, sie möchte lachen wie ein Kind, der Mann hat wirklich ein großes Maul, sie möchte lachen, weil sie sich auf einmal so erleichtert fühlt. Der Christiansen hat soeben irgendeinen Zentner von ihrer Brust genommen, vielleicht ist es der Judenzentner, der bleierne Zentner der Verfolgten, und im Übrigen gefallen ihr Alligatoren schon immer, aber nur im Zoo, und überhaupt: Wie sich alle jetzt von dem Mann in Gang setzen lassen, der Vater vor ihr auf dem dänischen Bürgersteig die Beine vorauszuwerfen beginnt wie in alten Zeiten, neben ihm der Alligator, der seinen Hut an der Krempe hält, wie der Himmel gerade schneeweiße Wolken schickt, harmlose Murnau-Wölkchen, die nichts wollen als segeln, und wie Friedrich an der Hand Ricardas eifrig große Schritte zu machen versucht – dies scheint ein guter Tag zu werden. Dinkelspiel, sagt der Vater, aus Stuttgart, Kunsthändler, wir sind seit Juli hier im Lande. Jüdisch, stellt Christiansen ohne mit der Wimper zu zucken fest.

Sie gehen schweigend die Straße entlang.

Sind Sie gut untergekommen?, fragt der Mann.

Der Vater zögert. In Svendborg, teilt er dann mit, bei einer alten Tante. Wir haben es gut getroffen, das muss ich sagen.

Er muss es sagen, denkt Meret verächtlich, er will es nicht.

Ihr Mann war ein Quäker, ergänzt der Vater.

Warum muss eigentlich sofort eine Erklärung dafür her, wie man auf die blöde Idee kommen kann, Juden zu helfen?, denkt Meret. Quäker, ach so, na dann … Sie ist plötzlich aufgewühlt, die beschwingte Heiterkeit von vor einer Minute ist weg, sie merkt, wie die altbekannte Spannung wieder Besitz von ihr ergreifen will, und wehrt sich dagegen, schaut sich nach der Mutter um, die so still hinter ihr hergeht, als wäre sie gar nicht da. Aber da ist sie, da geht sie mit ihrem türkisfarbenen Schal und macht das Gesicht einer Frau, die nicht weiß, dass sie in Kopenhagen nur ihre Neugier auf die Welt befriedigen will und mehr nicht.

Die Quäker!, ruft Christiansen begeistert aus. Das sind mir die Liebsten! Wahrhaftige Menschen, die meinen es ernst mit ihren Geboten. Selbstachtung, Nächstenliebe – selten habe ich das so erlebt wie bei diesen Leuten, das können Sie mir glauben.

Was sollen wir ihm noch alles glauben, flüstert Ricarda neben Meret.

Die Quäker haben ein großartiges Hilfskomitee, fährt Christiansen fort, die unterstützen uns sogar bei unserer politischen Arbeit. Obwohl die uns ja verboten ist. Dürfen wir als Emigranten ja alles nicht machen.

Meret schaut sich erschrocken um. Was posaunt der Mann

hier so laut heraus? Wenn ihn jemand hören kann! Aber ich bin nun einmal Missionar durch und durch, sagt Christiansen, ich kann meinen Mund nicht halten, jetzt erst recht nicht.

Dann nehme ich an, dass die Blätter, die Sie vorhin an diese jungen Deutschen verteilt haben, politische Schriften waren? Der Vater bleibt stehen, wie außer Atem nimmt er seinen Hut vom Kopf und fächelt sich Luft damit zu.

Kommen Sie, sagt Christiansen, kommen Sie mit ins Nimb, da haben wir ein bisschen Zeit. Ich möchte hören, wie es in Deutschland ist, ein bisschen Heimatluft schnappen. Nimb? Jetzt meldet sich die Mutter zu Wort. Davon hat die Tante erzählt. Das ist ein berühmtes Restaurant.

In den Tivoli-Gärten, nickt Christiansen, es ist nicht weit, und heute ist mein Glückstag, ich habe eine neue Wohnung gefunden, hell und mit Zentralheizung! Habe heute Vormittag den Mietvertrag unterschrieben. Wenn Sie wüssten, wie ich im vergangenen Winter gefroren habe, würden Sie verstehen, warum ich heute feiern muss. Und am besten mit der Familie Dinkelspiel aus Deutschland! Helfen Sie mir dabei, dass ich im Konnex bleiben kann mit dem deutschen Geschehen, und kommen Sie mit mir ins Nimb! Nur einladen kann ich Sie leider nicht, dazu fehlen mir die Mittel.

Der Mann steht beinahe flehend vor ihnen, sein hageres Gesicht rührt Meret, sie glaubt zu spüren, was er schon hinter sich hat, und wenn er sich derart an fremde Menschen hängt, dann muss er wohl in Not sein.

Und hinterher will der kleine Mann hier doch sicher noch Karussell fahren, nicht wahr? Christiansen beugt sich zu Friedrich hinunter und streicht ihm übers Haar. Damit hat er die Mutter gänzlich gewonnen.

Ja, das möchte er, sagt sie und seufzt ein bisschen kokett, und ich übrigens auch.

Christiansen lacht. Die Karussells im Tivoli sind wunderbar, die darf man nicht verpassen! Genauso wenig wie unser Emigrantenheim.

Im Nimb

Das Restaurant steht inmitten eines mit Blumenrabatten heiter bepflanzten Parkes, ein Palast in strahlend weißem Marmor mit Türmchen und Verzierungen. Meret ist tief beeindruckt, sie fühlt sich wie in einem fernen Land. Genau das bin ich ja auch, denkt sie, als sie die Treppen zur großen Café-Terrasse hinaufsteigen, und unwillkürlich streckt sie den Rücken durch, um graziler zu erscheinen. Ricarda stößt ihr mit dem Ellenbogen in die Rippen und pfeift leise.

Sie finden einen freien Tisch an der weißen Brüstung mit Blick auf den großen Springbrunnen unten im Park und bestellen dänischen Käsekuchen und Kaffee, Selters und Himbeerbaisers mit Schlagsahne, ein befrackter Kellner trägt alles in Windeseile herbei, und Meret genießt es unendlich, so galant und selbstverständlich in aller Öffentlichkeit bedient zu werden. Friedrich, der gleich seinen Zeigefinger in die Schlagsahne bohrt, stößt heftige Laute aus und versuch, Meret etwas zu erklären, sie aber schaut gebannt hinüber zum Tivoli, hinter den Buchsbaumhecken dort drüben beginnt er, er winkt bunt und geräuschvoll herüber, sein prächtiges Riesenrad ragt herauf, er klingelt und fiedelt frech, und Meret kribbelt es in den Beinen. Auf einmal möchte sie gar nicht mehr als Erstes ins Emigrantenheim, schon gar nicht mit den Eltern in die Glyptothek, sondern sich lieber ins Vergnügen stürzen. Es scheint so einfach zu erreichen, so gänzlich unbehindert, sie kann es nicht glauben.

Papa, Mama!, ruft sie, den Mund voller Kuchen. Geht ihr nachher ohne uns ins Museum! Ricarda und ich nehmen derweil Friedrich mit zum Tivoli. Ricarda, du kommst doch mit?

Ricarda nickt. Sie hat sich von einem Ständer am Treppenaufgang eine Ansichtskarte vom Nimb geschnappt und schreibt bereits an Kurt-Anselm, ihre Wangen glühen. Fackelreiter-Verlag, sagt Christiansen. Haben Sie vielleicht schon gehört. Das war meiner. Pazifistische Schriften, sozialistische auch. Wurden auf dem Scheiterhaufen verbrannt, 33.

Die Zahl liegt machtvoll neben der Vase mit den weißen Nelken. Die Nelken duften süß. Meret lächelt Friedrich zu.

Darauf kann man wohl stolz sein, sagt die Mutter.

Ricarda rollt die Augen und wirft Meret einen spöttischen Blick zu. Aber Meret reagiert nicht. Sie hört auch nicht zu. Sie sitzt in einem Café, Kuchen essend, ein Kellner hat sie bedient.

Sie werden sie in der Ausstellung sehen können, sagt Christiansen und schiebt sich ein Stück Kuchen in den Mund. Er kaut schnell wie ein Hamster. Seine Augenbrauen zucken immer wieder.

Was meinen Sie?, fragt die Mutter.

Wir stellen die verbotenen Bücher aus. Christiansen legt den Satz wie ein Ass auf den Tisch.

Und wir wollen sehen, ob das wirklich wahr ist!, lacht die Mutter.

Es ist wahr, sagt Christiansen. Jedes der Bücher ist wahr.

Jetzt wird er pathetisch, denkt Meret und tritt Ricarda unter dem Tisch gegen das Schienbein.

Hei, flüstert diese kichernd, jetzt habe ich mich verschrieben!

Meret sieht zu, wie der Vater seine Brillengläser mit der Serviette putzt, mit der gebügelten und gestärkten Leinenserviette des Nimb, während Christiansen anfängt, vom deutschen Gemüt zu sprechen, von der speziellen deutschen Gesinnung und Tat, und dass ihm dieses Deutschland, das sich dem humanen Geiste verpflichtet, niemand nehmen könne, das sei das wahre Deutschland und dafür trete er ein. Darum gehe es auch in seinen Schriften, die er an jene Tivoli-Touristen verteile, die für einen oder zwei Tage von Rostock oder Stralsund mit den Ausflugsschiffen herüberkommen.

Sagt Ihnen Otto Buchwitz etwas?, fragt er, aber der Vater hebt nur entschuldigend die Arme.

Unsere zwei dollen Ottos: der dolle Otto Piehl und der dolle Otto Buchwitz. Die sollten Sie sich merken. Die schreiben auch für meine Flugschriften. Bestes Futter kriege ich von denen. Bestes Futter für Köpfe, die noch selber denken wollen.

Aber wird das denn von diesen deutschen … Kerlen gelesen, die Sie da am Hafen angesprochen haben? Der Vater ist fassungslos. Ich kann kaum glauben, dass …

… dass solche strammen Arierknaben das schlucken?, unterbricht ihn Christiansen und wirft seinen Rücken mit Schwung an seine Stuhllehne.

Ich sage Ihnen jetzt mal was: Neunzig Prozent dieser jungen Leute sind doch heilfroh, wenn sie mal erfahren, wie sich das braune Spektakel von dieser Seite des Wassers ausnimmt.

Mit Klirren stellt er seine Kaffeetasse auf den Tisch.

Die hören mir gern zu, wenn ich von den demokratischen Freiheiten in Dänemark spreche. Die wollen alle nicht als Nazi-Idioten angesehen werden, da tun sie dann ganz empört und erzählen mir einen Hitler-Witz nach dem anderen. Ich habe eine Sammlung, ich schreibe die alle auf, schon siebenundfünfzig gesottene Witze habe ich über ihn, und die meisten kommen geradewegs von solchen Touristen, die beim Anlegen dreist das Horst-Wessel-Lied schmettern, diesen primitiven Zuhälter-Gassenhauer, den man ihnen als neue Nationalhymne aufzuschwatzen versucht. Sie haben die Jungs ja vorhin selbst gehört, neinnein, die tun euch Juden nichts, die muss man nur nach allen Regeln der Kunst verarzten, heilen, aufklären.

Die Mutter schüttelt den Kopf. Aber dann wählen sie eben doch den Hitler, sagt sie. Das sind doch dieselben Leute, ich traue keinem Deutschen mehr, der so artig sein Pfötchen hebt, und sei es nur aus Jux und Tollerei.

Das tun die nur, wenn sie zu zwanzigst auf einem Haufen stehen, Frau Dinkelspiel, dann wird der Deutsche vom Herdentrieb erfasst und steht stramm. Herr Christiansen legt seine Brille neben den Kuchenteller und reibt sich die Augen.

Aber die haben Hitler hochleben lassen, wirft Ricarda ein. Das war doch ganz eindeutig! Sie ist fertig mit der Ansichtskarte an Kurt-Anselm. Sie hält sie in der Hand und kratzt sich mit einer Ecke an der Stirn.

Eben nicht eindeutig!, erwidert Christiansen beschwörend, eben nicht eindeutig, das ist es ja! Was habe ich für böse Witze mit denen gerissen, mit was für frechem Gelächter! Wir haben dem Hitler schon dreimal den Garaus gemacht, aber wie! Ich habe sie insgeheim von allerhand verbotenen Früchten naschen lassen, von den süßen verbotenen Früchten politischer Erkenntnis. Nicht wenige waren dabei ganz zahm, die haben mir geradezu aus der Hand gefressen … Sehen Sie, ich bin ein alter Wandervogel, ich kenne die deutsche Jugend aus erster Hand, ich weiß, wie die denken, fühlen, was die wollen. Ich war lange aktiver Leiter der Jugendbewegung. Die Jugend gehört aufgeklärt und geführt, aber von den richtigen Idealen, nicht vom braunen Irrsinn, nicht von einem solchen Führer.

Und Sie versuchen, diese Leute von hier aus zu erreichen? Der Vater schaut den Mann an, als wäre er nicht ganz bei Verstand. Sie scheinen ein unerschütterlicher Idealist zu sein, fügt er hinzu und faltet die Hände an der Tischkante. Meret sieht dem Vater an, wie müde er ist. Friedrich rutscht von seinem Stuhl, die Mutter setzt ihn energisch wieder darauf.

Da sagt Herr Christiansen leise: Ich glaube nicht mehr an meine Rückkehr nach Deutschland. Hitler will Krieg. Davon bin ich mittlerweile überzeugt. Ich trage mich mit Auswanderungsgedanken. Ein ehemaliger Wandervogel-Kamerad aus Elberfeld, Hans Röttgen, ist schon 33 nach Brasilien emigriert. Er hat mich zu sich eingeladen. Vielleicht gehe ich. Aber solange ich noch hier bin, bleibe ich jugendbewegt. Auch wenn ich einer besiegten Generation angehöre, das ist mir klar. Aber ich lasse mir mein wahres Deutschland nicht nehmen. Deutsche Fragen sind und bleiben deutsche Aufgaben. Und es ist vor allem die Jugend, die sich ihrer annehmen muss.

Er wirft den beiden Mädchen einen Blick zu.

Meret ist verwirrt. Mit der Zunge drückt sie kleine Stückchen Baiser gegen den Gaumen, bis sie sich zu einem zuckrigen Saft auflösen, den sie so lange wie möglich ganz hinten im Mund behält. Er schmeckt köstlich. Wenn Herr Christiansen so an die Jugend glaubt, warum will er dann nach Brasilien? Und warum bemüht er sich dann noch so um die Horst-Wessel-Schmetterer, wenn er sich doch als Besiegter versteht? Ist er nicht selbst der Uneindeutigste von allen? Meret spürt plötzlich eine Wut auf diesen Mann, sosehr er sie vorhin vom schweren Zentner befreit haben mochte. Sie wünscht sich nichts mehr auf der Welt als Eindeutigkeit, denn daraus besteht doch – glaubt sie – die Wahrheit. Sie versteht ihn nicht und kann ihn nicht verstehen. Und jetzt will sie zum Tivoli.

Und warum deutsche Fragen und deutsche Aufgaben?, fragt plötzlich Ricarda, die bisher wie geistesabwesend dabeigesessen hat. Ich zum Beispiel, sagt sie und setzt sich sehr gerade auf, möchte nach Palästina. Die zionistischen Fragen halte ich für viel wichtiger als die deutschen.

Christiansen wirkt überrascht. Sie wollen von hier aus nach Palästina?

Nun, sagt Ricarda und macht eine Handbewegung, als wäre für sie bereits alles geklärt, ich habe vor, im Palestine Orchestra zu spielen. Ich bin Cellistin. Mein Freund Kurt-Anselm spielt Geige. Das Palestine Orchestra ist im vergangenen Jahr in Tel Aviv gegründet worden. Von Hans Wilhelm Steinberg und von Kurt-Anselms Lehrer Bronisław Huberman. Die Namen sagen Ihnen doch etwas?

Ja, sicher, beeilt sich Christiansen eifrig zu nicken. Huberman, großer Geiger, sehr großer jüdischer Geiger. Seine Stradivari ist letztes Jahr aus der Carnegie Hall gestohlen worden. Üble Geschichte! Der Diebstahl ist passiert, während er einen Stock tiefer auf einer anderen Geige konzertiert hat. Die Zeitungen haben davon berichtet. Ganz üble Geschichte! Was für ein ungeheurer Verlust für Bronisław Huberman!

Nun, nicht nur für Bronisław, sagt Ricarda und runzelt die Stirn. Sie spricht den Namen mit einem stark gerollten R, es hört sich an, als würde sie Schwarzbrot brechen. Jeder kann hören, dass sie weiß, wie man diesen Namen ausspricht, und auch dass sie dies aus erster Hand weiß, nämlich von Huberman selbst.

Ja, Ricarda, denkt Meret, wir wissen, wie gut befrrrreundet du mit Brrrrronisław bist.

Aber dieser Verlust, fährt Ricarda seelenruhig fort, hat ihn nicht davon abhalten können, das erste Konzert mit seinem neuen Orchester im vergangenen Dezember zu spielen. Am 26. Dezember in Tel Aviv war das. Niemand anderes als Toscanini hat das Konzert geleitet. Sie haben die zweite Symphonie von Brahms gespielt. Meine Lieblingssymphonie, ich übe sie gerade. Bronisław weiß, dass wir kommen werden, Kurt-Anselm und ich. Er wird uns holen. Er hat schon viele Juden in sein Orchester geholt. Vor allem Juden aus Osteuropa. Aber uns kann er auch brauchen. Das ist keine deutsche Frage, oder?

Tel Aviv – Meret wendet den Namen zwei- oder dreimal auf ihrer Zunge. Sie hat Fotos der Stadt in einer Zeitschrift gesehen in Ricardas Zimmer zu Hause in Stuttgart: die Weiße Stadt im Wüstensand. Sieben deutsche Architekten vom Dessauer Bauhaus haben daran mitgebaut – und Ricarda benutzt den Namen, als könnte sie darin ein- und ausgehen. Tel Aviv heißt Frühlingshügel, hat Ricarda ihr einmal erzählt, und Meret hat sich eine sanfte grüne Erhebung in der Landschaft vorgestellt, über die der Wind streicht mit dem Duft von Orangenblüten.

Aber jetzt verspürt sie keinerlei Lust auf Ricardas Lebensthema. Es hängt ihr gelinde gesagt zum Hals raus. Im Übrigen ist Ricarda zwar eine hervorragende Cellistin, aber studiert hat sie noch nicht. Ob Huberman sie wirklich haben will, ist gar nicht sicher. Warum sollte er? Nur weil Kurt-Anselm sein Meisterschüler war? Kurt-Anselm ist Arier. Es gibt viele großartige Musiker, die keine Arier sind und die Huberman noch retten muss. Meret wünscht, er würde Ricarda als Erste retten. Gleichzeitig wünscht sie, hier und jetzt in diesem schönen Café in Kopenhagen, dass Huberman Ricarda gar nicht in Tel Aviv haben will. Dass sie bleiben muss, wo sie ist, so wie alle Dinkelspiels. Aber so, wie sie Ricarda kennt, wird Ricarda nicht auf Hubermans grünes Licht warten. Sie wird überhaupt nicht mehr lange warten.

Hier, sagt Ricarda und zieht einen Zettel aus ihrer Handtasche. Sie haben Ihr Flugblatt, ich habe meines. Mein Credo ist nicht deutsch.

Was ist das?, fragt Christiansen. Meret sieht die Blicke, die die Eltern wechseln. Sie sitzen da wie kleine bescheidene und begossene Pudel, denkt sie und beißt sich auf die Lippen.

Es ist ein Zeitungsausschnitt aus meinem Lieblingsjahr 1933, antwortet Ricarda, jenem Jahr, das seinen Anfang am segensreichsten 30. Januar aller Zeiten nahm. Fünf Monate später, am 30. Juni, hat Wilhelm Furtwängler den Juden Bronisław

Huberman eingeladen, mit den Berliner Philharmonikern zu spielen. Daraufhin hat Bronisław Huberman ihm einen Brief geschrieben, der in vielen internationalen Zeitungen veröffentlicht wurde. Ich lese daraus vor: *In Wirklichkeit ist es keine Frage von Violinkonzerten oder der Juden; das Thema ist die Bewahrung der Dinge, die unsere Väter mit Blut und Opfern erreicht haben, der elementaren Voraussetzungen unserer europäischen Kultur, der Freiheit des Individuums und seiner bedingungslosen Eigenverantwortung, unbehindert durch Fesseln von Kaste oder Rasse.*

Als Ricarda geendet hat, ist es noch stiller am Tisch als zuvor. Sogar Friedrich rührt sich nicht, mit halb geschlossenen Augen kaut er an einer silbernen Kuchengabel.

Dann murmelt Herr Christiansen *sehr schön*, aber da das eine Floskel ist, durch die Ricarda sich niemals bremsen lässt, holt sie Luft und fragt: Kennen Sie seine Einspielung von Tschaikowskis Violinkonzert? Herr Christiansen schüttelt den Kopf und öffnet schon den Mund, um etwas zu sagen, da redet Ricarda weiter: Die ist nicht *sehr schön*, die ist Kampf. Da können Sie hören, wie Bronisław es meint.

Das R, denkt Meret, du hast vergessen, das R zu rollen, Ricarda.

Für ihn ist Geige spielen kämpfen. Ricarda nickt jetzt zu ihren Worten. Kämpfen für eine bessere Welt. Dafür braucht er keine Stradivari. Dafür braucht er uns, Kurt-Anselm und mich und alle – Juden.

Sie schaut triumphierend in die Runde. Die bessere Welt wird nicht die deutsche sein!

Friedrich wirft die Kuchengabel auf den Boden, die Mutter bückt sich nach ihr, Friedrich rutscht vom Stuhl, die Mutter lässt ihn gehen.

Herr Christiansen schaut versonnen vor sich auf den Tisch, während Ricarda ihre strengen Augen auf ihn gerichtet hält.

Er aber schürt nur sein eigenes Feuerchen und fängt jetzt an, vom Emigrantenheim zu sprechen, von der Schule, die sie dort in diesem Frühjahr gegründet haben, es gebe gute Vorträge zu hören, heute Nachmittag zum Beispiel könnten sie dem jungen Komponisten Werner Wolf Glaser lauschen, *Einführung in die moderne Musik.*

Ja ja, schmunzelt er und lehnt sich sichtlich zufrieden zurück, ich kenne das Programm unserer Schule für Erwachsene auswendig, Berendsohn und ich haben sie ja gegründet. Berendsohn, das ist der Intellektuelle unter uns, er hat natürlich auch seinen berühmten Strindberg-Vortrag schon gehalten, den aus seiner Hamburger Zeit, und er schreibt unermüdlich Artikel für unsere Exilpresse, die müssen Sie lesen, großartiger Mann, der Berendsohn, spricht auch viel im Radio. Haben Sie schon von Schirren gehört, Walter Schirren, dem Philosophen? Den haben wir auch hier in Kopenhagen. Wohnt sehr ärmlich im Christlichen Seemannsheim. Die Moderne, die kriegen wir hier frei Haus. Alles vom Feinsten, alles frisch und unverfälscht. Aber trotzdem will der Hans Henny Jahnn lieber auf Bornholm leben. Und jetzt raten Sie mal, was dieser große Hamburger Dramatiker dort macht! Sie werden es nicht glauben, womit der seine Zeit in seinem Bornholmer Exil totschlägt, damit man ihn nicht totschlägt!

Ich habe mal gehört, dass er auch Orgeln bauen kann, schlägt die Mutter vor. Wie gerade sie dasitzt, denkt Meret, wie ordentlich sie die feine Leinenserviette zusammenfaltet.

Ach was, auf Bornholm kann er keine Orgeln bauen! Christiansen schaut listig in die Runde und holt tief Luft: Pferdezucht! Der gute Mann macht jetzt auf Pferdezucht!

Er kichert heiser.

Er züchtet Pferde! Darauf muss man erst mal kommen, was?

Leider, fügt er dann – plötzlich mit ernstem Kopfschütteln –

hinzu, leider verfügt nicht jeder Emigrant über die Mittel und Wege, irgendwo irgendeine sinnvolle Tätigkeit auszuüben. Da drehen sich die klügsten Däumchen! Ein Jammer ist das … Deshalb haben wir ja unsere Schule gegründet. Und was machen jetzt die dänischen Behörden damit? Die intervenieren dagegen! Die fürchten sich vor politischen Zirkeln … Also müssen wir wohl bald schon wieder aufgeben.

Christiansen wischt sich mit seiner weißen Serviette den Mund und peitscht dann heftig mit ihr gegen die Tischkante.

Natürlich gibt es auch hier diese politischen Auseinandersetzungen, fährt er dann leiser fort, als spräche er zu sich selbst, zwischen den verschiedenen Emigrantengruppen. Aber um die kümmere ich mich nicht. Gar nicht kümmere ich mich darum. Wat soll dat?! Wozu meine kostbare Zeit verplempern mit politischer Korinthenkackerei! Für mich ist die Emigration eine Einheit! *Muss* eine Einheit sein! Wir alle müssen doch zusammenarbeiten! Worum geht es denn?! Um den Kampf für die Befreiung Deutschlands – um nüscht anderes! Auch Otto Buchwitz, waschechter Sozialdemokrat, plädiert übrigens für eine Zusammenarbeit mit den kommunistischen Emigranten.

Christiansen predigt. Ricarda und Meret wechseln Blicke. Ein milder Wind weht in Merets Haare, die locker auf ihre Schultern fallen. Sie fühlt sich gut in ihrem Kleid in diesem wunderschönen Café. Sie sitzt hier unbehelligt in der Öffentlichkeit. Das Leben scheint neu und verlockend, sieh an, Ricarda lässt einen zierlichen silbernen Teelöffel auf dem Zeigefinger balancieren.

Oz Dinkelspiel blinzelt Christiansen an, ihm liegt so viel auf der Zunge, aber er bringt kein Wort heraus. Er ist es nicht mehr gewohnt, hinauszusprechen, was er denkt. Draußen zu sitzen, im Freien, und politische Gedanken laut zu formulieren. Seine Zunge ist mit ihrem Hauptnerv an den Schrecken gebunden. Sie kann kaum noch auf Deutsch diskutieren, einer Sprache vertrauen und losgaloppieren. Dabei würde er das so gern tun. Er hat es einmal ganz gut gekonnt, als junger Student in Köln. Oz Dinkelspiel sieht auf seine Fingernägel und räuspert sich.

Ich habe eine Verabredung mit dem Direktor Poulsen in der Ny Carlsberg Glyptotek, sagt er. Den Satz hat er aber lange geübt, denkt Meret. Versprechen Sie sich nicht zu viel davon, erwidert Christiansen trocken und schaut auf seine Armbanduhr. Dann legt er seine Hand auf den Arm des Vaters. Aber vielleicht haben Sie Glück! In seinem Gesicht geht plötzlich ein Licht an. Seine Augen leuchten. Vielleicht treffen Sie im Emigrantenheim auf meinen Kameraden Brandt, Willy Brandt, er kommt ab und zu von Norwegen herüber. Die Ausstellung wird ihn interessieren, er wird sicher kommen. Brandt und ich, wir sitzen gern zusammen. Ein blutjunger Kerl und vielversprechend. Vielversprechender kann einer gar nicht sein, ich wünschte immer, Willy würde nach Kopenhagen ziehen. Aber Willy hat sein Herz in Norwegen verloren.

Christiansen schnalzt mit der Zunge.

Willy Brandt, wiederholt Oz Dinkelspiel bedächtig, als würde er den Namen vorsorglich auswendig lernen. Als könnte Willy Brandt ihm helfen.

Christiansen nickt bestätigend. Und Hans Hartvig Møller, Schulrektor in Hellerup. Auch so ein Jugendbewegter wie ich. Und auch so ein Freund, ohne den ich das alles hier nicht schaffen würde. Es gibt sie.

Einen kurzen Moment lang versucht Meret, genauer zu ergründen, was Christiansen mit *das alles hier* meint und mit *es gibt sie*, aber was soll es schon heißen, am Ende doch immer dasselbe, und sie springt auf, läuft Friedrich hinterher, der inzwischen auf der Terrasse umherspaziert, und kommt dann mit ihm auf dem Arm zurück. Wir gehen jetzt zum Tivoli, sagt sie heftig ausatmend zu den Eltern, während sie Friedrich auf seine Füße stellt, und treffen uns dann um vier Uhr bei der Glyptothek, wir kommen schon zurecht, ich habe ein paar Kronen dabei, und dann gehen wir mit euch zum Emigrantenheim.

Sie fühlt sich erwachsen. Sie braucht die Eltern nicht mehr. Und die Mutter sagt: Macht das.

Ricarda steht vom Tisch auf.

Jetzt ergreift Herr Christiansen Ricardas Hand und sagt eindringlich zu ihr: Der Werner Wolf Glaser ist ein fescher junger Mann, heute um fünf Uhr hält er seinen Vortrag im Emigrantenheim, der wird euch gefallen, Mädels.

Ricarda lässt den skeptischsten Blick, zu dem sie in der Lage ist, auf ihm ruhen und schweigt. Dann zieht sie ihre Hand aus seiner.

Als Meret sich dann von ihm verabschiedet, macht er eine Bemerkung, die ihr Herz in die Füße sacken lässt: Hammer, ich heiße übrigens Hammer, Walter Hammer, Christiansen ist mein Deckname.

Abrupt dreht sie sich um und eilt zur Treppe.

Die Stradivari

Tatsächlich ist der Verlust der 1713 in Cremona gebauten und Gibson genannten Stradivari, die Bronisław Huberman als dreizehnjähriger Wunderknabe von seinem Mäzen, dem polnischen Grafen Zamoyski, bekommen hatte, nicht nur einer für Huberman. Denn wenn etwas von solcher Kostbarkeit abhandenkommt, so verliert die ganze Welt an Wert. Bronisław Huberman hat nach dem Diebstahl am 28. Februar 1936 von seiner Versicherung, der Lloyd's, eine Entschädigung von dreißigtausend Dollar bekommen, was nicht annähernd dem Wert der Gibson entspricht. Das eigentlich Tragische an dem unverzeihlichen Vorfall in der Carnegie Hall aber ist nicht, dass eine Geige von unermesslichem Wert gestohlen wurde, auch nicht, dass Huberman sein Instrument nie wiedersehen wird, sondern dass sie von nun an ein halbes Jahrhundert lang ihr Licht unter den Scheffel wird stellen müssen. Dass sie in den nächsten fünfzig Jahren zwar gespielt, aber unerkannt gespielt wird, ihr Wesen nicht wahrgenommen, ihr exquisiter Wert nicht begriffen wird. Sie wird nicht sein dürfen, was sie ist, die berühmte Gibson, wird ihr göttliches Angesicht verstecken müssen, und ihr Klang, der ihre Seele ist, wird klemmen bleiben im Verstohlenen, während der mutmaßliche Dieb Julian Altman in den verqualmten Kaffeehäusern New Yorks auf ihr fiedelt. Sie muss herhalten für den Lebensunterhalt dieses Bargeigers, muss ihren Glanz seiner Zwielichtigkeit opfern und so tun, als wäre sie nichts anderes als irgendeine Kaschemmen-Geige. Ihre Identität muss sie leugnen, das ist das Tragische an dem Diebstahl. Um die Vorzüglichkeit dieser Identität geht es bei der Stradivari, und sie ist es, die Altman der Welt gestohlen hat, als er in die Künstlergarderobe der Carnegie Hall schlich, die Gibson unter seinem weiten Diebesmantel verbarg und eilig das Gebäude verließ.

Dies ist es auch – und nicht ihre Haut allein, ihre Musik, ihre Zukunft mit Kurt-Anselm –, was Ricarda retten möchte mit ihrem Plan, nach Palästina zu gehen. Die Gibson, deren Saiten wie Wurzeln mit ihr verwachsen sind, möchte sie sichern und bewahren in dem jüdischen Land, in einer Stadt wie Tel Aviv, deren Häuser wie ungeheuer neu gefallene Würfel weiß und schneefrisch in der Wüste erstehen, eine verlockende, noch gänzlich unbescholtene Stadt in der Blüte der Jugend.

Julian Altman, der Dieb, schmiert Schuhcreme über den feinen roten Cremoneser Lack des Instruments. Die schändliche Unkenntlichmachung gelingt ihm, niemand wird in den nächsten fünfzig Jahren erkennen, um was für ein Prachtstück es sich handelt, auf dem er bis zu seinem Tod im Jahr 1985 spielt. Genauso gut oder schlecht könnte er auch auf irgendeiner anderen Fidel kratzen, er braucht doch keine Stradivari, für seine immer von Alkohol beduselte Barmusik hätte er sich ein billigeres Instrument stehlen können, das wäre möglich gewesen. Aber weil seine Stammkneipe The Russian Bear zufällig in der Nähe der Carnegie Hall liegt, hat sich der Skrupellose bequemerweise gleich um die Ecke bedient. Erst auf seinem Sterbebett im Jahre 1985 wird er erkennen, dass er die Geige nicht mit ins Grab nehmen kann, und seiner Frau gestehen, was sich dahinter verbirgt. Für einen Finderlohn von zweihundertdreiundsechzigtausend Dollar gibt die Witwe daraufhin das Instrument an die Lloyd's zurück, und in monatelanger Arbeit entfernt man Schicht um Schicht aus Schuhcreme, Qualm und Schmutz. Zweihundertvierundsiebzig Jahre nach ihrer Erschaffung erst wird die Gibson endlich wieder sein, die sie ist, und ihren Klang, ihre immense Kraft und ihren auf vier Millionen Dollar geschätzten Wert in die Welt hinaus verströmen wie eine unversiegbare Quelle.

An der Dreckschicht aber, mit der die Nazis die Stradivari des Judentums und damit die ganze Welt verderben, wird man kratzen müssen bis in alle Ewigkeit.

Tivoli

Ricarda kommt mit Friedrich huckepack hinter Meret hergelaufen.

Warum rennst du so?, fragt sie atemlos. Und warum schaust du so?

Meret schnaubt und bleibt stehen. Hast du es nicht gemerkt? Dieser Mann – er hat uns bis zum Schluss seinen wahren Namen verschwiegen! Während wir natürlich von Anfang an mit echten Karten gespielt haben! Wir haben unser Dinkelspiel preisgegeben – siehst du das nicht, Ricarda? Wir haben uns nicht vor ihm in Sicherheit gebracht, während er vorsichtig genug war, einen Decknamen zu benutzen. Erst ganz zum Schluss hat er gezeigt, wer er wirklich ist, nämlich nicht Herr Christiansen, sondern Herr Hammer. Dass wir Juden sind, das hat er gleich gewusst, Papa hat es ihm ja unter die Nase gerieben: Dinkelspiel – und er wusste Bescheid über uns – und hat sich trotzdem vor uns versteckt!

Du hast recht, sagt Ricarda stirnrunzelnd.

Warum, stößt Meret aus, warum machen wir Juden uns so verletzbar? Warum können wir uns nicht besser schützen? Die anderen Leute können das doch auch! Sie bringen sich auf die sichere Seite und wir stehen im Regen.

Du meinst, wir Juden sind schwächer? Ärmer dran? Ricarda schüttelt den Kopf. Aber das ist doch nicht wahr, Meret. Wir sind keine Opferlämmer, nur weil man uns verfolgt.

Doch, genau das sind wir anscheinend immer: lammfromme Lämmer. Meret zieht die Augenbrauen zusammen. Mit denen die Leute machen können, was sie wollen.

Vielleicht ist es genau andersherum, sagt Ricarda. Sie geht mit großen raschen Schritten weiter und Friedrich wippt auf ihrem Rücken.

Andersherum? Meret beeilt sich, an ihrer Seite zu bleiben.

Wir haben eine andere Sicherheit, Meret! Ricarda flüstert und schaut sich um, als dürfte niemand sie hören. Und deshalb müssen wir unseren wahren Namen nicht verschweigen. Weil wir eigentlich unverletzbar sind, Meret, deswegen! Keiner kann uns wirklich schaden, denn keiner kann uns nehmen, was und wer wir sind. Eben weil wir Juden sind! Das ist etwas Größeres, das haben wir den anderen Menschen voraus. Das ist doch nichts, was uns schwächt. Es macht uns stark!

Meret bleibt stehen und hält die Schwester am Ellenbogen fest. Eigentlich unverletzbar – was soll das für eine Eigenschaft sein? Aber ich verstehe dich schon. Das ist der Grund, warum du nach Palästina willst, nicht wahr? Weil du unter Juden leben willst. Weil du auch so stark bist.

Ricarda schweigt. Sie lässt Friedrich von ihrem Rücken herunter und ordnet sich das Haar.

Ich bin nicht stark, sagt sie dann, ich bin vielleicht nur – jüdischer als du! Sie müssen auf einmal lachen.

Schnell, Rrricarrda Zuckerbrrronisława!, ruft Meret plötzlich voller Übermut, unser Lämmchen läuft davon! Und rennt Friedrich nach, der sich losgerissen hat.

Der Tivoli empfängt die drei mit seiner so harmlosen wie dreisten Vergnüglichkeit, und sofort werden sie mitgerissen von dem bunten, quirligen Treiben, drängen sich durch die Menschenmenge wie blindgesteuert zur Achterbahn und stellen sich in die Schlange beim Kassenhäuschen.

Gleich sind wir dran, denkt Meret, wir werden an der Reihe sein, weil wir anstehen, ganz normal anstehen und Billetts für die Achterbahn kaufen wollen. Niemand wird sie uns verwehren, wir sind keine Spur anders als die anderen Menschen hier. Sie schaut dem Paar vor ihnen auf die Hinterköpfe. Der Mann an der Kasse hat ein pockennarbiges Gesicht. Er macht offensichtlich Witze, denn die Leute vorn brechen in Lachen aus. Die Stimmung ist ausgelassen, und ich, denkt Meret, bin mittendrin. Eine brüske Mischung von Glück, Sehnsucht und Schmerz durchfährt sie, in ihrer Kehle bildet sich ein Kloß von Tränen, sie schluckt ihn herunter, denn jetzt sind sie dran.

Meret sagt dem Mann auf Dänisch, was sie möchte, es ist ungewöhnlich leicht, und er gibt es ihr, ohne mit der Wimper zu zucken. Natürlich hat sie das auch in Svendborg schon erlebt, beim Einkaufen, aber jetzt ist es etwas anderes, es geht nicht um Versorgen und Überleben, es geht nur ums Vergnügen. Und auf das Recht darauf. Man kann es sich kaufen, man kann im Nimb sitzen und selbstverständlich kann man auch Achterbahn fahren. Der Tivoli ist großartig. Er verspricht tausenderlei Leben. Meret drückt Ricarda ihr Billett in die Hand. Sie strahlen einander an.

Dann klettern sie in den nächstbesten kleinen Wagen und lassen sich auf die Sitze plumpsen, Friedrich zwischen den Schwestern sitzend, hohe, aufgeregte Laute ausstoßend.

Ein Ruckeln geht schon durch die Bahn, als in letzter Minute noch zwei junge Männer angestürmt kommen, in ihren Wagen steigen und sich ihnen gegenüber auf die Bank quetschen. Mit laxem Kopfnicken grüßen sie die Mädchen. Meret nickt automatisch zurück, aber dann erschrickt sie heftig, und mit einem Schlag ist der Spaß wie fortgeblasen: Das sind doch zwei der Deutschen von heute Morgen am Hafen! Der mit den Locken und dem blauen Pullover hat ihr so gut gefallen, aber nur von Weitem, niemals aus der Nähe, und jetzt sitzt er hier direkt vor ihr. Er hat eine hohe Stirn und einen ironischen Zug um den Mund, oder ist es eher leise Melancholie? Er beißt sich auf die Lippen, schmale Lippen, fährt sich mit der Hand durch die Locken, immer wieder, und in diesem Moment, dem Meret standhält, mustert er sie aus Augen, die – nein, sie können nicht schön sein, er hat das Wessel-Lied mitgegrölt, sie hat ihn beobachtet am Hafen, er ist genau wie die anderen stramm dagestanden, hat sich leider gar nicht unterschieden, ist keine Spur besser, auch wenn er bei dem Hitler-Witz laut gelacht hat, und jetzt muss sie höllisch aufpassen. Ihr Herz fängt wild zu pochen an, die altbekannte Angst ergreift von ihr Besitz, sie möchte fast aussteigen, aber da beginnt die Fahrt, die Wagen setzen sich langsam und quietschend in Bewegung. Sie legt ihren Arm um Friedrich und kneift dabei Ricarda heimlich in den Arm. Hat sie es auch schon gemerkt, was das für welche sind, mit denen sie jetzt Achterbahn fahren müssen?

Die Schwester wirft ihr einen Blick zu, den Meret von klein auf kennt. Halt deinen Mund!, heißt er. Merets Sorge wird daraufhin ein bisschen kleiner und macht der Erkenntnis Platz, dass ihnen hier und jetzt nicht viel passieren kann. Nicht in diesem Wägelchen. In diesem dänischen Wägelchen. Das außerdem immer mehr Tempo gewinnt.

Ab geht's!, ruft der Kamerad des Lockigen, und wie auf Kommando geht es nun richtig los, der Wagen beginnt zu sausen, sich in die Kurven zu legen, immer waghalsiger und wilder hinauf und hinunter, in Wellen und Schleifen, um plötzlich tief in einen Abgrund zu fallen, sodass Meret und Ricarda vollauf damit beschäftigt sind, mitzugehen und den vor Vergnügen und Schreck lärmenden Friedrich halb zu beruhigen, halb festzuhalten und sich selbst noch dazu. Sie hängen schräg aufeinander, werden gerüttelt und geschüttelt, Ricarda schreit auf, Meret muss lachen, und die jungen Männer ihnen gegenüber grinsen in den Fahrtwind, dem Hübschen wirbelt die Haarlocke immerzu ins Gesicht, dem anderen rutscht der Adamsapfel ständig hoch und runter, er muss wohl unablässig schlucken, er hat dickliche Finger, mit denen er sich verkrampft am Wagenrand festhält. Soll er doch ruhig Angst haben, denkt Meret und wirft ihren Kopf in den Nacken, alles dreht sich, weit oben sieht sie verrutschte Wolken, schon kommen die bunten Dänen unten auf dem Erdboden wieder in Sicht, die ganze Welt ist durcheinander. Meret schaut dem Lockigen mit Schwung ins Gesicht, jetzt johlt er auch noch – Ah! –, und sie sieht seine Zähne, schöne weiße Zähne in Reih und Glied, ja, sie sind schön, denn es ist das reinste Vergnügen, Achterbahn zu fahren auf dem Tivoli in Kopenhagen. Es ist September 1937, und Meret lässt alles los, sie hält ihr Gesicht weit offen und lacht diesen Deutschen ganz plötzlich an, wenn er ihr schon gegenübersitzt und ihr so arglos in die Augen schaut.

Die Fahrt wird langsamer, die Raserei ebbt ab, schließlich zuckelt ihr Wagen dem Ausstieg entgegen. Die Deutschen wechseln ein paar Sätze miteinander, Meret kann alles verstehen, aber sie tut gleichgültig und beobachtet nur aus dem Augenwinkel, wie der Lockige seine Arme vor der Brust verschränkt und mit dem anderen scherzt.

Beim Aussteigen ist Meret ein bisschen schwindelig, sie bleibt mit ihrem Kleid an der Bank hängen, fast wäre der Rock eingerissen, sie kann den Stoff gerade rechtzeitig noch lösen, sie gerät dabei ins Wanken, da bietet der Lockige, der noch im Wagen steht, ihr rasch seine Hand an, aber Meret kann sie nicht ergreifen, es ist unmöglich, sie wagt oder will es nicht, sie hat Angst, sich zu verraten.

Jetzt sagt er etwas auf Dänisch zu ihr und sie ist so irritiert davon, warum er nicht Deutsch spricht, dass sie Wie bitte? sagt und dann erschrocken aus dem Wagen springt.

Ach, sieh einer an, sagt der Deutsche und lächelt sie erstaunt an. Woher kommt ihr?

Aus Stuttgart, antwortet Meret mit rauer Stimme und drückt Friedrichs Hand so fest, dass er zu jammern beginnt. Ricarda, die schon vorausgegangen ist, dreht sich um und kommt langsam wieder her.

Die Musik des Kettenkarussells in der Nähe fängt an zu dudeln, sie ist dumpf und grell zugleich, sie tut Meret in den Ohren weh, ihr wird heiß und kalt. Der Pockennarbige von der Kasse tritt aus seinem Häuschen und zündet sich eine Zigarette an. Er nimmt einen langen Zug und bläst den Qualm aus.

Was ist?, fragt Ricarda und schaut zwischen Meret und den beiden jungen Männern hin und her.

Nichts, ist schon gut, versucht Meret flüsternd abzuwiegeln.

Sie sieht, wie Ricarda dasteht, klein, mit zerzausten Haaren, die Haarklemme verrutscht, die Brille in der Hand hin und her schwenkend. Sie sieht auch, dass der Zorn hinter ihren Augen lauert, der Ricarda so schlecht steht. Was hat er hier zu suchen, auf dem Tivoli?

Nichts?, fragt Ricarda und mustert die Deutschen, die jetzt mit ernsten Mienen von Meret zu Ricarda schauen. Ihr seid auch für einen Ausflug hergekommen?, fragt der eine.

Ja, antwortet Ricarda mit genießerischem Gesichtsausdruck und geht noch einen Schritt näher an die jungen Männer heran. Ja, für einen Ausflug, ganz richtig. Nur dass unser Ausflug ein bisschen länger dauert als eurer. Genauer gesagt sind wir schon seit Juni im Lande. Ist so nett hier in Dänemark. Sie lächelt breit. Und man fühlt sich so sicher, wisst ihr. Meret nimmt Ricarda am Arm. Komm, sagt sie leise, lass uns gehen.

Wir Juden, wisst ihr, sagt Ricarda, sind hier schön aufgehoben.

Der Satz fällt klirrend zu Boden, jeder kann ihn hören, da kann es ringsum noch so laut zugehen, auch der Mann mit der Zigarette, auch die Leute, die sich schon wieder an der

Kasse anstellen, alle werden ihn gehört haben. Merets Kehle ist staubtrocken. Sie hätte gern gehustet, aber sie kann nicht.

Die beiden Männer schweigen verblüfft. Der Hübsche runzelt die Stirn.

Sogar zum Tivoli kann man hier gehen, fährt Ricarda fort und macht eine ausschweifende Armbewegung. In Dänemark ist wirklich alles möglich.

Soso, sagt jetzt der eine mit einem Räuspern. Da trifft man also auch hier wieder auf euch Juden.

Meret überlegt fieberhaft, was das heißen mag. Sie hängt sich an ihre Gedanken wie an ein Seil, das über einen Fluss schwingt, sie muss es hinüberschaffen ans andere Ufer, mit irgendeinem gut passenden Gedanken muss sie das schaffen. Aber alles, was ihr einfällt im Eifer des Gefechts, das in ihrem Inneren abläuft, ist Frau Karpf. Frau Karpf mit der adretten blonden Gretchenfrisur und der *Judenbuche.*

Man versündigt sich nicht ungestraft an den Juden, sagt sie laut. Ja, sie hat es richtig gehört, sie hat es selbst gesagt, hier und jetzt auf dem Tivoli, sie, Meret Dinkelspiel hat den Mund aufgemacht und Frau Karpfs Satz wiederholt. Und auch dieser Satz klirrt. Meret zittert, aber es ist ein ziemlich herrliches Zittern. In Dänemark ist alles möglich. Sie starrt den Hübschen an und wartet auf irgendeine Wirkung ihres unglaublichen Mutes. Die Kerle sind anscheinend verwirrt. Der Hübsche und der andere sehen sich an mit Mienen, die begriffsstutziger nicht sein könnten.

Ja, sagt Ricarda, ganz genau.

Meret hätte jetzt gern doch ein bisschen mehr Unterstützung von ihrer großen Schwester, ja ganz genau kommt ein bisschen dürftig daher, nicht stark genug, denn ihr wird flau, das Kettenkarussell dreht sich in ihrem Kopf, oder war es die Achterbahn, die ihr sämtliche Nerven zerrissen hat? Ricarda, fleht sie innerlich, sag du auch was!

Und das tut Ricarda. Verflucht sei Hitler, sagt sie in aller Seelenruhe. Verflucht sei er.

Meret frohlockt. Und ihr Deutschen, fügt sie hinzu, ihr werdet mit uns Juden nie mehr fertig werden.

Dann haken die zwei Mädchen sich ein, nehmen Friedrich und gehen schnell davon.

Das Emigrantenheim

Als sie die Eltern an der Glyptothek treffen, wirkt der Vater niedergeschlagen. Ricarda fragt ihn gleich, wie das Treffen mit dem Direktor war, und der Vater sagt nur: Lasst uns gehen, Poulsen hatte wenig Zeit, er hat mir keine großen Hoffnungen gemacht. Es wird schwierig werden mit Arbeit. Alle wollen Arbeit.

Aber wir haben auch Herbert Isenstein kennengelernt, wirft die Mutter ein, als würde dieser Name etwas ändern. Meret runzelt die Stirn und schaut woandershin. Sie will sich jetzt nicht entmutigen lassen, nicht jetzt, nach diesem Abenteuer auf dem Tivoli.

Als die Mädchen nicht weiterfragen, fügt der Vater hinzu: Herr Christiansen hat ihn erwähnt.

Herr Hammer, sagt Ricarda und stößt Meret mit dem Ellbogen in die Seite.

Sie haben in der Glyptothek ganz große Kunst, wirklich wundervolle Sachen, erzählt der Vater und macht große eilige Schritte. Meret fragt sich, welche Leute das sein sollen, die diese Kunst haben wie ein Möbelstück oder ein Haus. Aber natürlich kennt sie die Antwort: Es sind all jene, die bei der Vernunft geblieben sind. Die Deutschen haben ihre verloren, die Dänen haben sie noch. Also haben sie auch Kunst. Von ihr spricht der Vater jetzt, nein, er schwärmt, was er selten tut, es hört sich an, als würde er singen. Ein Lied, das ihn am Leben hält. Eine Strophe handelt von Rodin, eine andere von Degas, eine von den Expressionisten, und im Refrain des Liedes, immer wieder neu gesungen, geht es um die Modernen, um solche wie Gregor Mitsch-Forch, Lebensversicherungskünstler.

Aber dann hört sein Betörtsein plötzlich auf und der Vater flüstert erregt: Hier dürfen sie hängen! Hier kommt kein Willrich, kein Wolfgang Willrich kommt hier und beschlagnahmt im Namen des Volkes die Bestände der Kunstsammlungen.

Meret, Ricarda und die Mutter zucken zusammen. Dieser Name, der den Vater den ganzen April über in Rage versetzt hat. Wie ist er durchs Haus getobt, nachdem das Reichspropagandaministerium Wolfgang Willrich beauftragt hat, die Galerien und Magazine der Museen im gesamten Deutschen Reich nach entarteten Kunstwerken zu durchsuchen, für die Ausstellung, die inzwischen seit Juli im Hofgarten in München stattfindet. Dieser Kunstpfuscher Willrich kommt mir nicht ins Haus!, hat der Vater geschrien, sein Gesicht verzerrt vor Wut und Entsetzen. Aber ausgerechnet am 20. April ist er dann gekommen, Willrich, unangemeldet in seine Galerie in der Kronprinzenstraße gekommen, hat den Vater mit einem klebrigen Sermon über den Geburtstag des Führers übergossen, um dann plötzlich und mit dreister Zufriedenheit im Gesicht seine gottverdammte Vollmacht von der Gestapo zu zücken: Ich nehm mir dann mal, was ich brauche. Ich nehm mir dann mal, was ich brauche, ich nehm mir dann mal, was ich brauche, hat der Vater hinterher tagelang gebrüllt, bis er weinend zusammengebrochen ist und die Mutter den Arzt hat holen müssen und dann die Entscheidung ins Rollen gekommen ist, Deutschland zu verlassen. Willrich, der zur Säuberung des deutschen Kunsttempels sein Unwesen treibende Banause, hat die Nerven des Vaters auf dem Gewissen, in seinem Namen liegen sie noch immer blank, und jetzt, nach der Enttäuschung in der Glyptothek, hat der Vater ihn wieder auf der Zunge wie einen üblen Geschmack, den man nicht mehr loswird.

Oz, sagt die Mutter. Sie sieht in den fahrigen Armschlenkereien und viel zu großen Schritten ihres Mannes schon die

Wassermassen hervorbrechen, Sturzbäche, Rheinfälle der Ohnmacht.

Oz, sagt sie noch einmal, hält ihn am Arm fest, bringt ihn zum Stehen. Schwer atmend blickt der Vater ihr in die Augen. Friedrich hat Hunger, sagt Meret, und ich auch.

In einer Seitenstraße finden sie einen Laden, in dem sie Käse kaufen und Weißbrot, das innen ganz weich ist. Sie setzen sich auf eine Bank in einem kleinen Park und essen, die Mutter hat ein Messer mitgenommen und Stoffservietten. Das ist typisch für sie. Am Staffelsee hatte sie auch immer ein Messer und Servietten dabei. Meret ist müde, sie betrachtet die Bäume, deren Blätter schon gelblich werden, und schmiegt sich an die Mutter. Der Vater starrt auf die Tauben, die sich bei ihnen niedergelassen haben. Friedrich läuft hinter einer her und wedelt mit den Armen. Ricarda springt auf, schnappt ihn sich von hinten und wirbelt ihn im Kreis. So war sie schon lange nicht mehr, denkt Meret.

Dann machen sie sich auf den Weg zum Emigrantenheim. Sie gehen eine große Geschäftsstraße entlang bis zum Rathausplatz. Ein stattlicher viereckiger Kasten, an dem keine Hakenkreuz-Flaggen hängen, ist das selbstbewusste Rathaus der Dänen.

Wie einträchtig die Sonne und das Rathaus glänzen, denkt Meret.

Der Vater winkt sie zu einem großen Haus in der Nähe.

Dort oben unter dem Dach soll es sein, sagt er. Meret sieht an der Fassade des Hauses hinauf, betrachtet die Fenster, die in der Sonne blenden.

Sie haben uns in der Mitte ihrer Hauptstadt Platz gemacht, sagt sie mit bedeutungsvollem Blick. Da sind sie wieder, die vernünftigen Dänen: große Kunst und Platz für die Emigranten.

Eine kleine Treppe weist hinauf zu einer Doppeltür, an der ein Pappschild klebt. *Emigrantenheim* hat jemand auf Deutsch darauf geschrieben. Meret starrt auf die Buchstaben wie auf ein Menetekel. Das ist unseres, denkt sie. Ein seltsamer Gedanke, hierherzugehören auf eine Weise, wie es in Svendborg nicht möglich ist.

Die Tür lässt sich öffnen, sie kommen in einen breiten Gang, in dem Fahrräder stehen. Der Gang geht nach hinten in einen offenen Hof über, links führt eine Holztreppe nach oben. Ein schwarzer Pfeil tut so, als wäre klar, dass sie hinaufwollen und nicht in den offenen Hof hinaus. Und so ist es ja auch. Ricarda zieht Friedrich an der Hand zur Treppe und nimmt ihn zum Steigen auf den Arm, die Mutter folgt hinter Meret. Die Stufen knarzen. Der Vater kommt ganz am Schluss, er nimmt jede Stufe langsam und schwerfällig. Sie kommen zu einer Tür, hinter der Geräusche zu hören sind. Jemand ruft etwas, Geschirr klappert, Leute murmeln. Familie Dinkelspiel geht hinein.

An vielen Tischen sitzen Menschen, reden, rauchen, trinken Kaffee. Einige schauen neugierig zu ihnen herüber, hören für einen Moment auf zu sprechen, andere lassen sich nicht stören.

Lauter fremde Menschen, aber alle wie wir, denkt Meret und versucht, ihr Gefühl der Unsicherheit zu verstauen.

Es sind vor allem deutsche Sprachfetzen, die durch den Raum schwirren wie schwerelose Lerchen.

Als der Vater die Bilder entdeckt, die an den Wänden hängen, geht er sofort zu ihnen, als wären es alte Bekannte. Merets Blick fällt auf ein Klavier, das an der hinteren Wand steht, ein großer Strauß mit senfgelben Dahlien steht darauf, daneben ein cognacfarbenes Ledersofa, auf dem eine Frau mit einem langen schwarzen Zopf ihre Arme immer wieder in die Luft schmeißt, während sie einem neben ihr sitzenden Mann etwas erzählt. Der Mann ist schmächtig und macht eine todernste

Miene, während er zuhört. Er regt sich nicht. Ein älterer Mann mit weißem Haarkranz auf seinem großen Kopf sitzt allein an einem kleinen Tisch und schreibt etwas in ein Heft, er führt seinen Stift eilig über die Seiten.

Im Hintergrund des Raumes steht ein Mann auf und kommt zu ihnen herüber. Er ist mittelgroß, trägt einen Anzug, hat eine vornehme, fast tänzerische Art sich zu bewegen, seine dunklen Augen blitzen gescheit, ein kleiner grauer Schnurrbart sitzt akkurat über seinem entschlossenen Mund. Berendsohn, stellt er sich vor und gibt allen Dinkelspiels die Hand, auch Friedrich, zu dem er sich freundlich hinunterbeugt. Meret nimmt seinen fremden Namen wie etwas Vertrautes auf. Ihr ist ein bisschen zum Weinen zumute, sie möchte ihm um den Hals fallen, aber natürlich tut sie das nicht, sie steht einfach da und hört sich Guten Tag sagen, als wäre Guten Tag eine Sache aus Karamell, etwas, das ihm gut schmecken wird. Sie sieht, wie die Mutter Berendsohn anlächelt, wie Ricarda ihn anstrahlt. Du meine Güte, denkt sie, das ist doch nicht Kurt-Anselm! Sie möchte sich jetzt setzen, einen Tisch haben, fünf Stühle, Tassen, Teller, Zeit. Und genau das bekommen die Dinkelspiels auch, einen ganzen Tisch für sich, am Fenster, das Kopenhagener Licht fällt herein.

Der Vater kommt dazu, Berendsohn besorgt Kaffee und Johannisbeersaft, berichtet ihnen, dass der Vortrag Glasers heute ausfallen muss, der Komponist habe leider eine Halsentzündung, und als er dann erfährt, dass sie aus Svendborg angereist sind, sagt er: Svendborg! Da lebt ja auch der Brecht. Haben Sie das gewusst? In Skovsbostrand am Sund. Mit der Helene Weigel hat er da ein Fischerhaus gekauft, schon 33. Ist aber viel auf Reisen, der Brecht, im Ausland natürlich, Russland, so rot wie der ist, und auch Paris. Ruth Berlau weiß mehr, sie kennt ihn gut. Hier ist der Brecht aber noch nie aufgetaucht, hat er wohl nicht nötig, der kriegt ja viel Besuch. Und der Mann dort, fährt er mit leiserer Stimme fort, der gerade etwas schreibt, das ist übrigens Martin Andersen Nexø, ja, das ist er, ein großer dänischer Autor, auch ein Sozialdemokrat und Humanist, spricht gut Deutsch, er kommt oft her und arbeitet hier. Fühlt sich hier zugehörig, will dabei sein, wenn's brennt. Und brennen tut es ja jetzt immer irgendwo.

Meret hört Berendsohn begierig zu, denn mit jedem seiner Sätze verstärkt sich in ihr das Gefühl, aufgenommen zu werden in eine feste Gemeinschaft, während sie sich seit Jahren immer nur als Ausgeschlossene empfunden hat. Bin ich diesem Mann denn ähnlich, fragt sie sich erstaunt, bin ich denn so wie all diese Menschen hier? Gehöre ich wirklich zu ihnen? Was bedeutet das?

Eine Frau aus der Küche trägt auf einem großen Backblech Kekse herein. Sie ist elegant gekleidet, der nachtblaue Rock ihres Kleides schwingt heftig, fast zornig bei ihren energischen Schritten.

Ruth Berlau, sagt Berendsohn und nickt ihr zu. Sie winkt mit dem Topflappen herüber. Hier nennen wir sie nur *die Berlau vom Theater.*

Meret fühlt sich eingeweiht. Und vom Theater – das klingt, denkt sie, nach der weiten fremden Welt, nach etwas, das unerreichbar geworden ist, für das doch auch ich geschaffen bin.

Hier, an diesem Ort, rückt sie wieder näher heran, die weite große fremde verführerische zuckende helle und dunkle Welt draußen, eine Brise ihres Windes scheint durch diesen Raum zu wehen.

Und auch Ricarda muss davon erfasst sein, als sie zusieht, wie die Berlau durch den Raum schreitet mit ihrem Tablett, als würde sie Schätze präsentieren. Von Tisch zu Tisch geht sie und schiebt ihre Kekse auf die leeren Teller, wischt sich zwischendurch eine Haarsträhne aus dem erhitzten, etwas strengen Gesicht, reckt den Hals und zieht die Augenbrauen hoch in einem seltsamen Ausdruck nervösen Staunens, der Mund zu einer Art Schlussstrich verzogen, und nie bleibt sie länger stehen bei den Leuten, macht nur kurze Bemerkungen, geht gleich weiter, verschwindet kurz in der Küche mit ihrem Blech und taucht dann wieder auf, um sich am Eckfenster hinten im Raum eine Zigarette anzuzünden. Mit dem Rücken ans Fenster gelehnt steht sie da, den Ellbogen des einen Armes in der Hand des anderen, raucht, schaut an den Leuten vorbei irgendwohin, mit einem Blick von unten herauf, ganz für sich allein.

Ricarda steht auf und geht zu ihr hinüber. Meret sieht, wie die beiden einander bekannt machen. Ricarda setzt sich auf einen freien Stuhl in der Nähe der Frau, schaut zu ihr hoch, während sie etwas sagt, sie gestikuliert, nickt, Meret sieht nur ihren Hinterkopf, die Berlau hört aufmerksam zu, qualmt vor sich hin, sagt auch etwas, ihre spitze Nase ragt dabei aus dem Gesicht wie eine Angel.

Als Meret später mit Friedrich auf die Toilette gehen muss und dann wiederkommt, sind die beiden immer noch ins Gespräch vertieft. Sie sitzen an einem Tisch beim Fenster, und Ricarda raucht jetzt auch. Lässig hält sie ihre Zigarette, als hätte sie schon immer geraucht. Meret betrachtet sie mit spöttischem Blick, aber Ricarda schaut kein einziges Mal her.

Eine steinalte Dame mit blau funkelnden Ohrringen, die an ihren riesigen, weichen, wie ausgeleiert wirkenden Ohrläppchen baumeln, setzt sich neben Meret. Mit zitternden Händen nimmt sie eine Zigarette aus einem Jugendstiletui heraus, dessen Silber schwarz angelaufen ist. Ein Mann vom Nebentisch springt herbei und hält ihr sein Feuerzeug hin.

Gylda Tannenbaum, stellt sie sich vor und nimmt mit hingebungsvoller Miene einen tiefen Zug aus ihrer Zigarette. Ohne darauf zu warten, dass Meret ihren Namen nennt, fängt sie an, mit hoher, brüchiger Stimme zu erzählen. Der Qualm quillt ihr dabei aus Mund und Nase zugleich.

In Berlin am Tiergarten habe ich gewohnt, mein Leben lang in derselben Wohnung, fünfundachtzig Jahre lang in derselben großen schönen Wohnung. Und da hatte ich ein Dienstmädchen, die Fanni, ein reizendes schelmisches und rein arisches Persönchen, die kleine Fanni. Und ein Musikzimmer, und einen Wintergarten und was für einen, da wuchs eine riesige Bougainvillea bis zum Glasdach hinauf, blutrote Blüten, eine Pracht war das. Mein Vater hat sie 1848 als junger Mann aus Kapstadt mitgebracht, die Pflanze, sie war nicht umzubringen, sie blühte ununterbrochen. Morgens musste die Fanni immer die alten Blätter und Blüten zusammenkehren, die neuen Blüten kamen über Nacht. Wie dieser Wasserfall im Sonnenlicht leuchtete! Das hätten Sie sehen müssen, es war ein Märchen. Es war alles ein Märchen. Als kleines Mädchen bin ich auf dem Steinboden unter der Pflanze gelegen und habe hinaufgeschaut zu dem Spiel des Lichtes im Rot, aber ich musste alles zurücklassen, alles, alles. Jetzt lebe ich in einer Dachwohnung, zwei Zimmer und keine Badewanne, ich muss bei meiner Nachbarin baden. Eine Dänin. Gott sei Dank ein freundlicher Mensch. Im Haus nebenan wohnt niemand anderes als Philipp Scheidemann höchstpersönlich. 1918 hat er die deutsche Republik ausgerufen. Am 9. November war das, ich weiß es noch genau. Und jetzt ist er auch hier in Kopenhagen, wie ich, er musste weg aus Berlin, wie ich. Er schreibt seine Memoiren. Das tue ich nicht.

Die Dame lächelt in sich hinein und raucht schweigend weiter, ohne Meret anzuschauen.

Wir trinken manchmal zusammen Tee, erzählt sie dann weiter, der Herr Scheidemann und ich. Ein nobler Mann. In

Berlin wäre das ja nie passiert. Ich meine, dass er und ich … Aber hier – ist alles möglich. Ja, hier ist alles möglich. Und in unserem Wintergarten sitzen nun leider die Nazis, dick und fett sitzen sie da mit ihren Fratzen. Wenn ich mir vorstelle, die Bougainvillea blüht trotzdem – das ist beinahe nicht denkbar. Das kann eigentlich nicht sein, ich bin mir sicher, sie ist inzwischen verblüht – unter diesen Umständen können solche Pflanzen doch nicht gedeihen, was meinen Sie?

Meret überlegt nicht lange. Bestimmt nicht, die hat sofort aufgehört zu blühen, sagt sie einfach, als die Nazis eingezogen sind, hat sie sofort aufgehört. Was soll da schon wachsen? Und stattdessen hat sie angefangen, einen üblen Geruch zu verströmen. Ein Lächeln zuckt über das Gesicht Gylda Tannenbaums, dass ihre tausend Fältchen zittern.

Das könnte sein, das könnte sein!, sagt sie und legt ihre Hand auf Merets Ellenbogen.

Und wer sind Sie?, fragt sie und neigt sich weit zu ihr herüber.

Ich bin Meret Dinkelspiel.

Meret Dinkelspiel, wiederholt Gylda Tannenbaum und nickt nachdenklich.

Sie möchten die Ausstellung sehen, nicht wahr?

Meret nickt. Ja, morgen ist ja die Eröffnung. Wir sind extra von Svendborg hergereist.

Vielleicht kommt Tania Blixen auch, sagt Gylda Tannenbaum.

Dann steht sie abrupt auf und verlässt sie ohne Abschied.

Ricarda setzt sich zu Meret.

Tania Blixen kommt morgen vielleicht auch! Meret ist ganz aufgeregt.

Und Ruth Berlau hat mich eingeladen, sagt Ricarda. Aber als Meret mehr wissen will, winkt die Schwester ab und deutet mit dem Kinn in Richtung Nebentisch. Dort sitzt eine kleine magere Frau mit gemustertem Kopftuch und redet laut und voller Enthusiasmus mit drei Herren über Politik.

Hörst du? Sie spricht über ihren Kommunismus wie über einen Hund, flüstert Ricarda Meret ins Ohr, und sie müssen lachen.

Friedrich steht beim Vater, der zum x-ten Mal die Gemälde betrachtet, die an den Wänden hängen. Friedrich will dem Vater etwas mitteilen, aber der Vater hört und sieht nichts anderes mehr, wirkt tief versunken, als hätte er endlich gefunden, was er schon lange gesucht hat.

Manchmal flüstert er etwas, Meret sieht, wie seine Lippen sich bewegen, er hält sein schwarzes Notizbuch in der einen Hand, das er schon in Stuttgart immer bereit hatte – in Svendborg aber nicht mehr –, und seinen Stift in der anderen und kritzelt etwas hinein. Friedrich hängt sich an seinen Arm, aber der Vater schüttelt ihn mit ungeduldiger Geste ab.

Die Mutter geht hin, nimmt Friedrich auf den Arm und fragt den Vater etwas, er deutet auf das Bild vor sich und spricht darüber, die Mutter erwidert etwas, sie sieht den Vater von der Seite an und dann das Bild.

Jetzt geht ein Mann an das Klavier, das in der Ecke steht. Eine große Lampe hängt darüber, der Mann wird sich den Kopf daran stoßen, sie hängt viel zu weit vorn, aber der Mann kriecht einfach darunter, er beugt sich so tief über die Tasten, als wollte er ganz darin verschwinden, und dann beginnt er zu spielen. Und Ricarda flüstert: Smetana, *Die Moldau*. Im Raum wird es ganz still. Die Menschen sitzen da und hören zu. Keiner stellt auch nur seine Tasse ab. Keiner nimmt auch nur einen Schluck, solange die Moldau mit ihrem Rauschen und Strömen den Raum erfüllt. Sie holen alle gemeinsam Luft, das ist es, was geschieht. Meret schließt die Augen und kneift sich ins Knie.

Berendsohn begleitet sie am Abend zu der Pension, in der sie übernachten werden. Es ist schon dunkel, die Leuchtreklame an den Geschäften zuckt, bis sie in ein stilleres Wohnviertel einbiegen. Ein Hund rast wie gestochen an ihnen vorbei, Friedrich erschrickt so, dass er zu weinen anfängt. Die Mutter nimmt ihn auf den Arm, aber Berendsohn sagt: Lassen Sie mich den Knaben tragen. Meret lauscht dem Wort nach, Knaben, sie muss an den *Erlkönig* denken, und da ist es wieder, das Gefühl schattenhafter Bedrohung. Friedrich aber wird still und greift Berendsohn an die Nase, während er auf dessen Arm hockt.

Als Meret und Ricarda dann in den Pensionsbetten liegen, die noch fremder sind als die in Svendborg, in blassgelb geblümter Kopenhagener Bettwäsche, sagt Ricarda: Moskau, mein Ziel! Meins ist das nicht!

Meret hat den Eindruck, dass Ricarda nur wieder all ihre Abwehr zusammenrafft, um ja nicht den Anschein von Einverständnis mit diesem Tag zu erwecken. Meines auch nicht, sagt sie daraufhin langsam und deutlich, aber wenn schon mein altes Leben nicht weitergeht wie vorher, dann kann ich wenigstens ein neues beginnen, und zwar von vorn.

Verbotene Bücher

Friedrich Lazarus Dinkelspiel steht bei der Ausstellungseröffnung am nächsten Tag am geöffneten Fenster in Raum Nummer eins. Er trägt die Lederhosen, die ihm die Mutter in Murnau einst gekauft hat, dazu ein rot-weiß kariertes Hemd. Die strammen, kleinen Jungsbeine stecken in grauen Wollstrümpfen, seine Füße in dick besohlten Wanderschuhen, in denen er noch nicht viel gewandert ist, schon gar nicht in den bayerischen Bergen, sie sind also noch wie neu und drücken ein bisschen. Aus diesem Grund steht Friedrich ganz still, denn wenn er sich nicht bewegt, spürt er den Schmerz nicht so. Wie er da steht und schweigt und ernsthaft die Menschen betrachtet, die einer nach dem anderen in den Raum hereinkommen und die auf den Tischen ausliegenden verbotenen Bücher anschauen, sieht er aus wie ein kleiner treuer Wächter, geradewegs vom Oktoberfest hereinspaziert. An dem Platz, zu dem er entschlossen hingelaufen ist, als die Familie Dinkelspiel das Gebäude am Strøget, der Hauptgeschäftsstraße von Kopenhagen am Vormittag betreten hat, hat er das weit offen stehende Fenster im Rücken, durch das eine kühle Brise hereinkommt. Die Ausstellung selbst interessiert ihn nicht, mit seinen vier Jahren ahnt er noch nicht einmal, worum es dabei geht.

Die Ausstellungsbesucher schmunzeln, wenn sie Friedrich sehen. Zuerst zögern sie vielleicht, aber dann schmunzeln sie und wirken fast erleichtert darüber, nicht nur den Büchern und ihrem Schicksal zu begegnen, das wie eine dunkle Fahne der Pein über diesen gerade noch geretteten Exemplaren weht, sondern einfach einem Kind, das doch immer etwas Heiteres, sogar Unschuldiges darstellt. So ein Kind inmitten der letzten Überlebenden von Büchern, die am 10. Mai 1933 auf den deutschen Scheiterhaufen geworfen worden sind, so ein spezielles Kind wie Friedrich – ist das nicht ebenso ein Wertspeicher wie diese Bücher? Und ebenso bedroht. Das stellen manche natürlich mit ahnungsvollem Erschrecken fest, während sie Friedrich von Kopf bis Fuß oder flüchtig mustern, um dann die Bücher eingehender zu studieren. Es geht ihnen durch den Kopf, nicht wie eine aufdringliche Tatsache, über die länger nachgedacht werden müsste, sondern eher wie eine Fußnote, auf die mit Sternchen im Text hingewiesen wird, die man aber auch übersehen könnte, ganz wie man möchte. Friedrich kann jedoch weiß Gott nicht übersehen werden. Er fällt viel zu sehr auf in seinen Lederhosen und seinem Dastehen wie auf der Wiesn. Er ist deutlich mehr als ein Sternchen, er ist ein Judensternchen, ein bayerisch ausstaffiertes, exiliertes und nichts ahnendes Judensternchen.

Und während sie die Bücher ehrfürchtig anschauen und sich ihrer Überzeugung versichern, dass man sie nicht hätte verbrennen dürfen, werden all diese Leute wiederum selbst angeguckt. Jeder hier wird von Friedrich genau betrachtet, ja, fast geprüft. Jeder Betrachter wird zum Betrachteten, das ist zu spüren in diesem Raum Nummer eins. Diese Umkehrung, dieses Tauschmanöver, Subjekt zu Objekt. Da hat keiner eine Wahl und keiner kommt drum herum. Alle müssen sie sich seinen Blick gefallen lassen, während sie sich über die Tische mit den Büchern beugen.

Die Ausstellung findet in einer zukünftigen Arztpraxis statt. Der Ohrenarzt Robert Lund hat sie zur Verfügung gestellt. Lund ist aber nicht nur Arzt, sondern auch der ehemalige Ehemann von Ruth Berlau. Er hat das Gebäude 1936 gekauft, kurz nach der Scheidung, er wird darin seine neue Praxis einrichten, sobald die Ausstellung beendet ist. Die Lage des Lokals am Strøget spricht dafür, dass Lund Geld hat. Bücher, diese Art von Wertspeicher, um die es bei der Ausstellung geht, spielen für Robert Lund genauso wenig eine Rolle wie für Friedrich. Er kennt diese Bücher genauso wenig wie Friedrich. Er ist kein Leser. Im Gegensatz zu Friedrich ist er aber auch kein Wächter. Lund gefällt es einfach, dass es seine Räume sind, in denen die Ausstellung stattfindet. Es kommt ihm tatsächlich so vor, als wäre er selbst es, der ausstellt. Dabei ist es eigentlich die dänische Vereinigung *Frisindet Kulturkamp* – Freisinniger Kulturkampf –, mit der er normalerweise gar nicht so viel zu tun hat, die hinter der Ausstellung steckt, sie ist auf ihn zugekommen, nämlich in Person seiner Ex-Frau Ruth Berlau. Diese umtriebige, anstrengende, wenn auch attraktive Frau, die der Vereinigung natürlich angehört, hat ihn gefragt, ob er seine neu erstandenen Geschäftsräume nicht für die Ausstellung zur Verfügung stellen möchte. Lund hat lässig zugestimmt. Ihm ist zwar nicht ganz klar, warum man diese deutschen Bücher unbedingt ausstellen muss, aber natürlich weiß er im Gegensatz zu Friedrich, dass sie nicht gerade missglückt sein können. Dass sie sogar in höchstem Maße geglückt sein müssen, wenn man sie in Deutschland am 10. Mai 1933 auf einen Haufen geworfen und dann auch noch verbrannt hat. Dies zeigt für Lund den Wert der Bücher an, von denen die meisten aus jüdischer Feder stammen sollen, wie er gehört hat. Da man Geist Gott sei Dank nicht verbrennen kann, haben einige Exemplare nun die Chance, hier in seinen Räumen gezeigt zu werden. In Raum Nummer eins, in dem Friedrich Lazarus Dinkelspiel steht, liegen sie wie auf Samt gebettet, als wären es Juwelen, kostbarste Gegenstände, und das sind sie ja auch. Kostbar weil auferstanden von den Toten, zu denen die Nazis sie 33 haben schicken wollen. Kostbar weil Heinrich Heine, Thomas Mann, Stefan Zweig, weil Nelly Sachs, Franz Werfel, Franz Kafka, weil Josef Roth und dergleichen deutsche Geister mehr. *Bitte nicht berühren!,* steht auf einem Schild, das über ein paar Erstausgaben hängt. Das war Ruth Berlaus Idee. Damit unterstreichen wir noch die Zerbrechlichkeit dieser Werke, hat sie gesagt. Lund will das nicht einleuchten. Die Bücher sind doch hier in Sicherheit! Aber gut, er hat es für sie auf das Schild geschrieben: *Bitte nicht berühren!* Er hat eine schönere Schrift als Ruth, das hat sie zugegeben.

Lund wirft Friedrich einen flüchtigen Blick zu. Wie jeden einzelnen Besucher betrachtet der kleine Junge auch ihn mit der einem Wächter eigenen Ruhe und Unergründlichkeit. Er steht noch immer mit dem Rücken zum Fenster, still und allein, der kleine Junge, zu Besuch wie all die anderen, aber im Gegensatz zu ihnen scheint er eingeweiht in das, was hier ausgestellt wird, scheint er unmittelbar dazuzugehören.

Lund steht breitbeinig da. Er ist ein Cowboy, ihm gefallen Wildpferde. Ruth Berlau ist ein Wildpferd, aber er hat es nicht geschafft, sie zuzureiten. Immer wieder hat sie die Zügel abgeworfen, seitdem sie 1926 geheiratet haben. Zehn Jahre hat er ihre Launen ertragen, hat die zwanzig Jahre jüngere Draufgängerin immer tun lassen, was ihr gefiel, auch diese Radtour 1929 allein von Kopenhagen nach Paris, Lund hat nur gelacht über ihre Idee und sie radeln lassen, so viel sie wollte. Sollte sie sich doch ihre verrückte Lunge aus dem Leib strampeln! Lund hat sein Wildpferd nie eingesperrt. Er hat ihr sogar das Auto gekauft, den großen Lincoln, mit dem sie dann immer zu Bertolt Brecht nach Svendborg gerast ist. Und weg war sie. Aber es hat ihm Spaß gemacht, den Lincoln für sie zu kaufen. Und auch den Flug nach Spanien hat er ihr gezahlt. Jetzt musste es ja auch noch der Bürgerkrieg sein. Seit dem

Sommer lungert sie dort an der roten Front herum mit ihren kommunistischen Freunden. Für diese Ausstellung ist sie extra wieder zurück nach Kopenhagen geflogen, auch das hat Lund gezahlt, er hat Geld und er zeigt gern, was er hat, gerade Ruth muss man das zeigen, Lund fühlt sich als Gönner wohl, genauso wie als Ausstellungsmacher, der er gar nicht ist. Im Gegensatz zu Friedrich weiß er jetzt nur nicht, was er hier in Raum Nummer eins noch tun soll. Die Unruhe des Cowboys hat ihn erfasst angesichts all der Bücher und Besucher, all dieser Deutschen. Man muss aufpassen, dass sie sich benehmen, dass sie das Licht nicht ausmachen, denn die nackten Glühbirnen sollen alle brennen, hat Ruth gesagt – obgleich es hier genug Tageslicht gibt. Die Bücher brauchen Licht, Licht und noch mal Licht!, hat sie gesagt. Nackt müssen die Birnen sein und hell. Sie inszeniert immer irgendein Theater. Das Leben ist für sie eine Bühne, und wer dabei die Hauptrolle spielen will, ist klar. Lund hat sie spielen lassen. Brecht wird das sicher nicht tun. Lund zündet sich eine Zigarette an und stößt den Qualm aus. Er verdächtigt die Deutschen grundsätzlich. Für ihn sind das Lichtausmacher und Vordrängler. Langsam schlendert er mit seiner Zigarette im Raum Nummer eins herum, drückt sich an den Menschen vorbei, qualmt, lässt die Asche auf den Boden fallen, es ist ja sein Boden. Neben dem jungen Kerl mit dem freundlichen, kantigen Kopf – Willy Brandt aus Norwegen – steht Karin Michaëlis, die mollige Schriftstellerin von der Insel Thurø, da führt sie ein großzügiges Haus und nimmt Verfolgte auf. Auch den Brecht und seine Familie hat sie anfangs bei sich wohnen lassen, wobei *anfangs* immer 33 heißt, sogar in Kopenhagen. Hinter ihr drängelt schon Hans Reinowski heran, der sogenannte *Rote Hans*, der für die Emigrationszeitschriften Gedichte schreibt, Gedichte voller Heimweh nach einem anderen Deutschland, was immer das sein soll. Ihm nickt Lund im Vorbeigehen kurz und bündig zu, teilt ihm mit seinem Kinn Courage zu, von der es allgemein dringend mehr bedarf.

Am Arm von Philipp Scheidemann kommt die uralte Frau Tannenbaum herein. Lund holt rasch einen Stuhl für sie, sie setzt sich an den langen Ausstellungstisch und greift nach einem der Bücher, die man nicht berühren soll. Aber Lund ermahnt sie nicht, nicht diese alte Dame, die schließlich selbst fast eine Erstausgabe ist. Sie blättert in Roths *Hiob*. Lund kennt das Buch nicht, er kennt die meisten nicht, aber das sagt er niemandem, muss er auch gar nicht, er ist Arzt, er kann ganz andere Dinge und es sind seine Räume.

Auch der Raum Nummer zwei nebenan ist seiner. Lund wird darin sein Wartezimmer einrichten lassen. Im Augenblick befindet sich darin die Sonderabteilung der Ausstellung.

Lund hat sie sich noch nicht angeschaut und öffnet jetzt die Tür, an der ein Plakat hängt. In Lunds Schönschrift steht darauf zu lesen: *Achtung, Vorsicht! Entartete Literatur!* Ruth hätte fast noch einen Totenkopf daneben gezeichnet, aber das hat sie dann gelassen, sie fand es übertrieben.

Friedrich weiß nicht, was es mit diesem Raum auf sich hat. Auch er hat ihn noch nicht betreten und kennt die Bücher darin nicht, die hier als *die Entarteten* bezeichnet werden. Es handelt sich dabei um keine anderen als solche, wie sie die Nazis gerade in ihrer eigenen Ausstellung zeigen, unter der Überschrift *Das deutsche Buch* findet sie zur selben Zeit ebenfalls in Kopenhagen statt, im Haus der Deutschen Botschaft unweit der Seemannsmission. Und nicht nur in Kopenhagen, sogar in Schanghai und Sofia, hat Lund gehört, versuchen die Nazis gerade die Welt aufmerksam zu machen auf ihre Kultur und machen diese Ausstellung zum deutschen Buch oder was sie dafür halten.

Hier im Raum Nummer zwei wimmelt es nicht von Leuten. Nur drei Männer stehen dort: Otto Piehl, der vorhin die Eröffnungsrede gehalten hat, Berendsohn und Fritz Bauer, der später als Generalstaatsanwalt im Auschwitzprozess die Anklage erheben wird. Sie sind ins Gespräch vertieft und beachten den Raumbesitzer und Ausstellungsmacher Robert Lund nicht. Die meisten Besucher sind schon gegangen, die Öffnungszeit ist bald vorbei. Viele interessiert das nazideutsche Buch sowieso nicht so sehr wie das verfolgte deutsche Buch. Die Deutschen kennen das abgöttische Zeug schon viel zu gut, sie können es nicht mehr ertragen, und die Dänen haben es noch nie ertragen können.

Wie Lund sieht, sind es die Schriften des Führers und Alfred Rosenbergs, die hier den Ehrenplatz der Abscheulichkeit einnehmen. Rosenberg, der Chefideologe des neuen NS-Regimes, er hat, wie Lund weiß, schon 33 deutlich gemacht, was er von Dänemark und den anderen skandinavischen Ländern erwartet, nämlich dass sie sich nicht in die *internationale deutschfeindliche Front* einreihen, sondern Deutschland als dem *rassen- und blutsverwandten Volk* die Hand reichen.

Lund schnalzt mit der Zunge. Diese Sachen als entartet zu bezeichnen, ist die größte Leistung der gesamten Ausstellung. Es ist die Umkehrung der Nazi-Fantasterei, ein Tauschmanöver, und Lund findet das glänzend: Raum zwei, sein Wartezimmer, ein Ort des Triumphs und des Zurechtrückens. *Das deutsche Buch!* Was soll das überhaupt sein? Wie wollen ausgerechnet die Nazis etwas wissen über Literatur? Wo sie doch soeben voll Stolz den Rückgang der Vielleserei gefeiert haben. Seit der Machtübernahme der Nazis seien die Buchentleihungen und die Zahl der Lesesaalbesucher um dreißig Prozent zurückgegangen, ist in irgendeinem deutschen Käseblatt verkündet worden. An der Wand hängt der entsprechende Zeitungsausschnitt, Ruth hat extra noch einen Rahmen dafür gebastelt: Rot, mit lauter kleinen Hakenkreuzen, die wie schwarze kleine Fliegen das Aas von Schwachsinn umschwirren.

Es ist sehr stickig in Raum zwei. Ruth hat darauf bestanden, hier im Gegensatz zu Raum eins die Fenster geschlossen zu halten. Die Luft soll schlecht werden und den Leuten soll ruhig richtig übel werden, hat sie gesagt, in dieser Umgebung existiert kein Sauerstoff.

Ruth hat immer solche Ideen. Aber als Arztgattin hat sie nicht getaugt. Lund drückt seine Zigarette in den Aschenbecher, der auf der Fensterbank steht. Er ist auf einmal ganz allein. Piehl, Berendsohn und Bauer haben den Raum verlassen. Er lehnt sich gegen die Fensterbank und lässt seine Augen umherschweifen, stellt sich alles frisch gestrichen vor, in Weiß und Hellgrün, oben an der Wand entlang vielleicht ein Fries mit Heilpflanzen. Lund muss grinsen bei diesem Einfall, der Cowboy bleckt seine Zähne.

Die Tür geht auf. Es ist der kleine bayerische Bub, der hereinkommt, er ist mongoloid, er guckt sehr ernst zu Lund herüber, seine Augen übergroß, fast schwarz, seine braunen Haare stehen struppig über den Ohren ab. Lund und er schauen einander eine Weile aufmerksam an. Dann sagt Lund *Hej*, um zu sehen, ob er eine Antwort bekommt, aber er bekommt keine, Friedrich gibt nicht jedem eine, er geht lieber zu den Tischen und guckt, was dort ausliegt.

Das ist alles Unsinn, erklärt Lund, der in der Nähe von Flensburg auf einem Gutshof aufgewachsen ist und dessen Deutsch sich knackig anhört wie frisch gepflückter Salat. Du brauchst es dir gar nicht anzuschauen, es lohnt sich nicht, sagt er.

Friedrich nimmt seinen Zeigefinger in den Mund und holt ein Wort daraus hervor, mit rauer Stimme sagt er es.

Was hast du gesagt?, fragt Lund.

Friedrich wiederholt sich nicht. Er legt es nicht sonderlich darauf an, dass jede seiner Äußerungen verstanden wird.

Lund zieht sein silbernes Feuerzeug aus der Hosentasche, um sich erneut eine Zigarette anzuzünden. Er lässt es aufschnappen und wieder zuschnappen, und das interessiert Friedrich natürlich. Er kommt näher. Lund lässt das Flämmchen an- und ausgehen, an und wieder aus. Jetzt hat er eine Idee, der Cowboy, nicht nur sein verflossenes Wildpferd hat Ideen, nein er, oder vielleicht will er ein bisschen aufschneiden vor diesem kleinen Deutschen oder es packt ihn der Ärger über all den Schund in seinem Wartezimmer. Jedenfalls geht Lund jetzt an den Tisch und schlägt Adolfs Kampfschrift auf, diesen monströsen Wälzer, in den der unerträgliche Schreihals seinen ganzen Humbug gepackt hat. Lund hält sein Feuerzeug an die Ecke der ersten Seite. Schnapp, und die Flamme fängt hübsch gefräßig an zu nagen, kleine Rauchsäulchen steigen auf, winzige Rußfetzen steigen in die Luft, fliegen herum, fallen auf Tisch und Boden.

Nächste Seite. Und noch eine. Es stinkt verkokelt.

Friedrich schaut zu.

Macht Spaß, sagt Lund mit seiner Zigarette im Mundwinkel, willst du auch mal?

Er drückt Friedrich das Feuerzeug in die kleine Hand und hilft ihm, das Flämmchen aufschnappen zu lassen. Hochkonzentriert sengt Friedrich eine Seite an. Dann lässt er mit einem lauten Gluckser das Feuerzeug fallen, um mit beiden Händen nach der Asche zu greifen und sie mit Hingabe auf dem Buch und dem Tisch zu verschmieren. Als er erschrocken feststellt, wie schwarz seine Finger dabei geworden sind, nickt Lund nur und nimmt das Feuerzeug wieder an sich. Dann drückt er seine Zigarette genüsslich auf einem nationalsozialistischen Kinderbuchdeckel aus, winkt Friedrich freundlich zu und verlässt sein Wartezimmer.

Als Friedrich kurz darauf seine Mutter im Raum eins findet, streckt er ihr aufgeregt rufend seine Hände entgegen. Malka Dinkelspiel, die gerade den jüdischen Komponisten Hanns Eisler und seine Freundin Lou kennengelernt hat, die sich seit Januar schon in Svendborg in Brechts Umfeld aufhalten, nimmt sofort die Finger ihres Jüngsten fest in beide Hände, damit sie nicht ihr hellblaues Kleid beschmutzen. Daraufhin holt Lou, die Hanns Eisler im Dezember in Prag heiraten wird, ein duftendes weißes Taschentuch aus ihrer grünen Handtasche und reicht es Malka Dinkelspiel.

Wo hast du dir denn die Finger so schmutzig gemacht?, fragt sie ihren Sohn.

Friedrich zappelt wie wild, als sie ihm sauber gemacht werden, aber dann sieht er, wie schwarz das Tuch wird, und das stellt ihn zufrieden und er greift nach dem Tuch, ballt es in seiner Faust und gibt es nicht mehr her.

Das Motorrad

Später wird es Meret so vorkommen, als hätte alles mit der Reise nach Kopenhagen angefangen. Dass alles anders gekommen wäre, wenn sie nicht gefahren wären. Dass Ricarda sich vielleicht irgendwann doch damit abgefunden hätte, in Dänemark zu leben. Ohne die Reise nach Kopenhagen hätte Ricarda die Berlau nicht kennengelernt. Ohne die Berlau hätte sie ihre Situation gar nicht verändern können.

Meret wird auch lange glauben, dass sie selbst nur deshalb das Motorrad im Holzschuppen entdecken konnte, weil der Besuch in Kopenhagen – und vor allem im Tivoli – ihre Lebenslust geweckt hat, die in all den Wochen davor nicht aufkommen wollte. Nur weil die bei ihr wieder neu entstanden ist, sei sie auf die Idee gekommen, in den alten verfallenen Schuppen zu schauen, der doch schon den ganzen Sommer über hinten im Garten der Tante zu sehen gewesen ist.

Aber wie auch immer darüber zu denken ist, an diesem Oktobertag nach dem Besuch in Kopenhagen ist es Meret, die in den Schuppen guckt.

Es ist ein sehr schöner Tag. Die Sonne scheint von einem blanken blauen Himmel, die Luft ist klar und kühl, vom Sund her weht eine dieser Brisen, die aus unerfindlichen Gründen freundlich genannt werden. Meret und Ricarda verstehen sich besser seit der Reise nach Kopenhagen. Ricarda ist gut aufgelegt, sie übt wieder mehr Cello und beim Mittagessen hält sie der Tante ihren Teller hin und sagt: da capo al fine, Tante Gertrud. Und diesen Nachschlag bekommt sie dann sogar. Weil auch die Tante froh ist über Ricardas Laune. Wenn Meret Ricarda eine Passage aus dem Buch vorliest, das sie gerade verschlingt, nämlich *Effi Briest*, dann hört Ricarda ihr zu und macht ausnahmsweise keine spöttischen Bemerkungen. Sogar das Glück gemeinsamer Tränen über die verratene, verlorene Effi können sie genießen. Meret schöpft eine Hoffnung, die gewaltig ist.

Die beiden Schwestern sammeln die Walnüsse auf, die der riesige Nussbaum am Ende des Gartens abgeworfen hat. Der Korb steht auf dem Gras und ist schon halb voll, es gibt eine solche Fülle von Nüssen, was könnte man alles daraus machen!

Engadiner Nusskuchen, Ricarda, weißt du noch, sagt Meret, den hat es beim Konditor in der Marienstraße gegeben.

Dieser Konditor und die Marienstraße stehen wie Riesensonnenblumen am Zaun, höher als die purpurfarbenen Dahlien.

Der Holzschuppen in der Ecke des Gartens, halb verdeckt von einem Fliederbusch, ist ochsenblutrot gestrichen, die Farbe blättert längst ab wie alles hier, auf dem niedrigen Dach wachsen Gräser und Moos, die Tür hängt schief in den Angeln, das einzige kleine Fenster hat eine völlig verschmutzte Scheibe. Ist sie wirklich so blind, wie sie aussieht? Meret geht näher heran und spuckt gegen das Glas, wischt einen kleinen Kreis frei und wirft einen Blick hinein in den Schuppen. Es ist wenig zu erkennen, ein Regal an einer Wand mit irgendwelchen Gegenständen darauf. Und dann sieht sie es, das schwarze Motorrad. Ricarda!, ruft Meret. Schau mal!

Ricarda kommt langsam näher. Sie hat eben mit dem Fuß eine Nuss geknackt und kaut mit offenem Mund. Sie stellt sich neben Meret und linst neugierig in den Schuppen. Was haben wir denn da?!, sagt sie mit hoher erstaunter Stimme, und Meret wird sich immer daran erinnern, später, an diesen hochgestimmten Ausdruck in Ricardas Satz, an diese erwartungsvolle Laune, mit der die Schwester neben ihr stand und das Gesicht an die Fensterscheibe presste. Sofort ruckeln sie gemeinsam an der Schuppentür, die sich leicht öffnen lässt, das Schloss hängt lose herab, sie drücken die Tür auf und gehen hinein. Und knien sich gleich vor dem Motorrad nieder, das dort steht, großartig steht das Motorrad da, sie berühren den Fund mit ehrfürchtigen Händen und beschließen, es hinauszuschieben. Es ist nicht schwer, man muss nur den Ständer lösen, dann lässt es sich gut bewegen. Da steht es im grünen Gras, schwarz mit einem rot lackierten Tank, todschick und staubverschmiert.

Eine DKW Luxus 200, Meret entdeckt den Namen der Maschine, und als sie ihn ausspricht, kommt sie sich vor wie die Besitzerin.

Die Schwestern werfen sich einen Blick zu, und in dem Blick ist schon alles drin, was jetzt kommen muss: Atemlosigkeit, Unbedingtheit, Welteroberung, Tempo und Hast und Aufbruch. Was für eine Entdeckung, was für ein Ding! Es bringt das Tor gleich mit, durch das es hinausbrechen will. Die Schwestern betrachten es von allen Seiten und stoßen nur geflüsterte Laute aus. Oh! – Hoo!

Tatsächlich kennt Ricarda sich ein wenig aus mit einem Motorrad, denn Kurt-Anselm hat ab und zu das Motorrad seines Vaters ausgeliehen und mit Ricarda einen Ausflug gemacht, einmal sogar bis auf die Schwäbische Alb, und sie ist dort oben dann eine Runde allein gefahren, viel zu schnell natürlich, Kurt-Anselm hat sie hinterher mit blassem, vernichtendem Gesichtsausdruck empfangen und die ganze Heimfahrt über eiskalt geschwiegen, sodass Ricarda nie wieder eine Fahrt gewagt hat, aber jetzt – jetzt fühlt sie sich durch und durch wie eine alte Motorradkennerin, kühn bis in die Fußspitzen, als sie den Anlasser links unten kraftvoll mit dem Fuß hinunterdrückt, immer wieder, bis endlich der Motor puffend und knatternd anspringt. Die Schwestern jubeln. Das Ding hat sogar noch Benzin! Meret zittert vor Aufregung. Es gibt jetzt kein Halten mehr.

Zuerst putzen, befiehlt Ricarda und stellt die Maschine wieder ab, rennt ins Haus. Meret bleibt beim Motorrad, starrt es an, bannt es mit ihrem Blick, hat Herzklopfen. Sie legt ihre Hand auf den schwarzen Ledersitz des Motorrads und wartet. Es vergeht eine Weile, und Meret muss später immer wieder an diese seltsame Wartelücke in der Zeit denken, an die sie kaum Erinnerungen hat. Ihr Kopf muss hohl gewesen sein, es hatte nichts darin Platz als einzig die berstende Erwartung von Start und Fahrt. Überall im Garten sind plötzlich Vorhänge aufgezogen, eine große Kinoleinwand wird frei, ein unbekannter, ein erregender Film beginnt, die Musik spielt bereits, gleich kommt die Straße in Sicht, denn mit einer langen, irgendwie amerikanischen Straße wird alles beginnen. Kansas, sagt Meret und lauscht ihrem raunenden Akzent. Illinois. Nevada. Texas. New York City. Und noch einmal lauter: New York City.

Ricarda kommt mit Lappen, Schmierseife und Wassereimer. Das schwarze Metall wird mit fliegenden Händen geputzt und poliert. Dabei werden sie von niemandem gestört, die Mutter ist mit der Tante beim Wocheneinkauf in der Stadt, Friedrich mit dem Vater irgendwo, alles geht so reibungslos wie schon lange nichts mehr. Bis die Maschine in der Sonne blitzt.

Wie neu!, ruft Meret, wie neu! Die Schwestern fallen sich in die Arme, dann schieben sie das Motorrad nach vorn auf die Straße.

Ob das Benzin reicht?, fragt Meret stirnrunzelnd, aber Ricarda nickt, als wäre auch das kein Problem, als hätte sie welches in der Hosentasche. Sie läuft durch den Garten zum Schuppen zurück und kurze Zeit später taucht sie wieder auf, schlenkert wild mit einem kleinen Kanister.

Das hätte mich, meint sie schnaufend, auch gewundert, wenn da im Schuppen der Tante nicht ein hübscher Vorrat zu finden wäre. Ein ganz voller Kanister, Meret! Ein typischer Tantenvorrat!

Eher wohl ein Onkelvorrat, sagt Meret und schraubt den Deckel vom knallroten Tank. Das Motorrad hat doch sicher ihrem Mann gehört, diesem Knud.

Der ziemlich tot ist, sagt Ricarda, während sie schon das Benzin einfüllt. Schnell versteckt sie den Kanister unter einem Busch hinterm Zaun, um sich mit eleganter Selbstverständlichkeit auf den Sitz zu schwingen.

Und deshalb gehört es jetzt uns!, ruft Meret übermütig, springt hinter Ricarda auf den Sozius und lässt sich das wunderbare Startknattern des Motors in die Glieder fahren, als die Schwester ihn mit einem kecken Tritt anschmeißt. Er tuckert wie ein alter Freund. Meret beißt vor Aufregung ins nächstbeste Ohrläppchen, das sich ihr ins Gesicht drückt, und Ricarda schreit lachend auf. Das Motorrad macht einen kleinen Satz nach vorn – und ab geht es!

Solange ich hier bin, bleibe ich jugendbewegt!, schreit Ricarda, als sie den Niels Juels Vej hinunterknattern. *Aber Frau Christiansen*, brüllt Meret zurück, *ist Ihnen denn nicht klar, dass Sie einer besiegten Generation angehören?!*

Und während sie ihre Schwester umklammert hält und der Fahrtwind nach ihr packt, lässt sie sich von einem Gefühl der Verwegenheit durchspülen.

Wenn du jung bist, gehört dir die Welt!, singen sie so laut sie können, dass die Svendborger auf den Bürgersteigen sich nach ihnen umdrehen, brüllen dieses Lied von Joseph Schmidt, dem Lieblingstenor von Ricarda und auch von Goebbels, der ihn so verehrt, dass er den kleinen Juden unbedingt für den deutschen Rundfunk hat behalten wollen, gleich 33, als doch klar war, dass Juden nicht mehr zu singen haben. Aber du, Schmidt, hat Goebbels gesagt, du sollst singen, ich verleihe dir die Ehrenarierschaft, nimm sie aus meiner dreckigen Hand, Schmidt, das Leben kriegst du noch dazu, kleine Beigabe, ist doch selbstverständlich, und lass uns Deutsche deine selten schöne Stimme mit ihrem göttlichen Schmelz hören. Der einen Meter vierundfünfzig kleine Jude Joseph Schmidt hat die großzügige Gabe des nur zehn Zentimeter größeren Schrumpfgermanen Goebbels jedoch nicht annehmen wollen, ist lieber nach Wien gegangen, von dort auf Tournee nach Amerika und nach Palästina, wo er am liebsten geblieben wäre, und gerade vor einem halben Jahr, am 7. März 1937, hat er in der Carnegie Hall in New York gastiert, ein Welterfolg, sogar in Mannheim durfte er vor ein paar Monaten noch auftreten, der jüdische Kulturbund hat ihn engagieren können, Kurt-Anselm und Ricarda sind mit dem Motorrad hingebraust, haben für stehende Ovationen gesorgt, haben gejubelt und geweint vor Glück über diesen glutäugigen Mann, der seine Lieder so vollkommen mühelos aus dem Ärmel schüttelt, aber auf gar keinen Fall ein Arier sein möchte, sodass sein Leben schon 1942 ein unnötiges Ende finden wird.

Das wissen Ricarda und Meret nicht, sie können die Geschichte von seinem Umkommen in futuris – in jenem Schweizer Internierungslager – nicht ahnen, sie kennen nur seine Lieder und singen sie laut und unbeschwert, *Ein Lied geht um die Welt*, die Welt, die ihnen gehört, weil sie jung sind. Dabei knattern sie schön durch die Straßen, vorbei an hübschen, sauberen, dänischen Häusern, üppigen, rosenbewachsenen Gärten und reetgedeckten Fischerkaten, vor denen die Malven und Sonnenblumen wanken, und lassen bald schon Svendborg hinter sich, fahren bis Skovsbostrand hinaus, das weit vor der Stadt liegt und in dem, wie Ricarda in den Wind hinausschreit, irgendwo der Bertolt Brecht wohnt, auch so ein armes Exil-Schwein!, brüllt sie, und Meret findet, es hört sich nicht besonders arm an und nicht nach Schwein, eher nach einer abenteuerlustigen, temposeligen jungen Frau, die gar nicht genug bekommen kann vom Brausen, nein, die endlich genug bekommt, mehr als genug. Sollen wir ihn besuchen?, brüllt Meret der Schwester ins Ohr, aber die schüttelt den Kopf: Dann kriegt die Berlau Ärger mit ihm, dass sie ihn an uns verraten hat! Besuch mag der nicht, hat sie mir gesagt!

Und weiter geht es mitten hinein in die dänische Landschaft, sie fahren kreuz und quer über die Feldwege, die Ostsee blinkt herüber, eine hellblaue, kühl und edel glitzernde Fläche, Bäume und Büsche stehen gelb und rotbraun am herbstlichen Wegrand, ein paar Bauern schauen auf, als sie vorbeifahren, und winken ihnen lächelnd zu und Ricarda hupt, sie wird immer sicherer beim Fahren, und Meret beschließt, dass beim nächsten Mal sie an der Reihe ist, denn sie will auch fahren, natürlich will sie das. Und hupen.

Irgendwo an einem Ufer halten sie an und steigen ab. Ihre Körper summen, Meret fröstelt und umarmt sich selbst, Ricarda und sie grinsen einander an, lachen leise, stehen berauscht herum und hüpfen die Verkrampfung weg. Meret verspürt Hunger und Durst, aber das macht nichts, sie schmunzelt die See an wie eine alte Bekannte und fühlt sich satt und glücklich und weiß, dass nichts mehr passieren kann. Und dass jetzt viel passieren kann, viel passieren wird, ja, das ist es. Es wird wieder etwas geschehen, und genau so soll es doch auch sein. Denn ich bin ja noch jung, stellt Meret fest, noch ganz jung, das habe ich gar nicht mehr gewusst. Ricarda reißt einen Sauerampfer ab und stopft ihn sich in den Mund. Ihre Wangen sind dunkelrot, der Zopf hat sich gelöst, die Haare wehen um ihr Gesicht, sie blinzelt mit ihren etwas kurzsichtigen, kleinen Augen und sieht mal wieder aus wie ein Schulmädchen.

Du mit deinem Silberblickchen, sagt Meret und hätte die Schwester am liebsten geküsst. Ricarda zieht eine Clownsgrimasse, der Sauerampfersaft ist sauer, sie schluckt und macht einen Handstand.

Meret muss auf einmal gähnen, mehrmals hintereinander. Sie schlüpft aus den Schuhen und Strümpfen und watet ins kalte Wasser. Als sie sich umschaut, hat Ricarda sich der Länge nach ins Ufergras gelegt, die Arme hinter dem Kopf verschränkt.

Eine Weile hängen sie ihren Gedanken nach, während das Motorrad in der Sonne steht und vor Liebe glüht.

Sie kehren an diesem Tag erst spät zurück in das Haus der Tante, ausgehungert und halb verdurstet, zähneklappernd und hundemüde. Es wird schon dunkel. Die Mutter holt gerade die Wäsche von der Leine, sie lässt die Hände fassungslos sinken, als die beiden vor das Gartentor gefahren kommen und mit steifen Beinen vom Motorrad steigen. Das Gesicht der Mutter – Meret gönnt ihm die Überraschung, es ist ein Gesicht, das schöne Überraschungen braucht wie die Luft zum Atmen und hat so lang keine mehr erlebt. Jetzt schaut dieses Gesicht, wie es schauen muss, hell, erstaunt und mit diesem insgeheimen Frohlocken darüber, was für Mädchen sie doch zur Welt gebracht hat.

Honig und Quitten

Es folgen drei goldene Wochen. Golden ist nicht nur die Herbstsonne, die mit kräftigen Strahlen den kühlen Wind mildert und die Ostsee zu einem klaren, glänzend blauen, einem fast voralpenländischen Bergsee werden lässt. Auch die Birken färben sich entschlossen, und wenn die beiden Schwestern gemeinsam mit dem Motorrad aufbrechen, steht Friedrich am Gartentor und winkt ihnen mit einem Zweig gelbgoldener Blätter nach. Wiedersehen! Wiedersehen!, schreit er und lacht. Meret lässt die Hupe tröten, bis sie um die Ecke verschwunden sind. Lethargie und Mutlosigkeit sind wie fortgeknattert, die Gegenwart ist jugendlich, unbekannt und voller Großmut, auf diese dänische Art. Nicht alles, aber doch vieles ist möglich, denkt die Mutter. Sie und der Vater lassen sich fast mitreißen von der Aufbruchslaune ihrer davonbrausenden Töchter, sie schöpfen neue Hoffnung für die Familie, wechseln zuversichtliche Blicke angesichts des jubelnden Friedrich. Sie wollen nicht gutgläubig sein, aber in diesen Tagen sind sie es doch, denn gilt es nicht, den Kindern das zu gönnen, was sie selbst ja auch einmal hatten, eine frohe, wilde Jugend, ein offenes Dasein zur freien Verfügung, mit Anschluss an etwas Größeres, an eine formbare, bereitwillige Gesellschaft – irgendwo anders –, die doch auf eben diese Frische wartet, weil sie sie braucht, sie braucht diese Mädchen voller Leben und Verstand, davon sind die Eltern erfüllt in diesen Tagen.

Und die Tante? Sie reagiert fast goldig. Denn dass Knuds Motorrad zur Geltung gebracht wird, gefällt ihr. Auf einmal ist ihr Knud wieder da. Warum soll es weiter im Schuppen verrotten, es gehört auf die Straße, hört sie ihn sagen mit seiner tiefen Stimme. Auf seine unaufdringliche Art tönt er aus der Maschine heraus, wenn die Mädchen sie anschmeißen, und die Tante erinnert sich an Ausflüge mit ihm, wie sie ihr Kopftuch festgehalten hat, damit es nicht fortfliegt, wie sie Knud umarmen musste während der Fahrt und an das Gefühl des Vibrierens nach dem Absteigen erinnert sie sich auch, die Oberschenkel wie taub.

Das ganze gelbe Haus wird golden in diesen Wochen.

Wie zur Bestätigung des Goldrauschs findet der Vater auch einen Schatz. Es sind die Bienenkästen ganz hinten im Garten, sie stehen links hinter dem Quittenbaum am Zaun, fünf Stück, dunkelrot gestrichen, die Farbe blättert ab, sie sind alt, aber noch keineswegs verrottet. Knud hatte ein stattliches Bienenvolk. Er war Imker mit Leib und Seele. Die Tante erzählt es dem Vater mit Stolz, als er sie auf die Kästen anspricht. Und das wird nun der Schatz des Vaters, einer, der noch zu bergen ist. Es beginnt mit neuen Gedanken. Ich könnte doch Honig produzieren, ich könnte ein Bienenvolk halten, denkt er, dann verkaufen wir Honig. Wenn der Knud das konnte, warum nicht auch ich. Genau das ist es, dieses *Warum nicht*, das den Vater schon in Stuttgart mit der nötigen Kraft versehen hatte, die Familie nach Dänemark zu schaffen. Er ist immer ein Kunsthändler gewesen, den die Kunst mehr interessiert hat als der Handel, die Kunst, die doch auch aus dem *Warum nicht* schafft, aus der völligen Überraschung heraus, dem Noch-nicht-Dagewesenen. Der Vater sieht die alten Bienenkästen am Gartenzaun mit seinen Kunsthändleraugen, die nach Neuem und Gutem Ausschau halten. Er sieht den Honig, der noch nicht einmal ansatzweise existiert, bereits dunkel leuchten, geschleudert und abgefüllt von ihm selbst, wohlschmeckend, duftend, aber vor allem wertvoll. Er sieht sich als

Honigschaffenden, als Honighändler. Es sind die Gedanken an Honig als Kunstobjekt der Bienen, die ihn schließlich antreiben, Knuds Bücher durchzusuchen, ob nicht auch eines über Imkerei dabei ist. Er sucht mit Neugier und Eifer, und auch als er nicht fündig wird, lässt er sich nicht entmutigen. Das ist der Händler in ihm, der hartnäckig bleibt beim Wegefinden und unbeirrbar im Netz der Handelswege, er schreibt seinem alten Freund Gustav Torzecht aus Cannstatt und bittet ihn um ein Buch über Imkerei. Torzecht hat versprochen, ihm zu schicken, was immer an Büchern er braucht, wenn's sein muss eine große Kiste voll. Torzecht wird eines über Imkerei in einem Antiquariat finden, da ist der Vater sicher, warum auch nicht, und er wird ihm eine Rechnung schreiben, die der Vater später begleichen kann, wenn die jetzige Regierung ihre Macht verloren hat. Daran hat sein Freund ebenso geglaubt wie er und darauf beruht auch der Handel, den der Vater mit ihm eingeht, als er jetzt das Buch über Imkerei bei ihm in Bestellung gibt, um seinen Schatz zu heben, den Honig, dieses Kunstwerk, mit dem er als Kunsthändler vermutlich viel wird anfangen können.

Der Vater wirkt beflügelt, seitdem er die Mädchen mit Schwung auf und davon knattern sieht und er die Bienenkästen entdeckt hat. Ihm kommt der Garten der Tante völlig überraschend wie eine Fundgrube vor, nicht nur der Garten, ganz Dänemark könnte sich völlig überraschend als eine solche Fundgrube herausstellen, sobald der Honighandel erst in Gang kommt. Nein, schon jetzt ist zumindest Svendborg eine Fundgrube, die Insel Fünen wird doch das Butterfass Dänemarks genannt, kein Wunder, kein Wunder! Wir leben in einem Butterfass, Kinder!, ruft er aus. Aber fangen wir mal klein an, sagt er sich dann, denn er ist ein Realist, der schon 33 gemerkt hat, dass mit Hitler keine gute Kunst überleben würde. Und auch kein Friedrich, was eigentlich dasselbe ist. Er schickt den Brief an Torzecht ab und nimmt die Bienenkästen in Angriff, säubert sie, setzt sie instand, streicht sie in frischem Rot, und als sie in der warmen Sonne getrocknet sind, betrachtet er sie mit Genugtuung und stellt sie in den Schuppen zum Überwintern. Im Frühling wird er die Kästen wieder am Zaun aufstellen und sich ein Bienenvolk besorgen. Wenn er genug gelesen haben und Bescheid wissen wird, wird er ein eigenes Volk haben, ein eigenes unantastbares Volk wird er besitzen, und schon jetzt nistet sich der Vater ein darin und spürt, dass es für sein Volk einen Frühling geben wird, eine Obstbaumblüte. Da wird er es ausschwärmen lassen, seine Bienen werden ausfliegen, umherschwirren, weit über das Butterfass hin, und seinen Honig einsammeln. Zum ersten Mal seit Langem hat er wieder so etwas wie Freude auf die Zukunft.

Und die Mutter? Sie nimmt die Quittenernte in Angriff. Die Früchte sind paradiesisch groß. Das wird viel Arbeit werden, denkt sie. Aber das macht ihr nichts, das gefällt ihr. Friedrich und die Tante helfen mit. Friedrich hebt die Quitten auf, die auf dem Gras liegen, die Tante pflückt die tief hängenden und die Mutter klaubt die schwierigen von den Ästen, die weiter oben hängen. Die Leiter im Schuppen ist kaputt, aber auch das macht nichts, die Mutter klettert in den Baum, sie trägt Ricardas Turnschuhe, beugt sich weit vor und kriegt jede dicke gelbe Quitte zu fassen. Friedrich möchte auch in den Baum, er ruft und gestikuliert, bis er darf, die Tante schüttelt den Kopf, aber die Mutter nicht, sie erlaubt ihm das, warum nicht, das kann er doch, warum sollte er nicht ein bisschen klettern, er will eben auch teilhaben an dieser Erfindung des Lebens. Sie steigt vom Baum herab und will ihm hinaufhelfen. Aber er kriegt es nicht hin, kann sich nicht auf die Astgabel schwingen, rutscht mit den Füßen immer wieder ab, bis er schreit vor Wut und Hilflosigkeit. Die Mutter versucht, ihn zu beruhigen, die Tante steht daneben, die Hände vor dem Bauch verschränkt.

In der Küche steht der Entsafter, die Quitten werden mit weichen Tüchern abgerieben, um den Pelz zu entfernen, dann werden sie geviertelt und gekocht. Es ist eine tagelange Arbeit, die Früchte sind hart, die vollen Körbe werden nur langsam leerer, die Nachbarin Augustine Larsen hilft mit, eine Gelegenheit für die Tante, Dänisch zu sprechen und zu zeigen, dass sie hier zu Hause ist im Gegensatz zu den Dinkelspiels. Die Tante hat entsprechend gute Laune dabei, sie lässt sich vom Dampf des Entsafters umhüllen, dem unvergleichlichen, in allen Nationen gleichen Quittenduft, der durch das ganze Haus zieht. In meiner Küche wird eingekocht, denkt sie zufrieden, denn so muss es ja sein, so war es früher zu Knuds Lebzeiten und noch früher im Kölner Elternhaus, aber seit Knuds Tod war es so nicht mehr – wer hätte das viele Gelee denn auch essen sollen. Ich habe dann die Quitten verschenkt, jedes Haus in der Straße hat welche bekommen, erzählt die Tante auf Dänisch und erinnert sich an die eigene Großzügigkeit wie an eine glänzende Epoche und es kommt ihr so vor, als wäre ihr Leben insgesamt bemerkenswert gewesen, all diese Quitten hier sind immerhin von ihrem Baum.

Am Freitagnachmittag, als die Tante beim Zahnarzt ist und die Mutter allein in der Küche arbeitet und gerade die Klemme am Schlauch des Entsafters öffnet, damit der heiße Quittensaft auslaufen und Glas für Glas aufgefangen werden kann, bringt der Vater einen Brief für sie in die Küche.

Aus Schanghai, sagt er und betrachtet den Umschlag. Es sind schöne Briefmarken mit knallbunten Vögeln und Pflanzen darauf.

Von Alma!, flüstert die Mutter, verschließt aufgeregt die Klemme des Entsafters, wäscht sich hastig die klebrigen Hände, hol die Kinder, sagt sie zum Vater und nimmt den Brief, riecht an den Marken, legt ihn an die Wange, ans Ohr, als wollte sie etwas darin hören.

Cousine Alma Taube ist zusammen mit ihrem Mann Jules, einem Tabakhändler, von Halle nach Schanghai ausgewandert, schon vor mehr als einem Jahr, Januar 1936, als die Dinkelspiels noch nicht daran dachten, Stuttgart je zu verlassen. Es ist der zweite Brief von ihr, der erste ist noch in Stuttgart angekommen, im Februar. Schanghai, die Mutter wollte – wenn – dann auch nach Schanghai. Natürlich weil Alma dort war, aber nicht nur deswegen, Schanghai – reizte sie. Ich liebäugele mit Schanghai, sagte sie immer, als ginge es um die Auswahl einer schönen Sache. Und als dann Svendborg ins Spiel kam, fand die Mutter das viel zu langweilig. Svendborg in Dänemark, was soll das sein?, fragte sie, das sagt mir gar nichts. Aber es ist Europa, sagte der Vater, Svendborg ist Europa, und Meret versuchte ihm zu glauben. Als Kunsthändler kann ich im Asiatischen nichts ausrichten, sagte er dann auch noch. Dieses Asiatische hockte dabei wie ein mit dem Kopf wackelnder Porzellanhund auf der Vitrine. Es war wirklich undenkbar, nach Schanghai zu gehen, Alma und Jules waren im Undenkbaren abgetaucht.

Meret und Ricarda kommen herein, der Vater mit Friedrich auf dem Arm hinterher. Ricarda öffnet das Fenster und setzt sich neben Meret auf den Küchentisch.

Die Mutter öffnet den Brief mit dem Brotmesser. Es sind dicht beschriebene Blätter, drei oder vier, und ein kleiner Zweig mit Blättern fällt heraus. Meret hebt ihn auf, er ist trocken und die Blätter platt gepresst. Ein Zweig von einem Baum aus Schanghai.

Die Mutter fängt an vorzulesen, und dabei fällt Alma Taube mit der Tür ins Haus, nämlich mit den Feuergefechten zwischen den Japanern und den Chinesen, die am 7. Juli an der Marco-Polo-Brücke begonnen hätten. Seitdem sei ein Krieg in Gang. Der ganze Stadtbezirk Zhabei habe gebrannt. Die Chinesen hätten die japanischen Verteidigungsanlagen bisher nicht durchbrechen können, obgleich sie doch im Besitz von fünfzehn Zentimeter langen Haubitzen seien, die sie aus dem Deutschen Reich importiert hätten, nämlich Haubitzen von Krupp und Rheinmetall. Wir Deutschen, schreibt Alma, sind froh, dass der Generalissimus Chiang Kai-shek einen deutschen Militärberater hat, und zwar niemand anderen als den General Alexander von Falkenhausen, dessen Schwester Mathilde in Halle verheiratet ist, ich kenne sie ein wenig. Falkenhausen sei ein feiner Mann, ein Herr und kein Nazi, und dahinter hat Alma Taube drei Ausrufezeichen gesetzt.

Meret kommt es so vor, als wäre der General deshalb ein Herr, weil Alma Taube seine Schwester kennt, und der Krieg in China nicht ganz so schlimm, solange ein feiner deutscher General seine Hand im Spiel hat. Und auch wenn die scharfen Silben des Generalissimus und Chiang Kai-shek in der Svendborger Küche wie ein Schwert gefährlich hin und her zu sirren scheinen, sind es in Merets Ohren doch Krupp und Rheinmetall, diese grundanständigen Namen, die aus dem Brief herausragen wie Schutzwälle. Schutzwälle? Nur ein paar Monate später, am 9. Juni 1938, wird Chiang Kai-shek die Staudämme des Gelben Flusses öffnen lassen, um so den japanischen Vormarsch zu bremsen. Der Gelbe Fluss wird über seine Ufer treten und die Provinzen Henan, Anhui und Jiangsu fluten. Achthundertneunzigtausend Chinesen aus viertausend Dörfern und elf Städten werden den Tod in der Sintflut finden, zwölf Millionen Menschen ihr Obdach verlieren. Der General von Falkenhausen aber wird zu dieser Zeit bereits von Ribbentrop ins Deutsche Reich heimgezwungen worden sein. Dort wird er sich dem Widerstand gegen Hitler anschließen, aber auch diesem wird es am 20. Juli 1944 nicht gelingen, der nationalsozialistischen Sintflut einen Wall entgegenzustemmen.

Alma Taube hat in ihrem Brief den Japanisch-Chinesischen Krieg bereits abgehakt und wendet sich nun mit dem nächsten Absatz ihrer Schwester Sidonie, verheiratete Seidelburg, zu. Wie sie von Jakob Schönbach gehört habe, sei jetzt auch die Familie Seidelburg – Sidonie und ihr Mann Robert haben in Halle ein Geschäft für Lederwaren in der Nähe der Synagoge, Chorleiter dort ist der berühmte Cellist Leo Schönbach, von dem Sidonie immer geschwärmt hat, als sie noch in der Jüdischen Chorvereinigung mitgesungen hat, und Leo Schönbachs Bruder Jakob hat, wie die Dinkelspiels wissen, vor Kurzem noch das mittlerweile arisierte Geschäft für Haus- und Küchengeräte in Halle neben Seidelburgs Lederwarengeschäft in der Schmeerstraße geführt, bei ihrem letzten Besuch in Stuttgart hat Sidonie noch gefragt, ob Ricarda nicht bei Leo Schönbach Cellostunden nehmen wolle, sie könne das vermitteln, Ricarda könne solange auch bei ihnen in der Blumenthalstraße wohnen, die Mutter hat mit Ricarda vor ein paar Monaten noch ein Konzert Leo Schönbachs in Stuttgart besucht, organisiert vom Jüdischen Kulturbund, Ricarda hat hinterher gesagt, sie wolle unbedingt bei ihm studieren – auch die Familie Seidelburg sei jetzt von Heydrichs Gestapo zwangsenteignet worden. Ein verschlagener Nazi habe ihr Geschäft samt Villa übernommen und sei dabei, die schönen Ledertaschen und Gürtel in seine dreisten Hände zu nehmen und die kostbaren Nussbaummöbel mit seinen verderberischen Füßen zu treten, während die Seidelburgs in ein Judenhaus sonst wohin hätten umziehen müssen. Sonst wohin? Augenblicklich stößt sich die Mutter heftig an diesem Wort, es klingt so fortgestoßen, so abgerissen, wie kann Alma ein so abgerissenes Wort für den

Ort wählen, an dem ihre Schwester jetzt doch immerhin leben muss? Das ist doch nicht irgendein Ort, irgendein Sonstwo, was soll dieser Fetzen von Wort in dem Brief, was will Alma damit sagen? Dass ein solches Judenhaus keine Hausnummer mehr besitzt? Keine Adresse mehr besitzt? Dass ein Judenhaus in keiner Straße steht? Dass ein Judenhaus in Halle gleichzusetzen ist mit nirgends, mit einer verlorenen, mit einer zu nichts erklärten, mit einer zunichtegemachten Existenz? Die Mutter spürt, wie ein kalter Schauer ihr durch die vom Einkochen erhitzten Blutbahnen fährt, sie wird zornig auf Almas Gedankenlosigkeit und schiebt dem Asiatischen die Schuld zu, diesem Porzellanhund, dem vor Undenkbarkeit der Kopf wackelt, diesem Schanghai, einer chinesischen Stadt, in der bereits ein deutsches Kulturleben angekurbelt worden ist, seitdem es immer mehr Juden dorthin verschlägt. Schanghai hat Alma vermutlich mit dem hässlichen, dicken Fell der Davongekommenen vermummt, in Schanghai brodelt und kocht ja das künstlerische Leben, als wäre nichts geschehen in Halle. Denn diese deutsche kleine Enklave im Stadtteil Hongkew halte sich wacker, wie Alma in ihrem ersten Brief vor vielen Monaten schrieb, und sie verwendete dabei den Begriff Savoir-vivre, die Mutter ist darüber gestolpert so wie jetzt über sonst wohin. Immer schafft Alma es, dass man stolpert! Die sehr spärliche Beschreibung des Lebens, das Alma und Jules in Hongkew führen, hat die Mutter immer wieder gelesen und heruntergeschluckt und immer wieder hat sie sich dabei die chinesische Wohnung von Alma und Jules vorgestellt, die gar nicht in dem Brief vorkommt, warum kommt sie nicht vor, die kühlen grün-gelb gemusterten Kacheln des Fußbodens, auf denen sie vermutlich barfuß läuft, die hellgrünen Markisen vor den Fenstern, die großen Kübel mit exotischen Pflanzen, die Alma dort stehen haben wird, in einem hoffentlich hellen Raum mit einem Ventilator an der Decke, eine kleine, ringsum verglaste Veranda hat sich die Mutter immer wieder vorgestellt, ja, auch einen Papagei dazu, einen hellgrünen, frech kommentierenden Papagei, und sich in Alma hineinversetzt, auf einem Stuhl aus Bambus und strapazierfähigem Leinen, an einem kleinen Tisch, ein Fenster weit offen, den warm hereinwehenden leichten Wind im Gesicht, eine Brise von fremden Gerüchen, Gewürze wahrscheinlich, die von den Chinesen in der Nachbarschaft beim Zubereiten ihrer roten und gelben und fast ungenießbar scharfen Mahlzeiten benutzt werden, die Geräusche Schanghais, Hahnenschreie und unverständliche Wortfetzen, die zu Alma hineindringen – Alma in einem Zustand der sicheren, wenn auch zusammengeschraubten, wenn auch irgendwie mit dünnen Stoffen abenteuerlich drapierten Existenz, Briefe an ihre in Deutschland zurückgebliebenen oder gar sonst wohin gezwungenen Verwandten schreibend, schreibend von den Schubert-Konzerten und den Mendelsohn-Konzerten, die am Abend stattfinden, aufgeführt von hervorragenden deutschen, natürlich meist jüdischen Künstlern, die sich dort rege an einem Leben beteiligen, das ihnen kein Mensch verwehrt, Schanghai verlangt kein Einreisevisum, in das tolerante und alles in allem faszinierend schrille Schanghai zu emigrieren, das ist Savoir-vivre.

Die Mutter hat die ganze Zeit, während sie den Brief vorliest, immer nur Sidonie vor Augen, nicht Alma, Sidonie in Schanghai, nicht in Halle an der Saale, Sidonie über ein scharfes und heißes chinesisches Gericht gebeugt, ihre schwarzen Korkenzieherlocken auf die schmalen Schultern fallend, die Mutter merkt zuerst nichts von der Kläglichkeit, die aus dem Brief oder ihrer Stimme herauswimmert, aber jetzt bebt sie, bis schließlich Tränen ihr in die abrupt vors Gesicht geworfenen Hände fallen. Der Brief flattert zu Boden. Sie setzt sich auf einen Stuhl und wird geschüttelt von einer schrecklichen Trauer, mit Wucht mitten hineingeschleudert in die Demütigung Sidonies und Roberts und Gustavs und Gregors. Sie atmet schwer und langsam und schaut sich in der Küche um, als würde sie jemanden suchen, sieht zum Vater, der an den Spülstein gelehnt steht und mit geschlossenen Augen schweigt. Die Ohnmacht der Mutter vermischt sich mit dem Dampf, der aus dem Entsafter entweicht. Es ist ein milder Nebel, in dem die Konturen verwischen. Die Mutter hält ihr erschöpftes Gesicht hinein und atmet langsam ein und aus.

Der Vater starrt auf den Boden. Und wir sind gerettet, presst er zwischen den Lippen hervor, als würde er es in diesem Moment feststellen, mit einer Stimme ohne Glauben.

Meret aber, die genau wie die Mutter das Gefühl hat, in einem Meer aus Tränen versinken zu müssen, betrachtet den kleinen Zweig in ihrer Hand und wird im selben Augenblick von der erstaunlichen Erkenntnis ergriffen, dass es sich dabei offensichtlich um den Zweig Noahs handeln muss, den dieser von der wiedergekehrten Taube erhalten hat. Denn dass ausgerechnet Alma Taube, besser noch: die Taube Alma diesen Zweig geschickt hat, stellt sich Meret als Zeugnis dafür dar, dass der uralte Faden der Genesis sich in ihr eigenes Leben hineingewoben zu haben scheint, und zwar mit derselben Botschaft wie damals. Mehr noch als Noah gestärkt und aufgerichtet worden ist durch das im Zweig verheißene Ende der Sintflut, ist jetzt Meret getröstet von so viel bittersüßer Bedeutung in ihrem eigenen Dasein, und sie wäre dumm und nicht Meret, wenn sie daraus nicht den Schluss ziehen würde, dass Svendborg eine Arche ist und den Dinkelspiels ein gutes Ende bevorsteht.

Ricarda hingegen, die keinen Zweig in Händen hält, hört aus dem Brief den Krieg heraus und nimmt, als sie die Blätter vom Boden aufhebt, einmal mehr ihr Leben in die eigenen Hände.

Da steht die Mutter mit einem Ruck auf und macht weiter. Der Vater und die Kinder gehen hinaus und schließen die Küchentür hinter sich. Ein Glas nach dem anderen wird mit Quittensaft gefüllt. Dreiundzwanzig, vierundzwanzig, fünfundzwanzig zählt die Mutter, sechsundzwanzig, siebenundzwanzig, sie zählt und zählt, und mit jedem Glas zahlt sie ihr Glück ab, nicht zu denen zu zählen, die in einem Judenhaus landen, sonst wohin gestoßen.

Spät am Abend stehen zweiundvierzig auf den Kopf gestellte Gläser mit Quittengelee auf dem Tisch, und als das Licht der Küchenlampe wie mit langen Fingern danach zu greifen scheint, glühen sie auf wie pures Gold, ein Inbild des Verschontseins und des Weiterlebens. Die Mutter stemmt die Hände in die Seiten. Sie wankt vor Müdigkeit, sie hat Blasen an den Fingern. Die Tante ist schon ins Bett gegangen. Auch alle anderen schlafen schon. Die Küchenuhr tickt. Die Nacht steht schwarz am Fenster. Die Mutter schneidet ein großes Stück Brot ab und bestreicht es mit Butter und fingerdick mit Gold, sie beißt hinein, und für einen flüchtigen Augenblick ist ihr, als schmeckte sie etwas von der über jeden Schmerz hinausgehenden Grandiosität des Daseins, wie bedroht es auch immer ist.

Judenhäuser

Die Mutter, in deren Vorstellung Alma und Jules Taube in Schanghai genauso wenig ins Unglück gestürzt sind wie sie in Svendborg, kann nicht ahnen, wie sie dort leben. Denn das verschweigt die Cousine, nein, sie verschweigt es nicht, es geht einfach unter in der Sintflut, als sie ihren Brief an die Mutter schreibt. Sie kann die grobe Planke ihrer eigenen Existenz nicht beschreiben, während sie sich daran festkrallt. Dass sie wie viele andere jüdische Auswanderer im Chaoufong-Heim in der Chaoufong Road in Hongkew untergekommen sind, einem Stadtteil Schanghais, der im Japanisch-Chinesischen Krieg erheblich zerstört und ein paar Jahre später während der Besetzung durch die Japaner zum jüdischen Ghetto gemacht werden würde. Dass sie und Jules sich nicht nur eine von oben bis unten von kupferfarbenem Schimmel befallene Waschzelle mit drei taktlosen Berliner Juden – Schauspieler vom Deutschen Theater, alle drei großmäulig –, nicht nur die Waschzelle, sondern auch ein einziges Zimmer teilen müssen, an dessen Decke zwei rötlich behaarte Spinnen hocken. Die Mutter, sie hätte sich das genauso wenig vorstellen können wie das Gewühl und Gedränge dieser unermesslich großen und unermesslich fernen Stadt, ganz zu schweigen von ihrem Lärm und ihrem Dreck. Woher sollte sie auch wissen, dass das Judenhaus in Halle, in das die Nazis Sidonie und Robert und ihre Söhne hineingesetzt haben, ein viel besseres ist als das Judenhaus in der Chaoufong Road, steht es doch immerhin in der Hindenburgstraße Nummer 63, hat großbürgerliche Zimmer, sogar Stuckdecken und keine Kakerlaken. Zwar müssen auch die Seidelburgs das Bad mit zwei anderen Familien teilen, aber wenn sie aus ihrem Judenhaus hinaus auf die Hindenburgstraße treten, erkennen sie ihre Stadt wieder, es ist Halle an der Saale, sogar manche Leute erkennen sie wieder, die früher ihre Kunden gewesen sind, und auch wenn diese sie nicht wiederzuerkennen scheinen und sie auch nicht grüßen, können die Seidelburgs doch schön auf den Hallenser Bürgersteigen spazieren gehen, so wie die Mutter mit Friedrich an der Hand auf den Svendborger Bürgersteigen spazieren geht. Von spazieren gehen in Schanghai kann dagegen keine Rede sein, das Straßenleben dort ist mehr als erschreckend, den Hühnern wird mitten auf der Straße der Kopf abgeschnitten, während sie wild gackern, die Hähne werden mit winzigen, an den Krallen befestigten scharfen Klingen aufeinander losgelassen und dabei brechen die zahnlosen Chinesen in ein gellendes Lachen aus, weil es ihnen so gut gefällt, wie den Hähnen beim Siegen genauso wie beim Verlieren das Blut aus dem Gefieder spritzt. Das ist die Umgebung des Judenhauses in Schanghai, von wegen kühlender Ventilator in verglaster Veranda, die Mutter hätte es nicht glauben wollen, sie hat für diesen Ventilator einfach ihre Fantasie zum Derwisch gemacht, sie springen und kreiseln lassen, um aus diesem fernen Sonstwo ihrer Cousine Alma einen reinen, einen erträglichen Film zu drehen, den sie ablaufen lassen kann, wenn sie an sie denkt. Einen Film mit exotischen, aber unverfänglichen Attributen, der nur von schwirrenden Kolibris zum Zittern und Vibrieren gebracht wird, nicht von Nerven und Tränen. Mit dem Film, in dem Alma und Jules Taube sich tatsächlich befinden, hat dieser rein gar nichts zu tun.

Was die Mutter auch nicht ahnen kann, während sie in dem gelben Judenhaus der Tante steht, und was sie auch damals nicht hat ahnen können, als sie mit Ricarda das Konzert Leo Schönbachs in Stuttgart besucht hat: Dieser große Musiker wird im Februar 1945 in Schanghai sterben, wo er, wie auch schon in Halle, mit seiner Vorliebe für heitere Inszenierungen von Operetten eine jener Inseln geschaffen hatte, aus denen die Verfolgten, unter ihnen Alma und Jules Taube, inmitten der mörderischen klimatischen Bedingungen Schanghais Kraft schöpfen konnten zum Weiterleben. Sein Tod geschah auf der Heimfahrt nach einer Probe, bei der auch Alma und Jules Taube dabei gewesen waren, sie fuhren mit ihm, ihrem Hallenser Mitbürger und Schicksalsgenossen, zusammen im Bus durch die Stadt, die in der Dunkelheit glitzerte und schrie, als er zusammenbrach vor ihren Augen und einem Gehirnschlag erlag.

Alma Taube, die den Verlust Leo Schönbachs lange beweinte, denn war er nicht eine jener kostbaren Persönlichkeiten, die der Welt das Unersetzliche des Jüdischen vor Augen hielten, diese Substanz eines Lieblingskinds, von der andere Völker nur träumen können – Alma Taube war davon überzeugt, dass sein Tod durch einen anderen Mitbürger Halles verursacht worden war, über den sie auf der Fahrt im Bus durch die feuchtheiße Nacht gesprochen hatten. Dieser Mitbürger war Reinhard Heydrich, der Gestapochef und Sohn des Hallensers Bruno Heydrichs, eines stadtbekannten Komponisten, in dessen Musikkonservatorium Leo Schönbach als Knabe ein- und ausgegangen war. Bruno Heydrich habe lange vor der Geburt seines durchtriebenen Sohnes eine Oper geschrieben, hatte Schönbach im Bus erzählt und sich dabei den Schweiß mit einem großen Taschentuch von der Stirn getupft, eine Oper namens *Amen*, die zwar nicht von großer musikalischer Bedeutung sei, aber dass Bruno Heydrich dem ersten Akt seines Werkes den Titel *Reinhards Verbrechen* gegeben habe und schließlich seinen neun Jahre später geborenen Sohn nach diesem Helden, der durch einen Dolchstoß ums Leben komme, benannt habe, sei doch ein Zeichen dafür, was für eine unheimliche Lesart das Schicksal mitunter erzwinge. Das Verbrechen, das dieser Sohn der ganzen Welt bringen würde, darauf habe Schönbach angespielt, denn nicht nur das Leben, auch der Tod Reinhard Heydrichs 1942 in Prag durch ein Attentat hatte nichts als Verbrechen zur Folge: nämlich das Massaker in Lidice, mit dem sich die Nazis für das Attentat rächten. Da habe das Schicksal einmal mehr zugeschlagen mit seiner unnachgiebig waltenden Hand. Da habe die Namensgebung des Bruno Heydrich doch ihre vorherseherische Richtigkeit erwiesen.

Und nach diesen Sätzen hatte Schönbach der Schlag getroffen. Oder war es nicht vielmehr der Gestapochef, der ihn traf, der noch als Toter den Juden Schönbach in solche Erregung und Angst versetzen konnte, dass kein Bus in Schanghai genug Schutz bot vor seinem Verbrechen?

Das Schicksal, das keinen Glauben lehrt, da es kein Wohlmeinen kennt, protzt noch mit weiteren frechen Verknüpfungen, mit einer Geschichte, die mit dem jüdischen Namen Süß beginnt, den Bruno Heydrichs Mutter durch ihre zweite Ehe mit einem Schlosser namens Robert Süß erhalten hatte. Süß, dieser erzjüdische Name, den der Schlosser trug, ohne Jude zu sein, brachte nämlich dessen Stiefsohn Bruno Heydrich in den Verdacht, insgeheim ein Jude zu sein, wogegen er sich zwar erfolgreich wehren konnte; sein Sohn Reinhard jedoch, ein unbeliebter und arroganter Kerl, wurde *Itzig Süß* und *weißer Jude* geheißen, und diese Namen trug er wie eine Kette aus Scham und Schande um seinen falschen Hals, bis er bei den Nazis das fand, was er dagegen zu brauchen glaubte: brutale Schlagkraft und Macht. Reinhards hohe Fistelstimme hatte ihm zu allem Übel auch noch den Namen *Ziege* verpasst, am schlimmsten aber war für ihn der Ausdruck *Hippe*, das jiddische Wort für Ziege, das man ihm nachrief. Mit einer in solcher Weise verdorbenen Stimme war kein Staat zu machen, abgesehen davon aber reichte sie eh bei Weitem nicht für die vom Vater gewünschte Laufbahn als Sänger, sodass er schließlich gierig nach den Juden griff wie nach einem auszuschlachtenden Vermögen.

Denn die Juden hatten etwas, eine Art Geheimnis, ein Gütesiegel, das ihnen eingeprägt war von höchster Stelle, von ganz oben, und dem gegenüber war Heydrich ein Wurm. Nie würde er teilhaben können an diesem viel tieferen, würdigeren Sein. Ihm blieb nur der Neid. Er wollte, nein: er musste ihrer habhaft werden. So schwer konnte das doch nicht sein. Er musste nur das erste Gebot des jüdischen Gottes für ungültig erklären und schon zerbrach das neunte Gebot wie von selbst, gleich darauf das siebente, und das fünfte zu knacken war dann ganz einfach, es gehörte zu diesem Totalausverkauf des Jüdischen dazu, man musste nur konsequent genug sein und den Hass machen lassen.

So wurde Heydrich, was er war – nur durch sie. Seine Existenz gründete auf der ihren, und ohne sie war er nichts, so wie noch heute nichts Bestand hat ohne die zehn Gebote des jüdischen Gottes. Gleich 1935 fing Heydrich in seiner Heimatstadt Halle an, die Juden zu berauben, die Lewins, die Taubes, die Seidelburgs, die Schönbachs.

Und warum war Lewin der Erste, der dran glauben musste?

Und woran überhaupt glauben?

In seiner Kindheit hatte Reinhard Heydrich in einem Haus gewohnt mit der Familie Lewin, einem Judenhaus also auch. Heydrichs Mutter, eine ausgekochte Antisemitin, fand Befriedigung darin, die jüdischen Nachbarn aus dem Erdgeschoss unter ihnen zu ärgern, indem sie ihrem Geige übenden Sohn den Takt herrisch mit dem Hacken auf dem Parkettboden vorgab. Das donnerte und knallte prima in den Ohren der Lewins und zusammen mit dem Geigengejammer Reinhards, das Leo Schönbachs Urteil zufolge wehleidig war, wo eine Seele hätte singen sollen, und ruppig, wo Temperament gefragt war, war das eine gehörige Tracht Prügel. Als die Familie Lewin später in ein anderes Haus umzog, fort von den nervtötenden Heydrichs, fehlte dem Jungen die Motivation zum Geigen. Er wurde nicht Geiger, sondern Judenverfolger, denn das, hatte er gelernt, machte mehr Spaß, und so nahm er Herrn Lewin 1935 sein Geschäft fort. Er stahl dem alten Nachbarn die Existenz und baute sich im selben Jahr ein Haus auf der Insel Fehmarn an der Ostsee. Dieses reetgedeckte Haus in den Dünen war ein namenloses, feige erschlichenes Ferienhaus, das Heydrich mit einer Existenz zu füllen versuchte, die aus der an sich gerafften jüdischen Existenz bestand. Es war ein Judenhaus, es gehörte ihm nicht wirklich, es hätte eigentlich den Lewins gehört, es war ein Judenhaus, es besaß keine Hausnummer und keine Adresse, es stand in keiner Straße, und die Familie Heydrich, die sich in den Ferien dort ihren Sommer zusammenlog, hatte nicht das geringste Recht darauf. Ohne den Juden Lewin wäre Reinhard Heydrich niemals in den Besitz dieses Hauses gekommen, es war auf Sand gebaut und von Lügenheini Himmler eingeweiht, es konnte gar keinen Bestand haben, es musste früher oder später zunichtewerden und tatsächlich verbrannte es eines Tages folgerichtig zu Schutt und Asche. Es ging genauso zugrunde wie sein vermeintlicher Besitzer Reinhard Heydrich, der Judenverderber, der Verbrecher, der Chefplaner des Wahnsinns am Wannsee.

Von alldem ahnten Ricarda und ihre Mutter noch nichts, als sie in dem Konzert saßen und Leo Schönbach zuhörten, ja, sie hielten es sogar durchaus für möglich, hinterher zu ihm zu gehen und ihm von Sidonie Seidelburg schöne Grüße auszurichten, um dann ein Gespräch über Cellostunden zu beginnen mit diesem feurigen Mann. Sie glaubten, es sei für Ricarda eine gute Möglichkeit, ein paar Monate in Halle zu verbringen, das war es, was sie glaubten, denn dort war der Jüdische Kulturverein besonders aktiv, dort war Martin Buber zu Besuch gewesen und auch der Rabbiner Leo Baeck, der zwar schon 1933 behauptet hatte, dass die tausendjährige Geschichte der Juden in Deutschland zu Ende gegangen sei, aber an der Berliner Hochschule für Wissenschaft des Judentums hielt er doch auch noch seine Vorlesungen und verließ nicht sein Land.

Ricarda und ihre Mutter, im Konzert in Stuttgart, in damastenen Konzertkleidern, festlich gestimmt, sie ahnten noch nichts vom Wannsee und von Lidice. Sie hätten es auch gar nicht glauben können.

Ausflug zu Brecht

Meret weiß nicht, was sie von den Eltern halten soll. Der Vater mit seinem süßen Plan vom Honighandel. Die Mutter, die nach dem Einkochen beginnt, mit Herrn Vegesack und seiner Frau Bridge zu spielen. Ihre Munterkeit, mit der sie davon erzählt, wie sie Herrn Vegesack auf die Schippe nimmt – eine Luftblasenmunterkeit. Meret möchte mit der Nadel hineinstechen. Ist das nicht alles Vortäuschung falscher Tatsachen? Falschen Lebens?

Aber was wäre das richtige Leben für eines?

Und was ist mit ihr selbst? Mit dem wilden Fahrtwind, der ihr um die Nase weht? Ich, denkt Meret, bin auf dem Motorrad zu Hause, im Tempo, im Fahren, hier auf dem Sattel führe ich mein Leben. Ich tue nicht so, als wäre ich angekommen. Ich halte Honig und Gelee nicht für Zukunft. Ich richte mich nicht in einem Bridge-Club ein. Sie probiert diese Sätze wieder und wieder, bis ihr klar wird, dass sie ab jetzt selbst fahren muss, wenn dies ihr eigenes Leben sein soll.

Anhalten!, schreit sie in Ricardas Ohr. Nachher!, brüllt Ricarda. Nein, jetzt!, brüllt Meret zurück. Und als Ricarda einfach weiterfährt, noch einmal: Jetzt!

Da bremst die große Schwester. Sie befinden sich auf einer schmalen Landstraße, die im Bogen um weites, umgepflügtes Ackerland führt. Die Sonne scheint etwas blasser als in der vergangenen Woche, aber sie scheint. Am Waldrand rechts ist ein Pferd mit Reiter zu sehen. Meret steigt vom Sattel. Ich fahre, sagt sie – ihre Stimme klar und tief – und lässt sich von einer unbekannten Sicherheit stoßen. Ricarda sagt nichts. Sie wischt sich mit dem Ärmel über die Augen. Dann tauschen sie ganz einfach die Plätze.

Ich habe es ja längst gelernt, denkt Meret, zieht die Kupplung und gibt zögernd Gas. Sie fährt vorsichtig, als müsste sie bei jedem Meter all das überprüfen, was Ricarda ihr beigebracht hat. Bisher ist sie nur auf Waldwegen gefahren, auf Seitenstraßen, langsam und kurz. Aber plötzlich braust sie los, auf der richtigen Landstraße. Und genau so kommt es ihr vor: richtig. Ja!, schreit sie laut und hört, wie Ricarda auflacht. Meret hält den Lenker fester als fest, bis ihre Knöchel schneeweiß hervortreten. Ricarda zwickt sie in den Oberarm. Zwick mich noch einmal!, ruft Meret, und da beißt Ricarda sie in die Schulter, bis es wehtut.

Als sie am Abend zurückkehren, ist es fast dunkel. Keiner sieht, dass Meret es ist, die die Maschine gefahren ist. Das kommt ihr gerade recht. Ein Geheimnis zu haben mit Ricarda, das kennt Meret von früher, und eine vertraute, schwesterliche Gewissheit erfüllt sie, als sie das Motorrad in den Schuppen schiebt, während Ricarda in der frischen Abenddämmerung unter dem Nussbaum wartet. Sie schließt die Schuppentür und hakt sich bei Ricarda ein. Aber die schüttelt ihren Arm abrupt ab. Du fährst doch gut, sagt sie wie zum Trost und läuft mit raschen Schritten aufs Haus zu. Meret geht langsam hinterher. Du kriegst das gut ohne mich hin!, ruft Ricarda dann, öffnet die Hintertür und verschwindet im Haus. Sei nicht so, Ricarda, denkt Meret nur.

Spät am Abend, als Ricarda unten im Wohnzimmer mit dem Vater und der Tante Halma spielt, bezieht Meret die Betten im Schwesternzimmer frisch. Als sie die Matratze von Ricardas Bett anhebt, um das Bettlaken festzustecken, entdeckt sie Ricardas Reisepass darunter. Sie nimmt ihn in die Hand und blättert ihn durch. Das Foto der kindlichen Ricarda, die vierzehnjährige Zopfträgerin mit fordernd blickenden Augen. Warum versteckt Ricarda ihren Pass? Warum bewahrt sie ihn hier auf, heimlich, und lässt ihn nicht bei den Eltern wie sie? Für einen Augenblick setzt sie sich auf den Rand des ungemachten Bettes. Ricarda ist so, denkt sie, und dass wir zusammen Motorrad fahren, heißt nicht, dass sie nicht fortwill von hier, von mir, von uns allen. Meret legt diese Sätze einen nach dem anderen auf das Bett neben sich und schließt die Augen mit einem Gefühl zu schweben. Die Wahrheit ist so leicht, denkt sie, man kann sie ruhig glauben. Und gleichzeitig ist sie tonnenschwer.

Schon am nächsten Tag macht Meret ihre erste Fahrt allein. Sie sagt nichts zu Ricarda, die einkaufen gegangen ist. Nur der Mutter gibt sie Bescheid, als wäre es das Selbstverständlichste der Welt: Ich geh ein bisschen Motorrad fahren.

Die Mutter, die am Bügelbrett steht, schaut auf. Allein, Meret?

Keine Angst!, ruft Meret und wirft sich die Jacke über. Ich kann es jetzt! Und läuft schon zum Schuppen. Von Anfang an gibt sie Gas, braust über die Landstraße hinaus, schnell und sicher, und fühlt sich prächtig. Die Sonne scheint mit hartnäckiger Treue, täuscht Sommer vor, all das ist nichts Neues mehr, nur Meret selbst ist neu, sehr sogar. Links kommt jetzt die Einfahrt zur Pension Stella Maris, die in einem großen Park mit alten Bäumen am Ufer liegt. Ricarda und sie haben hier auf der Terrasse schon ein paarmal Tee getrunken, man blickt hinaus auf den blauen weiten Sund und kriegt zu Sahne und Zucker den Frieden gleich mit serviert. Meret beschließt, hier abzubiegen auf den schmalen Seitenpfad, der am Park entlang zu einem schmalen Strandabschnitt hinunterführt. Sie lässt das Motorrad stehen und zieht die Schuhe aus. Der kalte raue Sandboden unter ihren nackten Fußsohlen. Am Ufer angekommen, geht sie ein Stück und wirft Steinchen ins Wasser. Niemand ist zu sehen, Meret ist hungrig, sie hat nur einen Apfel dabei, verzehrt ihn gierig und vergräbt den Griebsch im Sand. Ihre Nerven summen noch immer vom Fahren. Sie steht da und atmet.

All das, denkt Meret und streicht sich die Haare aus dem Gesicht, all das hätte ich in Deutschland nie erlebt. Ihr altes Zimmer kommt ihr in den Sinn, der Blick aus dem Fenster auf die Nachbarhäuser, Werckes Villa, Ginsterbuschs rotes Klinkerhaus, auf der anderen Straßenseite die katholische Kirche Maria Magdalena mit den blau-roten Glasfenstern. Sie denkt an Hella Bossler, die den Kontakt zu Ricarda und ihr abgebrochen hat, als ihr Vater in die Partei eintrat. Wie sie auf dem Fahrrad an ihnen vorüberfuhr, mit dem Kopf stur geradeaus. Wie Ricarda ihr hinterherrief: Hast du vergessen, dass wir vor Kurzem noch zusammen tanzen gelernt haben? – Tanzen gelernt?!, hatte Meret der Schwester empört zugemurmelt. Unsere ganze Kindheit haben wir zusammen verbracht! Meret schaut zu, wie die kleinen Wellen an den Strand schwappen. Eine nach der anderen, in aller Ruhe. Keine überholt die andere, für jede ist dieselbe Zeit da. Das Geräusch geht in sie über, während sie einen Zeh ins Wasser streckt, es ist eiskalt, aber trotzdem krempelt sie ihre Hosen hoch, geht bis fast zu den Knien hinein und lässt die Waden taub werden vor Kälte. Das macht mir nichts, sagt sie, gar nichts. Aber es kommen ihr doch die Tränen. Wegen Hella? Wegen Franz, der ihr plötzlich aus dem Weg ging? Er hatte ihr vor zwei Jahren noch einen kleinen Hund geschnitzt. Sie hat ihn in Stuttgart gelassen, natürlich. Sie nimmt doch keinen Hund aus Holz mit, den ihr ein dummer kleiner Nazi geschenkt hat. Meret stapft aus dem Wasser. Setzt sich in den Sand, massiert sich die Füße. Spürt, wie das Leben allmählich wieder hineinfließt. So wie hier in Svendborg, denkt sie.

Aber dann fällt ihr wieder das Gespräch mit Ricarda ein. Gestern Abend, kurz vor dem Einschlafen, ist Ricarda plötzlich gesprächig geworden. Und Meret hat ihre Schläfrigkeit bezwungen, Plauderstündchen mit der Schwester, diesem Großereignis hat sie ja nicht im Wege stehen wollen. Hat sich sogar im Bett aufgesetzt, als deutlich wurde, dass Ricarda so schnell nicht wieder aufhören würde. Wie ein Wasserfall sprach sie in die Dunkelheit hinein, vermutlich hätte sie noch nicht einmal gemerkt, ob Meret zuhörte oder schlief, aber natürlich hörte sie zu. Denn es ist sensationellerweise nicht um Kurt-Anselm gegangen und nicht um Palästina und nicht ums Cello. Ricarda hat nur von ihrem Besuch im vergangenen April bei Kurt-Anselm und Brigitte in München erzählt, ihrer besten Freundin und Klavierbegleiterin, beide studieren jetzt ohne sie dort am Musikkonservatorium. Ricarda hat von Schwabing erzählt, vom Hörsaal, von der Vorlesung über Bruckner, die sie mit Kurt-Anselm und Brigitte besucht hat, indem sie so tat, als wäre sie eine wie Brigitte, also arisch genug zum Studieren. Von dem Essen in der Mensa hat sie berichtet, wie essigsauer die Bohnen geschmeckt haben, wie die Küchenfrauen geschimpft und die Studenten gesungen haben in der Nacht auf den Straßen und Plätzen. Wie es zugeht in den Übungssälen, wo die Studenten sich gegenseitig auszustechen versuchen. Wie Brigittes Vermieterin das Wasser abgedreht hat, weil sie zu oft ein Bad nahm. Wie nett diese Frau dann wieder sein konnte. Hefekranz hat sie ihnen vor die Zimmertür gelegt und ein großes Stück Butter. Brigittes nettes Zimmerchen! Winzig, mit bayerischen Vorhängen, blau-weiß kariert, und das Fenster hinaus auf den Stachus. Das war zwar laut, aber wunderbar zentral. Dann der Englische Garten! Ricarda hat so geschwärmt, als wäre er der Garten Eden. Meret, wir haben am Nachmittag dort auf der Wiese gelegen in der Frühlingssonne. Und die

Buchhandlung Lehmkuhl in der Leopoldstraße, da wäre ich Stammkundin gewesen wie Brigitte. Da zählt nur die Bücherliebe. Wäre ich dort Stammkundin, dann würden sie mir auch entgegenkommen. Fräulein Dinkelspiel, was kann ich für Sie tun? Fräulein Dinkelspiel, heute sind ein paar Neuerscheinungen gekommen, die könnten Sie interessieren, schauen Sie dort auf dem Tisch, Sie können sich gern auf den Sessel setzen. So würde ich da behandelt werden, Meret, einfach weil die wüssten, dass ich eine Leserin bin, das würde vollkommen genügen, ich wäre eine Leserin und keine Jüdin.

Doch, hat Meret eingeworfen, eine Jüdin wärst du trotzdem.

Warum habe ich das korrigieren müssen?, fragt Meret sich jetzt am Strand. Warum muss ich immer so darauf aufpassen, dass Ricarda bei der Wahrheit bleibt?

Ja, hat Ricarda erstaunlicherweise gleich zugegeben, aber jetzt sei still, ich muss dir noch vom Theater erzählen, vom Residenztheater. Da sind wir mit zwei Freundinnen von Brigitte hingegangen, die hatte verbilligte Eintrittskarten für uns, fast geschenkt, Stehplätze, ganz hinten, aber man konnte fast alles sehen! Und am nächsten Abend ins Kino! Als ich auf dem Klappsitz saß und das Licht ging aus, da war ich glücklich, Meret! Mitten in München als Studentin im Kino und alles war gut, und die ganze Welt mit ihrer dreckbraunen Farbe weit weg.

Ricarda hat sich schließlich unter die Bettdecke verkrochen und irgendeine Stimme aus dem Kinofilm nachgemacht, ist dann wieder hervorgekommen und hat gerufen: Rate, wer so spricht! Und Meret hat die Schauspielerin gleich erkannt.

Irgendwann war Ruhe. Ricarda schlief noch vor ihr ein, leergeredet wie sie war, während Meret noch eine ganze Weile in München herumgegeistert ist und sich vorgestellt hat, selbst dort Studentin zu sein. Hat sich ausgemalt, wie sie selbst im

Englischen Garten auf der Wiese liegt, wie sie ihre Füße in den Eisbach stellt, der dort hindurchströmt mit seiner gurgelnden Frische, wie sie in der Buchhandlung Lehmkuhl stöbert und als Fräulein Dinkelspiel bekannt ist. Wie sie im Hörsaal sitzt und ein kleines Zimmer hat bei einer Vermieterin und abends ausgeht. Es gefällt ihr alles, sie würde es schrecklich gern erleben. Aber es wird nichts daraus werden.

Und Meret ist schließlich klug genug gewesen, um an dieser Stelle den Knopf auszudrehen. Sie hat es ausgestellt, das Lichtspiel, hat die Augen geschlossen und sich von der Dunkelheit mitnehmen lassen in andere Träume.

Und auch jetzt steht sie einfach wieder auf, streicht sich den Sand von der Hose, zieht die Schuhe an und setzt das Motorrad in Gang. Noch eine Weile fahren, fahren und zu Hause sein.

Es geht weiter bis Skovsbostrand.

Meret hat nicht vergessen, dass Brecht hier irgendwo wohnt und dass die Berlau verboten hat, ihn zu besuchen. Das kann mir doch egal sein, denkt Meret, mir hat diese Frau gar nichts zu verbieten. Wenn Ricarda so eng mit ihr ist und tut, was sie sagt – ich jedenfalls nicht. Besuchen, das will ich ihn ja gar nicht, was soll ich auch sagen? Aber mal neugierig gucken, das darf man doch. Kino spielen. Er ist immerhin berühmt. Es ist ja sonst nichts los hier. Ich bin deutsch und er ist deutsch, also, da werde ich doch mal vorbeischauen dürfen. Du meine Güte, wie viele Gründe muss ich noch sammeln, die mir zu leben erlauben?

Brecht reizt Meret. Sie weiß nicht viel über ihn und hat nur wenig von ihm gelesen, die Mutter hat einmal von seinen Theaterstücken gesprochen, aber darum geht es Meret gar nicht. Sie hat das ungebärdige Verlangen, den Puls klopfen zu hören, den Puls des Exils, in dem sie selbst zu überwintern hat. Sie ahnt nur, dass Brecht mit diesem Puls zu tun hat. Ein Schriftsteller, der aus Deutschland rausmusste – wie sie selbst – und hier in diesem dänischen Nest hockt, kann nur überleben, wenn er seinen gesamten Blutkreislauf mitgenommen hat und schreibt. Das ist es, was Meret interessiert. Sie sucht den Brecht wie einen Anschluss an etwas, das bedeutsam ist und größer als sie, größer auch als die Maschine, die sie nun vor einem Gartenzaun rechts zum Anhalten bringt.

Eine alte Laub harkende Frau blickt Meret aus wasserblauen Augen an.

Auf Dänisch fragt sie Meret, ob sie ihr helfen kann, und Meret nickt und fragt, wo Bertolt Brecht wohnt. Der Deutsche?, fragt die Frau, als gäbe es auch einen dänischen Brecht. Meret lächelt und nickt.

Jetzt folgt eine lange Erklärung, der Meret nicht ganz folgen kann, aber sie versteht genug und winkt der Frau dankbar zu. Im Rückspiegel des Motorrads sieht Meret, wie die Alte an ihrer Harke lehnt und ihr nachblickt.

Meret biegt in eine schmale Straße ein, die steil bergab und dann im Bogen nach rechts führt, bis sie vor einem lang gestreckten alten Fachwerkhaus endet, ein reetgedecktes Fischerhaus auf einem großen Hof mit Kopfsteinpflaster, die Eingangstür ist dunkelgrün gestrichen. Es ist niemand zu sehen. Meret stellt das Motorrad ab und geht zur Hausecke links, von der aus man über einen niedrigen Zaun in den Garten hinter dem Haus schauen kann. Sie erkennt ihn sofort, er muss es sein, der Mann, der dort drüben an einem Tisch unter der großen Kastanie sitzt, die Hände aufgestützt, mit dem Rücken zu Meret, gegenüber von einer jungen Frau mit Pagenschnitt, vor ihnen auf dem Tisch ein Schachspiel, über dem die beiden brüten. Die Frau hat ein blasses Gesicht und magere Arme, aufrecht wie ein Schulmädchen sitzt sie auf ihrem Stuhl, sie schiebt immer wieder die Oberlippe nervös nach vorn und scheint mehr auf Brecht zu schauen als auf ihre Figuren. Aber jetzt macht sie einen Zug, und Brecht schüttelt seinen Kopf ein ganz kleines bisschen, zupft an seiner Brille, sagt vermutlich irgendetwas. Die Frau lacht leise auf, es klingt wie eine Glocke aus dünnem Metall, und fasst sich ans Haar. Meret betrachtet den Rücken dieses Mannes, der Brecht heißt und hier im Exil lebt. Es ist der Rücken, den er seinem Land zuwendet. Der Rücken ist sein Nein. Eine Tafel, auf der etwas geschrieben steht, ganze und geltende Sätze. Brechts Rücken: Auf ihm wird ein ganz anderes Spiel ausgetragen, es heißt nicht Schach, es geht dabei um alles, es geht in diesem Garten um Recht, Ausweg und um Wahrheit. All das steht auf diesem Rücken.

Der Rücken – das ist auch das Exil der Dinkelspiels und vieler anderer. Dabei ist er nicht groß, in seiner grauen Jacke wirkt der ganze Brecht klein, schmal und knochig, die Schultern etwas hochgezogen, sein Kopf nichts Besonderes – oder doch? Er ist etwas Besonderes, findet Meret, unter seinen kurz geschnittenen schwarzen Haaren denkt Brecht sich seine großen Texte aus und glaubt an die Freiheit, ein schmächtiger Mann, der ins Exil gegangen ist, weil er das so wollte und weil er das musste.

Plötzlich kommt ein Kind aus einer Seitentür des Hauses gelaufen, zu ihnen an den Tisch, ein kleines Mädchen mit dunklem Bubikopf, es trägt ein blaues Kittelkleid und keine Schuhe, Brecht macht eine Handbewegung in Richtung Haus, er wedelt das Kind fort, weil es ihn beim Schach stört, und die Kleine dreht sich sofort um und will eben wieder ins Haus laufen, als sie Meret entdeckt und stehen bleibt. Meret zuckt erschrocken mit dem Kopf zurück, verbirgt sich schnell hinter der Hausecke und schämt sich ein bisschen. Rasch geht sie zum Motorrad, schwingt sich hinauf und fährt weg. Das laute

Knattern ist ihr auf einmal peinlich, es verrät zu viel. Aber was verrät es? Was darf nicht gehört werden?

An diesem Abend fängt Meret an, ihre Gedanken in das blaue Heft von Lisa Stubenrauch zu notieren: *Das Aufschreiben kommt mir wie Motorradfahren vor. Denn es besitzt dasselbe Brausen. Nur dass ich es nicht mit Ricarda teilen kann. Die will ihren Rücken ja am liebsten umwenden und zurückgehen. Vielleicht tut sie es auch bald? Schreiben aber heißt bleiben.*

Herbstgedicht der Meret Dinkelspiel

Zinnoberfarben lehnt der ausgezählte Sommer sich
An die Obstbaumhänge im Oktober.
Groß ist das Licht das übrig ist
Von seiner glühenden Liebe
Und golden sein Thron.
Wenn windgestrichen die Purpurblätter fächeln

Und überzärtlich die Male des Jahres lächeln –

In Samt und Seide alles, was Odem hat,
Und vereint auch die Menschen diese kleinen
Auf ihren Rädern und Beinen.
Oh das schmale Licht des Herbstes –
Von seidenen Fäden alles durchzogen –
Sanft gerafft und unsichtbare Linien.
Niemals endet der Himmel.
Immer bleibt er gespannt.
Die Bäume, seine schönen Bürgen,
Stehen schweigend am Rande
Der Straßen und –
Jedes Blatt ein Blick hinüber.

Grünspan

Torzecht schickt dem Vater ein Paket. Ein dänisches Postauto bringt es an die Tür. Eine Ladung Zukunft, ächzt der Vater, als er es ins Wohnzimmer schleppt.

Friedrich gibt begeisterte Fanfarenstöße von sich: Pakt! Pakt!

Das kleine Handbuch zur Honigherstellung, liest der Vater vor. Aber alles andere sind Bücher über expressionistische Malerei. Dazu ein Brief mit folgenden Zeilen:

Dinkelspiel, ich will ein vernünftiges Buch über den Expressionismus von dir in der Hand halten, wenn die Sauerei hier (bald!) vorbei ist. Also tu mir die Liebe und setz dich in deinem dänischen Herrgottswinkel hin und schreib. Die Zeit dazu wirst du ja jetzt haben, und denk dran: Solche Zeit ist kostbar. Verschleudere sie nicht! Honig kannst du auch später noch schleudern. Dein treu ergebener Torzecht.

Und ich dachte, ich komme jetzt mal ums Denken herum, räsoniert Oz Dinkelspiel, während er ein Buch nach dem anderen auf den Tisch legt. Wollte doch so gern den Kopf in Honig tunken und meine Nerven schonen, die der Adolf schon genug strapaziert hat. Ein paar Bienen losschwirren lassen, für mich arbeiten lassen, immer schön fleißig, wollte nichts weiter tun, als die Gläser füllen und verkaufen. Aber ein deutscher Bildungsexilant muss natürlich ein Buch schreiben, was sonst! Ach, Torzecht hat ja recht: Diese Zeit werde ich so nie wieder haben. Dem Hitler werden sie bald das Handwerk legen, so wie der sich anstellt, kann das ja nicht gut gehen, weil es gar nicht gehen darf, und wenn ich dann bei der Rückkehr nach Deutschland ein Buch vorzuweisen habe, stehe ich wenigstens nicht mit leeren Händen da. Der Vater räuspert sich. Wenn auch mit leerem Portemonnaie, fügt er hinzu.

Die Mutter, die im Sessel sitzt, schaut den Vater mit großen Augen an. So ernst, dass Friedrich ihr die Mundwinkel nach oben zu ziehen versucht. Aber die Mutter wehrt ihn ab.

Du glaubst wirklich noch an unsere Rückkehr, Oz? Du glaubst, wir werden irgendwann wieder in unserem Haus wohnen? Du wirst wieder durch die Tuchmacherstraße gehen und über den Marktplatz bei der Stiftskirche? Ich werde wieder Fahrrad fahren am Neckar entlang nach Marbach? Wir werden im Schlosspark am See sitzen? Werden in die Oper gehen? Glaubst du das wirklich, Oz?

So, wie sie es sagt, hört es sich an, als erwartete sie vom Vater nichts anderes als ein deutliches und möglichst lautes, weil wahres Ja, natürlich, Malka. Das möchte sie hören, die Mutter, die in ihren Seelenfalten eine Verzweiflung versteckt, mit der sie nicht gerechnet hat, als sie die Koffer für das Exil packte. Dass sich in diesen Falten eine Ablagerung unerträglicher Sorgen wie Grünspan bilden könnte – das hätte sie nie gedacht. Malka Dinkelspiel hat mit allem Möglichen gerechnet, mit Geldnöten und Unzufriedenheit, Tantenkrach und dänischer Borniertheit, bürokratischen Hürden und Sprachproblemen, dänischen Nazis und orientierungslosen Kindern, mit einem kränkelnden Friedrich und unsäglichen Ärzten, langen einsamen Strandspaziergängen und einem unwirtlichen, leer gefegten Geisteszustand aller Dinkelspiels, einschließlich ihrer selbst. Aber nicht mit dieser Klage in ihrer tiefsten Seele, aus der sie immer hat schöpfen können, was nötig war. Sie ist ein Mensch mit unergründlichen Vorräten, sie ist die großzügige Verteilerin von Hoffnung, die Mutzusprecherin, die unermüdliche Malka Dinkelspiel kramt immer noch ein Fünkchen Freude aus den weichen Taschen ihres Gemütes hervor. Das wäre doch gelacht, so hat sie noch in Stuttgart gedacht, wenn wir dem Hitler nicht eins auswischen könnten mit einem würdevollen (vorübergehenden) Leben im Exil! Mit einem jüdischen Geschick, das sich nicht unterbuttern lässt. Doch dieser Grünspan ist jetzt da. Und der Vater erblickt ihn sofort in ihren Augen und gleich dabei die blanke Sehnsucht, und weil jetzt er an der Reihe ist, sagt er einfach: Ja, natürlich, Malka.

Das folgende Schweigen ist eigenartig. Deshalb sagt Oz Dinkelspiel noch: Daran glaube ich. Was seiner Stimme jedoch nicht anzumerken ist. Aber das zählt nicht. Es zählt, dass die Tante nun ins Wohnzimmer kommt und sehen möchte, was die Post gebracht hat.

Deutsche Bücher!, sagt sie mit einem Blick, der abschätziger nicht sein könnte. Sie hält nicht viel davon. Was soll schon drinstehen? Knud hat immer gesagt, die Deutschen halten viel zu viel von ihren Dichtern. Sie ist keine Leserin. Man hätte ihr bei Lehmkuhl nie den Sessel angeboten. Die Tante versteht nicht, wie man ein Paket mit Büchern füllen kann, um es auf eine so weite Reise zu schicken. Warum keine Thüringer Wurst? Oder Karlsbader Oblaten? Oder Aachener Printen? Warum keine Holzengel aus dem Erzgebirge? Die Tante hat bald ein Weihnachtsfest im Haus über die Bühne zu bringen. Sie wüsste einiges, was sie da noch brauchen könnte. Die Dinkelspiels sind doch auch Deutsche. Warum können sie nicht ein einziges Mal nützliche, richtige Deutsche sein?

Und du, Malka, sagt sie jetzt zur Mutter, du backst uns dann den Dresdner Stollen zum Fest? Ich habe ein gutes Rezept.

Die Mutter stutzt, sie hat noch nie ein Weihnachtsfest gefeiert. Und es ist ihr nie unpassender vorgekommen als ausgerechnet jetzt, dieses Fest, der Stollen, die Aufforderung der Tante. Die Tante ist doch meschugge.

Aber was antwortet die Mutter? Sie antwortet: Ja.

Einen Tag später, als der Vater bereits im Ohrensessel sitzt und mit Bleistift in einem der Bücher über den Expressionismus liest, fällt Friedrich oben im Badezimmer das Salzschüsselchen aus der Hand. Es zerschellt auf dem Kachelboden in lauter spitze Teilchen, ganz zu schweigen von dem Salz, das sich über den ganzen Boden verstreut. Die Tante ist zufällig auch noch dabei, denn sie hat gerade ihre Lockenwickler geholt, als Friedrich sich im Bad zu schaffen macht. Die Tante fängt gleichzeitig mit Friedrich an zu schreien. Vom Erdgeschoss aus hören sie sich an wie böse, ineinander verkettete Truthähne. Die Mutter rennt die Treppe hinauf mit der Hand vor dem Mund, aus dem ihr der Schrecken quillt, der Vater steht aus dem Ohrensessel auf und geht ein paar Schritte im Zimmer auf und ab, während er darauf wartet, dass das Geschrei abnimmt. Er hat eigentlich keine Angst, dass etwas Schlimmes geschehen ist, er kennt Friedrich und er kennt die Tante und es gibt sicher Schlimmeres als das, was dort oben los ist.

Die Mutter trifft die Tante mit wütendem Gesichtsausdruck im Flur oben an, sie hält eine Scherbe ihres Salzschüsselchens in der Hand, in der anderen Friedrich am Ohr, dem die Tränen aus den Augen schießen. Was hat er damit zu spielen, der Tölpel?, schmettert die Tante. Was fällt ihm ein? Aber das wird man ja nie erfahren, nicht aus seinem Mund wird man das je erfahren, was er damit im Sinn hatte! Von nun an ist es aus und vorbei mit meiner Verwöhnerei! Immer hab ich ein Auge zugedrückt, wenn du zwei Scheiben Brot gegriffen hast auf einmal! Aber jetzt ist es vorbei mit der Augenzudrückerei!

Die Mutter starrt die Tante an. Ihre Augen sind die eines Habichts im Sturzflug. Friedrich stößt beim Weinen hohe Töne der Empörung aus und reibt sich das Ohr, das inzwischen wieder frei ist und knallrot glüht.

Du hast ihm wehgetan!, schreit Malka Dinkelspiel mit gellend herabstürzender Stimme. Untersteh dich! Du mit deinem schäbigen Herzen! Neidisch bist du! Neidisch auf uns, weil wir unser Judentum nicht verloren haben! Weil wir noch eine Würde haben! Weil wir noch etwas von dem haben, was gestiftet worden ist von höchster Stelle! Von ganz ganz oben! Weil wir etwas Besseres sind, ja, das sind wir – und du weißt, dass das wahr ist. So wie es alle Welt weiß: dass wir Juden die Erwählten sind! Nicht aus uns selbst und nicht aus der Macht der Welt, nein, nicht aus dieser kranken und verdrehten Welt! Und du warst so dumm, das Beste, was du hattest, herzugeben. Hergegeben hast du es für deinen halben Glauben, einen Glauben an dein Hab und Gut, an dein Haus, an deinen Ehestand mit einem Christenmann, an dein elendes Salzschüsselchen! Lass deine Finger von meinem Friedrich! Sein Ohr gehört dir nicht, du kannst ihn nicht erziehen, so wie du uns Juden nicht erziehen kannst! Friedrich ist ein freier Mensch und wird es immer bleiben. Denn das sind wir Juden: frei. Während du überhaupt nichts verstanden hast! Nichts! Genauso wenig wie die Nazis, die das Dümmste sind, was es je auf dieser Welt gegeben hat. Hörst du das? Weil sie uns Juden abschaffen wollen! Die deutschen Nazis sind ein Hohn und Spott vor aller Welt, eine größere Schande hat es nie gegeben!

Sie ist schlohweiß im Gesicht, ihre Stimme fistelig, zerbrochen klingt sie, dabei beseelt von einer Kraft, die aus ihr herausströmt wie Blut nach einem Unglück. Sie steht im Badezimmer vor der armen Tante, die nicht weiß, wie ihr geschieht. Deren puddingweiche Wangen zittern und deren Augenbrauen zucken, während sie die Scherben ihres heiligen Salzschüsselchens in den Händen hält. Die an der Mutter vorbei ihren Blick ans Waschbecken heftet und am liebsten hinausgerannt wäre, aber der Ausweg ist ihr versperrt von Friedrich, der auf dem Boden auf der Türschwelle hockt und sich den Finger leckt, nachdem er ihn über das verstreute Salz gestrichen hat.

Der Vater kommt und zieht Friedrich weg und will dann die Mutter an den Schultern aus dem Badezimmer leiten, aber die reißt sich los und fängt zu weinen an. Ricarda kommt und Meret kommt. Alle Dinkelspiels stehen da, die Mutter weint. Meret darf sie nicht berühren, sie schubst alle weg, sie will allein auf dem salzigen Boden des Badezimmers stehen. Die Tante seufzt schließlich und schüttelt den Kopf und geht das Kehrblech holen.

Von diesen Juden, denkt sie, wird das hier ja keiner sauber machen. Die wissen nicht, was sauber ist. Die meinen, koscher ist rein. Die Juden machen Scherereien und räumen dann nicht auf, was sie angerichtet haben. Die wissen nicht, was sauber ist. Die meinen, koscher ist rein. Koscher reicht. Koscher reicht aber nicht. Koscher ist gar nichts. Was ist schon koscher! Nichts ist koscher. Die Juden schon gar nicht.

Das denkt die Tante und kommt schon mit dem Kehrblech zurück, einen Eifer im Gesicht, der an den Dinkelspiels vorbeifegt, als wäre nichts gewesen. Und die Dinkelspiels gehen ihr aus dem Weg.

Die Berlau kommt im Lincoln

An einem wolkenverhangenen Tag in der letzten Oktoberwoche kommt die Berlau in ihrem großen Lincolnwagen im Niels Juels Vej vorgefahren. Sie hält beim gelben Haus, steigt aus und klingelt. Die Mutter öffnet die Haustür und weiß gleich, mit wem sie es zu tun hat, trotzdem schaut sie die in ein graues Seidenkostüm gekleidete Dame mit den ondulierten Haaren an, als hätte sie sie noch nie gesehen, und fragt auf Dänisch, wie sie ihr weiterhelfen kann. Die Berlau streckt ihr eine beringte Hand entgegen und sagt in fließendem Deutsch sehr höflich, sie seien einander im Emigrantencafé in Kopenhagen begegnet, sie sei inzwischen wieder aus Spanien zurück und habe gerade Bertolt Brecht in Skovsbostrand einen Besuch abgestattet und ob denn Ricarda zu Hause sei.

Der Mutter versetzt das Wort *zu Hause* einen Stich. Sie hätte fast den Kopf geschüttelt, aber sie nickt dann doch sehr ehrlich und sagt, sie erinnere sich, und bittet die Berlau herein. Die Berlau sagt, sie warte lieber hier, sie wolle gleich weiter, sie wolle Ricarda gern mitnehmen. Ach so, sagt die Mutter, wohin denn mitnehmen?

Ins Kino, antwortet die Berlau, und während sie sich eine Zigarette anzündet, fährt sie fort: Wir treffen Walter Benjamin am Kino in der Møllergade, aber Brecht kommt nicht mit.

Jetzt will sie mir zeigen, mit wem sie zu tun hat, denkt die Mutter, und mit wem ich es zu tun habe, wenn ich mit ihr zu tun habe.

Ohne etwas zu erwidern verschwindet sie im Haus. Sie fühlt sich auf einmal wie eine geflissentliche Dienerin, die einen Auftrag auszuführen hat. Als sie im Flur an dem Hutständer der Tante, an dem Schuhregal der Tante und ihrem winzigen Spiegelchen vorbeigeht, wirft sie sich selbst einen bedauernswerten Blick zu und sieht ihre geröteten Wangen, ihre nicht ordentlich gemachten Haare und bekommt es plötzlich mit der Angst zu tun. Ein unbestimmtes Gefühl der Bedrohung scheint sich mit der Berlau eingestellt zu haben, aber das ist doch dumm. Das ist doch völlig unsinnig, denkt sie und streicht sich über das müde Gesicht, Frau Berlau ist doch kein Nazi.

Ricarda!, ruft sie die Treppe hinauf, du hast Besuch. Oben geht eine Tür, Ricarda erscheint am Treppenabsatz, sie trägt ein kariertes Wollkleid mit weißem Kragen, es ist nicht gerade ihr bestes, und natürlich hängen ihr die Strümpfe schlaff an den mageren Waden.

Frau Berlau aus Kopenhagen, sagt die Mutter und hört selbst, dass es sich anhört wie eine Meldung an die Herrschaften aus dem Mund der Dienerin. Ihre Stimme zittert, warum zittert sie. Vielleicht liegt es an den Augen der Tochter, die aufgehen wie der Vollmond am Nachthimmel.

Ruth Berlau? Ricarda spricht den Vornamen dieser Frau fast aus wie ein Zauberwort. Sie kommt die Treppe heruntergesprungen.

Die Mutter steht dabei und schaut zu, wie die beiden sich begrüßen, wie die Berlau hinter ihrem Zigarettenqualm lächelt, als kennte sie Ricarda seit Jahren, und vor allem wie Ricardas Mädchengesicht strahlt.

Dann entdeckt sie den Lincoln an der Straße.

Jetzt nimmt die Berlau die Tochter einfach an die Hand und zieht sie aus dem gelben Haus heraus, lachend und mit ein paar leichten Worten vom Kino auf der Zunge, deutschen Worten, denen Ricarda nicht widerstehen kann, wie man sieht. Sie könnte auch dänischen Worten jetzt nicht widerstehen, sie sagt nur noch, dass sie ihre Jacke holen will, geht an der Mutter vorbei ins Haus zurück, während die Mutter bei den letzten Rosen am Eingang steht und nicht weiß, ob sie lieber in den Lincoln steigen oder Ricarda zurückhalten will, wobei das ganz egal ist, denn beides wird sie nicht tun können. Sie wird zurückbleiben als Mutter oder Dienerin, die die Tür wieder schließen muss.

Die Berlau und die Mutter stehen da und warten auf Ricarda. Der Mutter fällt nichts zu sagen ein, sie reibt sich die kalten Hände. Die Berlau wirft ihren Zigarettenstummel in hohem Bogen in den Vorgarten und sieht aus, als hätte sie gewonnen.

Wir gehen ins Kino!, erklärt Ricarda der Mutter, als sie kurz darauf mit ihrer Windjacke zurückkehrt.

Die Mutter nickt und sagt, ich weiß, um die Situation zusammenzuraffen, obwohl sie nie weniger wusste als in diesem Augenblick und deshalb eine Frage stellt: Was für ein Film wird denn gezeigt?

Die Berlau zuckt nur mit den Schultern und wendet sich zum Gehen. Ricarda gibt der Mutter einen Kuss auf die Wange und geht hinterher.

Die Mutter möchte ihr viel Vergnügen nachrufen, aber die Worte wollen ihre Kehle nicht verlassen. Sie bleiben zurück, wie die ganze Mutter zurückbleibt. Sie hebt ihre Hand und winkt, nur froh, dass die Hand das mitmacht, obwohl es keiner sieht. Das Gefühl von vorhin ist wieder da, es wickelt Malka Dinkelspiel ein in ein klammes Tuch, das Gefühl der Bedrohung, aber dann erkennt sie, dass es etwas anderem weicht, einem Gefühl des Verlustes, und damit ist sie doch gut vertraut, das hat sie durch und durch gemacht, sie wird es auch jetzt schlucken. Ricarda steigt in den Lincoln, die Berlau setzt sich hinters Steuer. Die Türen schlagen. Der Motor heult auf, der Wagen fährt ab. Die Mutter geht ans Gartentor vor und sieht ihn um die Ecke biegen.

Als Meret mit Friedrich vom Einkaufen zurückkommt und eben die Tasche mit Butter, Milch und Blumenkohl, Quark, Leinöl und Sellerie auf den Küchentisch stellt, kommt die Mutter herein, setzt sich auf die Bank und erzählt Meret von der Berlau und dem Kino. Meret wäscht währenddessen ihrem Bruder in aller Ruhe die Finger am Wasserhahn, er hat wie immer unterwegs Stöckchen und Steinchen aufgehoben und sogar einen platt gedrückten Frosch.

Ricarda kehrt spät in der Nacht erst ins gelbe Haus zurück. Es regnet in Strömen. Natürlich ist die Mutter noch wach, und auch Meret kommt im Nachthemd ins Treppenhaus geschlichen, wo Ricarda in ihrer tropfnassen Windjacke steht und in hastigem Flüsterton erzählt, dass sie noch im Café Strindberg gewesen sind, hinterher, und die Eislers auch dabei, Hanns und Lou, dass sie alle Butterkuchen gegessen und Wein getrunken haben, und dass Hanns sehr lustig und unverschämt ist und die Berlau immer nur von Brecht redet, aber sonst sei sie wirklich famos.

Dann gähnt Ricarda herzzerreißend und so laut, dass die Mutter entsetzt tut.

Eine Neuigkeit habe ich noch, säuselt Ricarda zum Schluss, aber die erzähle ich euch morgen, die will ich noch ein bisschen für mich allein haben.

Am nächsten Morgen beim Frühstück erfahren es alle: Die Berlau hat Ricarda eingeladen, ihr bei einem Theaterstück von Bertolt Brecht zu assistieren. Ende November beginnen die Proben. Sie kann in der Zeit bei der Berlau wohnen. Das Stück heißt *Die Gewehre der Frau Carrar* und handelt vom Krieg.

Von welchem Krieg denn?, fragt die Tante, die den Kaffee ausschenkt.

Na, vom spanischen, antwortet Ricarda und beißt in ihr Brot, vom Spanischen Bürgerkrieg, Ruth hat ihn selbst erlebt, fügt sie kauend hinzu, mit einem Stolz in der Stimme, als wäre der Krieg ein Verdienst der Berlau. Am 19. Dezember findet die Premiere in Kopenhagen statt, ihr könnt alle kommen, sagt Ricarda und macht eine großzügige Geste quer über den Tisch.

Die Tante streicht sich ungerührt ein Brot mit Quittengelee.

Meret ist erstaunt, aber nicht nur erstaunt, sie ist vor allem erleichtert. Denn solange Ricarda beim Theater mitmacht, kann sie nicht nach Palästina. Dass sie auch ein bisschen neidisch ist, weil ihre Schwester bei etwas Richtigem mitmachen darf, gesteht sie sich nicht ein.

Vor der Trennung von Ricarda aber hat sie Angst.

Vielleicht kommt sie ja nie wieder zurück.

Die Mutter ist beunruhigt, aber sie weiß nicht warum, und sie spricht auch nicht darüber, sie möchte keine Spielverderberin sein. Denn was ist das Ganze anderes als ein Spiel? Schade nur, dass es in Kopenhagen stattfinden muss.

Dem Vater ist klar, dass Ricardas Cello zu kurz kommen wird, dass es hier in Dänemark aber sowieso mehr oder weniger auf Eis gelegt werden muss, dass abgesehen vom täglichen Üben nicht viel daraus werden kann, bis sich die Verhältnisse in Deutschland geändert haben werden. Im Futur II ist das real. Er hält nicht viel vom Jammern und Aussitzen, da ist ihm solch ein Theaterprojekt doch lieber, und sie wird etwas lernen. Könnte nicht auch Meret bei der Sache mitwirken?, fragt er sich. Dann hätte sie auch etwas Vernünftiges zu tun. Er beschließt, die Frage nicht laut zu stellen, weil er schon ahnt, dass Malka nicht zwei Töchter zu der Berlau geben wird. So ist sie nun mal.

Friedrich merkt, dass etwas Neues passiert, und wie immer reagiert er darauf mit Schlafstörungen. Er liegt nachts mit offenen Augen in seinem Bett und brummt, schlägt sich auf den Bauch, sodass die Mutter ihm Apfelschnitze bringt, die er aber ausspuckt oder fortwirft. Er weint sich schließlich in einen hässlichen Traum, von dem er niemandem berichten kann, und allein das reicht schon aus, um in der nächsten Nacht gar nicht ins Bett zu wollen. Es gibt ein Theater, und das ist kein Spiel.

Die Tante bleibt weiterhin ungerührt. Sie nimmt jetzt alles in Kauf, sogar die Dinkelspiels, sie sind ihr Schicksal, das hat sie verstanden.

Auserwählt

An jenem lang zurückliegenden Sommertag am Strand auf der Insel Taasinge bei Valdemars Schloss hat Ricarda in Merets Albereien über *Tonio Kröger* eingestimmt und sich lustig gemacht über seinen Gedanken, dass es Menschen geben soll, denen aufgrund ihrer erblichen Bedingtheiten das Glück mehr gehört als anderen. Gleichzeitig aber hält Ricarda Glück doch für etwas, das mit Auserwähltsein zu tun hat. Sie würde sagen: Ja, es gibt ihn, den entscheidenden Unterschied, es gibt die Glücklichen und die anderen. Und die Glücklichen, das sind die Auserwählten. Zu ihnen gehöre ich, würde sie sagen.

Zustimmen würde sie dabei weder der künstlichen Romanfigur Tonio noch ihrem Autor Thomas Mann – der zu dieser Zeit bereits wohlbehalten exiliert in Zürich lebt und als gänzlich unblonder, mit einer unblonden Jüdin verheirateter Mensch damit großes Glück gehabt hat. Ricarda ist vielmehr der Überzeugung, dass es zum Glück jeder Jüdin gehört, sich als Auserwählte zu verstehen, nämlich als zum auserwählten Volk gehörend, dem einzigen auserwählten Volk überhaupt, dem jüdischen Volk.

Auf dem Weg zu diesem Selbstverständnis, das ihrem lange gehegten Palästina-Plan zugrunde liegt, ist Ricarda einer Frau begegnet, Recha Freier. Die in Ostfriesland geborene Ehefrau des Berliner Oberrabbiners Moritz Freier, die bereits 1932 eine Kinder- und Jugend-Alijah gegründet hat, um junge Juden nach Palästina zu retten, hat bei einer Veranstaltung des Jüdischen Jugendbundes 1935 in Stuttgart einen Vortrag gehalten, und Ricarda saß mit Kurt-Anselm unter den Zuhörern.

Recha Freier mit ihren kühnen und zuversichtlichen Augen und der Stimme einer Landesmutter ist ihr erschienen wie die Prophetin Deborah. Sie verkörperte für sie das, was sie suchte: die kraftvolle und moderne Frau, die für eine neue jüdische Vision eintritt. Als Recha Freier erzählt hat, wie sie genau am Tag von Hitlers Machtergreifung, am 30. Januar 33, in Berlin bei einem Rechtsanwalt das amtliche Registrierungsdokument für die Alijah unterzeichnete, ist es Ricarda so vorgekommen, als wäre diese Frau einfach hingegangen und hätte diesen zeternden kleinen Herrn Hitler, diesen Möchtegern und Schlagmich-tot beiseitegeschoben, noch während er am 30. Januar seine grässliche Unterschrift wie eine Fäkalie auf den unheilschwangeren Regierungspapieren hinterließ. Recha Freier sei hingegangen und hätte ihm den Stift aus seiner Hand genommen, hätte ihn mit ihrem freien Arm zur Seite gedrängt (und er hätte nichts machen können!) und hätte dann mit *seinem* (Hitlers!) Stift *ihr eigenes Papier* unterzeichnet. Im Grunde genommen hätte sie ihm die Ohrfeige verpasst, die er schon lange brauchte, eine Ohrfeige, in der nicht nur die Schiffsfahrkarten enthalten waren für all die Jugendlichen, die Recha Freier retten würde, sondern auch der ganze Lebenshunger von Ricarda selbst.

Ricarda hat in diesem Augenblick zweierlei gewusst. Erstens: was Juden sind: nämlich auserwählt. Zweitens: wo es für sie und Kurt-Anselm weitergehen würde: nämlich in Palästina.

Sie hat daraufhin das Pamphlet von Leon Pinsker, des Zionisten der ersten Stunde, zerrissen, diese Schrift von 1882, genannt *Auto-Emancipation*, die sie bis dahin immer bei sich getragen hat, in der er sich über die passive Haltung der Juden ihrem Schicksal gegenüber beklagt.

Der längst verstorbene Leon Pinsker – bis dahin ist er Ricardas persönlicher Prophet gewesen, weil er den um sich greifenden Antisemitismus als kollektive Geisteskrankheit ansah, die schon seit zweitausend Jahren weitervererbt werde und unheilbar sei. Es hat Ricarda gefallen, dass er sie mit der Gespensterfurcht verglich und dass er nur einen Weg sah, nämlich den der nationalen Auferstehung des jüdischen Volkes.

Sie hat die Schrift Pinskers zerrissen, denn in Recha Freier hatte sie eine neue Prophetin gefunden – und sie würde nicht mehr passiv bleiben.

Den jüdischen Jugendbündlern in Stuttgart ist auch der Dokumentarfilm *Land der Verheißung* gezeigt worden, ein Film, der die exotischen Sehnsüchte weckte. Was für euphorisierende Bilder von Eretz Israel! *Wenn ihr wollt, ist es kein Märchen*, hatte Theodor Herzl einst verkündet, und hier war der Beweis, Bilder, an denen man sich laben konnte: echte zionistische Aufbauarbeit inmitten von Orangenbäumen, Feigenbäumen, Olivenbäumen! Gesunde Schafherden, Wasserquellen und frisch gebackenes Brot!

Braun gebrannte Juden in lachenden Gruppen, die Sonnenfelder voller Tomaten und Granatäpfel bestellen! Alles in allem ein einziger Brunnenbau vor der grandiosen Kulisse jahrtausendealter Geschichte, die überall auf Schritt und Tritt anzutreffen, ja zu feiern ist. Ein Film vom Säen und Wachsen und Ernten, während in Deutschland alles Jüdische zertrampelt und ausgerupft wird.

Ein für alle Mal hat Ricarda angesichts dessen begriffen, was Auserwähltsein heißt und was es fordert. Und dass sie es sich nicht mehr nehmen lassen wird, jüdisch zu sein.

Seit der Begegnung mit Recha Freier ist sie diesem Mythos auf der Spur, diesem Symbol des Willens, eine neue und bessere Wirklichkeit aus dem Nichts zu erschaffen. Einem Nichts, das vielleicht auch Hitler heißt und unfruchtbar ist. *Wenn ihr wollt, ist es kein Märchen.*

Als Ricarda in Kopenhagen die Bekanntschaft Ruth Berlaus macht, in ihrem Lincoln durch die Gegend kutschiert und zur Theaterassistentin ernannt wird, gerät sie in einen folgerichtigen Bann. Dieses Gekürtsein – es sieht ja dem Auserwähltsein zum Verwechseln ähnlich. Ruth Berlau sieht Recha Freier zum Verwechseln ähnlich. Nicht äußerlich, nein – der Berlau fehlt der Glanz des Jüdischen –, aber was ihr Versprechen betrifft, ihr weisungsbemächtigtes Auftreten. Es hat etwas Großartiges, als junges, verfolgtes, jüdisches Mädchen in einem Lincoln durchs Exil zu fahren. Das ist doch wie verheißenes Land, denkt Ricarda und ist zum ersten Mal in Dänemark fast glücklich.

Meret hingegen, die nicht im Lincoln fährt, hat an dieser Stelle nichts als Fragen. Warum sollen die Juden ein auserwähltes Volk sein und wozu auserwählt? Sind sie denn die Besseren, weil sie die Erwählten sind? Was, wenn das Auserwähltsein nicht eine Eigenschaft von uns Juden ist, fragt sie, sondern hinweist auf den Erwähler? Dann wäre Jahwe es, der uns zu dem macht, was wir sind, nämlich ein von ihm erwähltes Volk, und es wäre eine Eigenschaft von ihm allein und wir wären keine Bevorzugten, Besseren. Wir hätten nichts gemein mit den Blonden und Stahlblauäugigen, die Tonio Kröger so seltsam verehrt. Wir wären da, überlegt Meret, damit Jahwe zeigen kann, dass Er ist und wer Er ist. Ein Einzigartiger. Und dabei einer, zu dem man gehören kann. Weil Er die Beziehung zu sich stiftet. Ein Gott, der seine Existenz bezeugt, indem er in Beziehung geht. Kann Er womöglich seine Existenz nur zeigen, indem nicht alle Menschen gleich sind? Weil es ein Unterschied ist, ob man zu Ihm gehört oder nicht zu Ihm gehört? Ist es das, worauf Er hinauswill durch uns Juden? Dass es ein auserwähltes Volk gibt, weil Jahwe selbst der große Unterschied ist? Der nicht zu unterschätzende, riesige, ganz ins Leben eingreifende Unterschied?

Die Steffin

Seitdem Ricarda die Berlau und das Theater in Aussicht hat, gerät der Rest der Familie Dinkelspiel für sie noch mehr ins Abseits als vorher schon, auch wenn sie in den ersten Novemberwochen noch in Svendborg wohnt. Die Berlau kommt immer öfter vorbei und holt sie ab zu irgendwelchen Unternehmungen, von denen Ricarda jedoch immer weniger erzählt. Als ginge es ihre Familie nichts mehr an. Das Cello spielt sie jedoch fleißiger denn je, vor allem Dvořák und Chopin, und das mit einer üppig ausgestrichenen Virtuosität, die nicht allein vom Üben kommen kann, sondern von der höheren Sphäre, in die sie sich bereits verabschiedet zu haben scheint. Wenn sie nicht übt, geht sie umher, wie eine Theaterassistentin vermutlich umhergeht, nämlich mit den langen Schritten derjenigen, die ihrer Regisseurin hinterherkommen muss. Beinahe wie beim Schlittschuhlaufen, spottet Meret insgeheim, hoffentlich bricht sie nicht ein! Sie jedenfalls lässt sich das Motorradfahren nicht verderben, auch wenn die Schwester nicht mehr mitfährt. Den ganzen November über braust sie durch die Gegend und wird immer sicherer. Das Wetter lässt noch lange Fahrten zu, ein milder Wind weht vom Sund herüber, die Kiefern bewegen ihre Wipfel wie im Tanz, aber ein trübes Licht hängt über den gepflügten Äckern, deren tiefschwarze Schollen matt glänzen. Die Mutter hat Meret einen Schal gehäkelt, er ist gelb und sehr lang, Meret wickelt ihn sich zweimal um den Hals und es gefällt ihr, wie er beim Motorradfahren hinter ihr flattert. Der Vater hat irgendwo eine lederne Motorradkappe aufgetan, auf die sie so stolz ist, dass sie sie jeden Abend auf den Nachttisch legt, neben *Die Brüder Karamasow*, bei denen sie inzwischen angelangt ist.

Das Stella Maris sieht unbewohnt aus, man sieht nie Gäste aus den Fenstern blicken, im Park der Pension stehen die Büsche und Bäume entblättert und kahl. Die Straße nach Skovsbostrand, die Meret am liebsten nimmt, ist oft wie leer gefegt. Sie fühlt sich von Brechts Fischerhaus magnetisch angezogen, aber näher als bis zum Zaun hat sie sich noch nie vorgewagt.

Ricarda hat erzählt, dass die Frau von Brecht – Helene Weigel, die große Schauspielerin vom Deutschen Theater in Berlin, auch Jüdin – schon seit September im Ausland unterwegs ist, vor allem in Paris. Sie hat ihre Kinder hiergelassen, einen Jungen und ein Mädchen, sie gehen in Svendborg zur Schule und werden von der Nachbarin versorgt. Und von Margarete Steffin, aber von der spricht die Berlau nicht gern.

Wer ist das?, wollte Meret wissen.

Eine von Brechts Mitarbeiterinnen, gab Ricarda Auskunft. Und warum spricht die Berlau nicht gern über sie?

Weil sie beide um Brecht herumschleichen wie zwei Katzen um den heißen Brei, und immer kommt eine zu kurz.

Ach, diese armen armen Weiber! Und wie sieht Helene Weigel das?

Du stellst Fragen, hat die Schwester da gestöhnt. Über die redet Ruth erst recht nicht. Die Weigel trägt den Ehering, und den gibt sie auch nicht her, hat Lou mir gesagt.

Meret stellt das Motorrad am Straßenrand von Skovsbostrand ab, zieht sich die Kappe vom Kopf und schüttelt ihre Locken aus. Dann holt sie die Wasserflasche aus ihrem Rucksack.

Lou und Ruth und Margarete und wie sie alle heißen! Pah!, denkt sie verächtlich, während sie große Schlucke nimmt. Wenn ich Ricarda nach ihren gehobenen Kreisen ausfrage, tut sie immer so gleichgültig, aber eigentlich will sie ja unbedingt, dass wir das alles genau registrieren.

Dass wir merken, wie sehr sie sich von uns unterscheidet.

Durch diese Leute? Was soll an denen so besonders sein?

In dem Augenblick kommt eine junge Frau auf der anderen Straßenseite den Weg herauf, an der Hand ein kleines Mädchen, ein älterer Junge zockelt hinter ihnen drein. Meret erkennt sie, das müssen die Kinder von Brecht sein, mit der Frau, die sie vor ein paar Wochen im Garten mit Brecht beim Schachspiel gesehen hat, das wird diese Margarete Steffin sein. In einer seltenen Anwandlung von Offenherzigkeit winkt Meret hinüber und beobachtet, wie die drei die Straße überqueren und auf ihre Seite herüberkommen. Der Junge hat nur Augen für das Motorrad. Guten Tag, sagt Meret und lächelt sie freundlich an.

Kennen wir uns?, fragt die junge Frau. Sie trägt eine dicke hellrote Strickjacke mit Gürtel und an den Füßen Schuhe, die sehr abgetragen aussehen. Ihr Haar ist aschblond, ein sehr kurzer Pagenschnitt, der ihr blasses Gesicht fast jungenhaft aussehen lässt, es hat straffe, arglos kindliche Züge, der große Mund scheint eine tiefe Kerbe von einem Ohr zum anderen hineinzuzeichnen, und um die Augen, die blitzen wie der Sund an einem sonnigen Tag, liegen tiefe Schatten.

Sie ist müde, denkt Meret und antwortet: Nein, nein, das nicht, aber ich glaube, der Junge möchte sich vielleicht mal auf das Motorrad setzen.

Wie sie auf diese Idee kommt, ist ihr selbst nicht klar. Am Abend wird sie genau das in ihr blaues Heft schreiben: *Ich weiß nicht, wie ich auf die Idee gekommen bin, den Jungen zum Motorradfahren einzuladen. Es war auf einmal sehr leicht, eine Verbindung zu knüpfen. Stefan und Barbara Brecht, so heißen die Kinder, und Margarete Steffin ist eine Freundin von Brecht, dem Allgegenwärtigen. Und vielleicht jetzt auch von mir.*

Der Junge, der etwa zwölf Jahre alt sein muss, hebt den Kopf und grinst. Geschickt klettert er auf die Maschine, während Meret sie festhält. Klasse, murmelt er mit rauer Stimme und betätigt die Hupe.

Ich heiße Meret Dinkelspiel. Als Meret ihren Namen sagt, fühlt sie sich plötzlich vollkommen erwachsen, und es ist für einen Moment so, als wäre sie ganz allein auf der Welt, die Eltern längst gestorben, Friedrich fort, Ricarda fort, nur sie allein auf dieser Straße in Gegenwart von Fremden, denen sie irgendwie etwas sagen muss, etwas sein muss, was sie vorher noch nie war. Und sie weiß nicht, was das sein soll.

Margarete Steffin, stellt sich jetzt die Frau vor. Und das sind Stefan und Barbara, die Kinder von Bertolt Brecht.

Ich bin seit dem Sommer hier, fängt Meret einfach an, ich lerne gerade Dänisch, vielleicht kann ich dann hier noch mein Abitur machen.

Die Steffin nickt. Ja, das musst du unbedingt tun. Dänisch ist nicht schwer.

Sie sprechen Dänisch?, fragt Meret.

Wieder nickt die Steffin. Das war das Erste, worum ich mich gekümmert habe, als ich hier ankam. Juli 33. Bidi will die Sprache nicht lernen, er weigert sich.

Wer ist Bidi?, fragt Meret, obwohl sie es schon ahnt.

So nenne nur ich ihn, sagt die Steffin, Brecht.

Sie schaut zu Boden.

Meine Schwester will auch kein Dänisch lernen, sagt Meret. Sie übergeht Brecht. Sie fragt nicht nach. Er ist nur ein heißer Brei, und sie ist keine Katze. Warum nicht?, fragt die Steffin und schaut sie fast erschrocken an.

Ricarda hat bisher geglaubt, dass sie nicht lange hierbleiben wird, dass sie nach Palästina kann, erzählt Meret. Aber das ist jetzt vielleicht anders, vielleicht bleibt sie jetzt doch. Ruth

Berlau hat es geschafft, dass Ricarda sich für das Theater interessiert. Die wollen in Kopenhagen eine Aufführung zustande bringen, ein Stück von Brecht.

Jetzt habe ich ihn doch aussprechen müssen, den großen Namen, denkt sie, man kommt ja nicht drum rum. Ich weiß, sagt die Steffin. Ich habe an dem Stück mitgearbeitet. *Die Gewehre der Frau Carrar*. Bidi und ich …

Da meldet sich das Mädchen zu Wort. Grete, wir wollten doch einkaufen gehen.

Die Steffin nickt. Ja, wir müssen gehen. Helene Weigel kommt am Samstag zurück, die Mama von diesen geduldigen Kindern hier. Wir wollen einen Gugelhupf backen, nicht wahr, Barbara?

Der Junge steigt vom Motorrad herunter.

Aber ich konnte nicht einfach weiterfahren, wird Meret am Abend schreiben, es musste etwas geschehen. Das nächste Mal, wenn wir uns treffen, fahre ich mit dir eine Runde, sagt sie zu Stefan. Er strahlt und nickt aufgeregt.

Die Steffin lacht. Wie wäre es gleich morgen? Da bin ich den ganzen Tag bei den Kindern, Bidi ist unterwegs, du kannst einfach in das alte Fischerhaus kommen, Skovsbostrand Nummer 8. Die kleine Straße dort runter und dann rechts in den schmalen Weg hinein.

Meret reißt die Augenbrauen in die Höhe. Das mache ich gern!, ruft sie fröhlich aus, setzt sich die Kappe auf den Kopf, schwingt sich aufs Motorrad und fährt mit frechem Gehupe davon. Im Rückspiegel kann sie sehen, wie die drei ihr nachschauen und dann in die andere Richtung weitergehen. Und wie Stefan sich zweimal nach ihr umdreht. Nein, sogar dreimal.

Skovsbostrand Nummer 8

19. November 1937

Heute habe ich Margarete Steffin besucht. Ich habe ein Glas Quittengelee in meine Tasche gepackt und bin gleich nach dem Mittagessen losgefahren. Die Sonne kam zwar immer wieder hinter den dunkelgrauen Wolken hervor, aber es war so kalt wie nie zuvor und ich habe schrecklich gefroren, vor allem an den Händen. Als ich in Skovsbostrand Nr. 8 abstieg, habe ich gezittert wie ein nasser Hund. Die Steffin hat mir gleich die Tür aufgemacht, ohne dass ich klingeln musste, sie sagte, sie habe mein Motorrad schon knattern gehört. Die kleine Barbara stand barfuß auf dem Steinboden, ihre Nase lief, sie hatte fiebrige Augen, es wunderte mich sehr, dass sie keine Strümpfe trug. Die Steffin sagte, dass Stefan gerade nicht da sei, aber bald komme und sich bestimmt sehr freuen würde, wenn er eine Runde Motorrad fahren dürfe. Sie zog mich ins Haus und sagte, sie mache uns jetzt gleich einen schönen heißen Tee mit Kandiszucker und einem Schuss Rum, das würde Bidi auch immer trinken. Ich dachte, na, wenn Bidi das trinkt, dann muss es ja was sein.

Wir gingen durch einen langen dunklen Gang, die Decke hing recht niedrig über uns, man fühlte sich so beschützt. Dann kamen wir in eine Diele, dort gab es gleich neben einer Tür eine steinerne Tränke, wie Tiere sie haben, sie war mit Wasser gefüllt, darin schwamm eine kleine geblümte Porzellanschüssel mit Deckel, und ich fragte mich, was es damit auf sich hatte, während ich meine Jacke auszog. Später habe ich erfahren, dass Helene Weigel diese Tränke zum Kühlschrank erklärt hat, sie lässt ihre Butter und Milch in dem Wasser kühlen. Wir gingen in die Küche, und die Wärme dort schlug mir entgegen wie ein ganzer Sommer und meine Hände begannen gleich zu kribbeln. Ein langes Fenster zeigte zum Hof hinaus, ich sah einen Grasplatz und Wäscheleinen und einen großen Holzschuppen, vor dem ein ganzes Heer verblühter Malven im Wind hin und her schwankte, wie alte ausgediente Soldaten.

Über dem Küchentisch hing ein großer umgedrehter Kupfereimer, der zu einer Lampe gemacht worden ist, das hat mir sehr gefallen, und ich habe mir gesagt, dass ich so eine später in meinem eigenen Haus auch einmal haben möchte. Und wer hat die Lampe wohl gemacht? Bidi natürlich, der Großartige, er scheint nicht nur schreiben zu können, sondern auch alles andere.

Die kleine Barbara schlüpfte auf die Eckbank und wickelte sich in eine Wolldecke ein, die dort lag, darüber war ich richtig erleichtert, weil sie wirklich krank aussah. Sie sagte auch fast gar nichts, sondern starrte nur so vor sich hin, wie Friedrich das ja auch oft tut. Margarete setzte das Teewasser auf, und ich holte das Quittengelee hervor und stellte es auf den Tisch. Sie hat sich sehr darüber gefreut, das konnte man sehen. Wir saßen eine Weile zusammen und unterhielten uns, und Hitler-Deutschland kam kein bisschen vor, nicht mit einer Silbe, nicht einmal mein Jüdisch-Sein, sie fragte gar nicht, warum wir in Svendborg gelandet waren, sie nahm es als ganz selbstverständlich, das hat mich erleichtert und auch ein wenig gewundert. Am Anfang kam ich mir aber noch fremd vor und es war mir seltsam zumute, in dieser fremden Küche Tee zu trinken mit der Steffin, denn wir kannten uns doch eigentlich gar nicht. Aber dann mussten wir lachen, weil das heiße Wasser beim Aufgießen auf dem Kandiszucker ein so freches Knistern veranstaltete, und ab da war alles ganz einfach. Die Steffin hat mich gefragt, wo ich denn wohne, und als ich ihr unsere Adresse bei der Tante nannte, weil ich mir nicht vorstellen konnte, dass sie unser Haus in Stuttgart meinte, rief sie ganz erstaunt: Im Niels Juels Vej wohnt ihr? Das ist ja ganz in der Nähe meiner Wohnung!

Sie wohnt nämlich in der Valdemarsgade 9A, das ist wirklich nicht weit von uns entfernt und außerdem auch in der Nachbarschaft von Frau Crasselius, und daran sieht man, wie klein Svendborg ist im Gegensatz zu Stuttgart. Und jetzt habe ich das Gefühl, dass Svendborg mir schon ziemlich vertraut ist, weil mich diese dänischen Straßen mit Menschen verbinden, die ich kenne.

Die Steffin wohnt erst seit Januar in der Valdemarsgade, und sie sagte, es sei eine ganz wunderbare feine kleine eigene Wohnung mit der Betonung auf *eigene*. Es ist nämlich die erste eigene Wohnung ihres Lebens, und darüber sei sie todglücklich, wie sie sagte. Wir mussten beide lachen, als sie *todglücklich* sagte, aber ich wusste sofort, was sie damit meinte, und ich sagte, ich hätte auch gern eine eigene Wohnung, denn mit der Tante sei es nicht so einfach.

Sie wollte dann alles über die Tante wissen und ich habe ihr *alles* erzählt, wirklich *alles*, auch das von ihrem Salzschüsselchen. Die Steffin konnte es fast nicht glauben, ich musste es ihr zweimal erzählen, sie war richtig fassungslos, und da hat dann die kleine Barbara auch mal etwas gesagt, nämlich dass sie froh sei, dass sie keine Tante habe. Daraufhin meinte Margarete allerdings, natürlich habe sie eine Tante, nämlich sie, Margarete, sei doch ihre Tante. Aber Barbara schüttelte den Kopf und behauptete: Nein, du bist eine Mutter oder so was Ähnliches.

Margarete erzählte mir, dass sie ihre Wohnung so genieße, weil sie vorher jahrelang nur kleine ärmliche Zimmer zur Miete gehabt habe, in Berlin und hier, eine Zeit lang hab sie allerdings auch in der Pension Stella Maris gewohnt, das sei schon fein gewesen, nur halt nichts Eigenes. Bidi habe das für sie gezahlt, die Zimmer in der Stella Maris seien ja nicht billig. Aber der liebe Bidi will, dass es mir gut geht, hat sie gesagt. Dabei hat ihr ganzes Gesicht aufgestrahlt, und man konnte ihr ansehen, wie glücklich es sie macht, dass der Brecht möchte, dass es ihr gut geht.

Ich habe nur genickt, weil ich nicht so große Lust verspürte, über diesen Mann zu reden, und fürchtete, dass sie nicht aufhören würde, von ihm zu erzählen, wenn ich erst eine Frage dazu stellen würde. Ich musste aber gar keine Frage stellen, denn sie sprach von selbst schon darüber, aber nicht nur über ihn, Gott sei Dank, sondern über ihre Herkunft, und sie hat wahrlich viel erlebt, wovon ich keine Ahnung habe, und mir wurde klar, dass man nicht jüdisch sein muss, um ein schwieriges Leben vorweisen zu können.

Die Steffin ist eine waschechte Berlinerin. Ik bin eene Kellerassel, sagte sie. Das bedeutet, dass sie in einer feuchten Kellerwohnung im Berliner Arbeiterviertel aufgewachsen ist. Als Kind war sie praktisch immer hungrig, ihre Eltern sind richtig arm, ihre Mutter arbeitet als Wäscherin und ihr Vater als Trinker. Als was?, habe ich gefragt. Trinker, hat Margarete nur wiederholt und dazu ein unsichtbares Glas an den Mund gehoben und gekippt. Da wusste ich natürlich Bescheid und es war mir unangenehm, dass ich das nicht schneller kapiert habe, denn das ist ja nichts, was man so leicht erzählt.

Leider habe ich aus meiner Kellerasselzeit eine Tuberkulose mitgenommen, hat sie gesagt und in ihre Teetasse hineingeschaut, als wäre die Tuberkulose darin versunken. Die lässt sich nicht so leicht abschütteln wie so eene Assel, diese elende Krankheit. Aber Bidi kümmert sich gut um mich, ich habe schon ein paarmal eine Kur machen dürfen, das hat prima geholfen. Eine Kur auf der Krim und eine Kur im Tessin in Agra. Beste Luft und beste Sonne und Zeit pur, himmlisch!

Ich war natürlich erschrocken. Tuberkulose! Da saß ich am Tisch mit einer Tbc-Kranken und trank Tee! Wenn das die Eltern wüssten! Ich traute mich aber nicht zu fragen, ob das denn für mich jetzt gefährlich sei, weil ich ihr ja nicht das Gefühl geben wollte, dass ich nicht gern bei ihr zu Besuch war. Ich hoffte ja auch, dass ich wiederkommen durfte. Außerdem dachte ich mir, dass der tolle Bidi und die Helene Weigel ihre Kinder doch nicht in die Obhut von Margarete Steffin geben würden, wenn das nicht zu verantworten wäre. Wie auch immer, ich werde den Eltern und Ricarda nichts von der Tuberkulose erzählen, und somit habe ich – und nicht nur Ricarda! – nun endlich wieder ein Privatleben, das keinen was angeht.

Die kleine Barbara kroch auf einmal auf meinen Schoß, sie glühte, drückte sich an mich und steckte den Daumen in den Mund, und die Steffin sagte, dass sie leider die Kleine nicht näher berühren dürfe, die Weigel habe es verboten. Und nun war das arme Kind schon zwei Monate ohne seine Mutter und hatte Fieber und musste sich bei einer ganz Fremden wie mir Trost suchen!

Die Steffin wollte mir gerade von einer Schiffsreise an der Schwarzmeerküste entlang erzählen, die das Schönste gewesen sei, was sie je erlebt hatte – diese herrlichen Landschaften vom Wasser aus vorbeigleiten zu sehen – da kam Stefan Brecht hereingepoltert, und ich musste natürlich gleich mit ihm aufs Motorrad steigen. Wir haben eine Runde im Ort gedreht und dann noch eine, Stefan saß hinter mir und klammerte sich wie ein Äffchen an meinen Rücken. Ich muss sagen, dass ich sehr stolz war, als Motorradbesitzerin auftreten zu können.

Als wir wieder ins Haus kamen, war die kleine Barbara auf der Küchenbank eingeschlafen und die Steffin stand in der

Schürze am Tisch, die Hände in der Teigschüssel, sie sagte, sie müsse jetzt den Willkommenskuchen für die Helene backen, denn morgen Nachmittag komme sie mit dem Postbus in Svendborg an. Sie sagte Helene, als wäre ich eingeweiht in ihre Familienverhältnisse und würde Helene selbst schon lange kennen.

Ich sagte, dass ich jetzt auch nach Hause fahren müsste. Denn es fing mittlerweile schon an zu dämmern. Die Steffin machte sich eilig daran, den Teig von den Fingern zu streichen, um mich an die Tür zu bringen. Dabei sah ich, dass sie an jeder Hand ein goldenes Ringlein trug. Das hat mich gewundert. Was hat das wohl zu bedeuten?

Bevor wir zur Haustür gingen, zog die Steffin mich ins Arbeitszimmer von ihrem Bidi, das wollte sie mir unbedingt noch zeigen. Es ist der schönste Raum des Hauses, sagte sie. Und das stimmte. Er liegt hinter der Küche und man sieht durch die Fenster hinaus über den dunkel glänzenden Sund. Es standen üppig bestückte Bücherregale an den Wänden, ein großer Schreibtisch vor den Fenstern und ein Diwan mit roten Kissen. Überall waren beschriebene Papiere gestapelt, auch auf dem Boden, Zeitungen und Bleistifte lagen herum und es roch nach kaltem Zigarrenrauch. An einem der schwarzen Deckenbalken stand in Buchstaben aus Papier: *Die Wahrheit ist konkret.*

Hier arbeiten wir zusammen an seinen Theaterstücken, Bidi und ich, sagte die Steffin und strich sich mit der Hand über das Gesicht, er sitzt am Tisch und ich auf diesem Sessel hier, und ich habe die Schreibmaschine auf den Knien, ich lege mir immer ein Kissen darunter, dann geht es besser, und wir trinken Kaffee oder Tee und er raucht die ganze Zeit.

Ich sah ihr an, dass sie genau wusste, wie schlecht das für ihre Tuberkulose war, dieser Qualm um sie herum, dass sie sich aber niemals bei Brecht darüber beschweren würde, und so machte ich auch keine Bemerkung darüber. Sie hätte es nicht gelten lassen. Vielleicht kann sie überhaupt sich selbst nicht gelten lassen. Vielleicht ist sie in ihren eigenen Augen noch immer eine Kellerassel.

Zum Schluss zeigte sie auf eine Roll-Leinwand, die an der Wand hing, darauf war ein alter blauer Chinese gezeichnet. Dieses Bild nimmt er überallhin mit, sagte sie, wo auch immer er wohnt. Und dann rezitierte sie ein Gedicht, das er vor Kurzem dazu geschrieben hat, es heißt *Der Zweifler*. Sie sagte es sehr schön auf und ihre Stimme war dabei ganz leise und klar. Die letzte Zeile habe ich behalten: *Nachdenklich betrachteten wir mit Neugier den zweifelnden Blauen Mann auf der Leinwand, sahen uns an und begannen von vorne.*

Wir verabschiedeten uns, und sie sagte, ich müsse sie unbedingt besuchen in ihrer Wohnung in der Valdemarsgade 9A. Und so, wie sie die Hausnummer betonte, glaube ich, dass sie sich wirklich wünscht, dass ich komme.

Valdemarsgade 9A

28. November 1937

Hier sitze ich am Esstisch, während Ricarda oben im Zimmer ihre Sachen zusammenpackt. Sie singt dabei laut vor sich hin und tut, als wäre sie bester Laune, aber ich glaube, eigentlich versucht sie sich selbst Mut zuzusingen. Morgen wird sie nämlich nach Kopenhagen übersiedeln, zur Berlau und zum Theater. Sie lässt ihr Cello hier. Diese Entscheidung kann nur ein übler Vorbote sein. Ricarda ohne Cello existiert nicht. Wer also wird dann in Kopenhagen mit Ruth Berlau Theater machen? Meine Schwester ist das jedenfalls nicht.

Ich habe mir einen Earl-Grey-Tee gemacht, den ich extra in dem kleinen Teegeschäft neben dem Kino gekauft habe, nur weil die Grete den immer trinkt! Ja, inzwischen darf ich sie Grete nennen und duzen, und sie ist übrigens zwölf Jahre älter als ich, am 21. März wird sie dreißig Jahre alt. Erfahren habe ich das, als ich sie kürzlich in ihrer so heiß geliebten eigenen Wohnung besucht habe.

Es ist ein ganz süßes kleines Häuschen, das wie eingeklemmt zwischen den Nachbarhäusern in der Gasse steht, hellrosa wie eine Art Schuhschachtel für Mädchenschuhe, und man tritt gleich von der Straße aus stufenlos zur Tür hinein. Die Vermieterin hat mir geöffnet, ich hatte einen Regenschirm dabei, denn es schüttete wie aus Kübeln und meine Schuhe waren vollständig durchnässt, obwohl der Weg vom Haus der Tante zur Valdemarsgade wirklich nur zehn Minuten gedauert hat. Ich bin natürlich sehr rasch gegangen, nicht nur weil es so regnete und übrigens auch unangenehm windig war, sodass mir der Schirm ständig zusammenklappen oder ins Gesicht hauen wollte. Ich brannte natürlich auch darauf, diesen Besuch endlich zu machen, denn seit dem Tag in Brechts Haus kommt es mir so vor, als hätte mein Leben eine andere Farbe bekommen oder einen Meret-ähnlichen Geschmack. Trotzdem musste ich doch eine Woche verstreichen lassen, denn sonst wäre ich ja aufdringlich gewesen und Grete hätte gedacht, dass ich sonst nichts zu tun habe und womöglich ein langweiliges Leben führe. Was natürlich nicht im Geringsten der Fall ist! Selbstverständlich ist mein Leben wie das von allen jüdischen Mädchen in dieser Zeit randvoll mit unbeschwertem Amüsement und geistigen Neuentdeckungen! Wie junge Hunde tummeln wir uns im bunten Treiben der Welt, erkunden ungeahnte Möglichkeiten und planen unsere vielversprechende Zukunft nach eigenem Gutdünken. Die Vermieterin des Schuhschachtelhauses guckte mich von oben bis unten an und wollte mich begossenen Pudel natürlich am liebsten gar nicht einlassen. Eine etwas verdrossene Person mit Lockenwicklern und einem mächtigen Doppelkinn in einem verschlissenen Bademantel. Man konnte ihre sehr weißen Beine sehen, die von violetten Krampfadern malerisch durchzogen waren! Michelangelo hätte an diesem Marmor sicher seine Freude gehabt. Als ich Ricarda diese Beine später beschrieben habe, hat sie gemeint, dass die dänischen Frauen sich nichts aus Perlonstrümpfen machen, die ziehen immer nur wollene Strumpfhosen an oder gar keine. Jetzt weiß ich also, worüber sie mit ihrer Ruth Berlau so redet. Frau Crasselius trägt allerdings immer Hosen, da habe ich noch keine Strumpfbeobachtungen anstellen können. Im Übrigen wundert es mich immer wieder, wie wenig manche Häuser doch zu ihren Besitzern passen. Für sich betrachtet ist das gelbe Haus der Tante ein wirklich hübsches Exemplar dänischer Freundlichkeit in Form von Baukunst und man könnte bei dem Anblick seiner rosengeschmückten Haustür und der freundlichen weißen Fensterläden meinen, dass die Besitzerin eine ebenso sympathische Person sein muss. Genauso würde man aus dem netten Häuschen von Gretes Vermieterin unbedingt darauf schließen, dass es nur einer reizenden, pusseligen, Keks-verwöhnten Mamsell gehören kann, die nicht nur Katzen liebt, sondern auch sogleich alle Menschen ungeachtet ihrer Herkunft in ihr Herz schließt; eine kleine Frau mit Blümchenschürze und grauen Löckchen, die mit dem Staubtuch wedelt und harmlos vor sich hin summt, während in ihrem Ofen das nächste Blech mit Zimtschnecken schon darauf wartet, an die Menschheit verfüttert zu werden. Weit gefehlt!

Ich habe der Krampfaderperson klargemacht (in glänzendem Dänisch!), dass Frau Steffin auf mich wartet, dabei wusste ich das ja gar nicht, hatte ich mich doch nicht bei ihr angemeldet. Die Unselige ließ mich daraufhin mit einer so misstrauischen Miene herein, dass ich mich schon fast wieder wie eine verfolgte Jüdin fühlte und mich und vor allem meine nassen Schuhe gern unsichtbar gemacht hätte, der einzige Zustand, in dem man als Jude heutzutage noch geduldet wird.

Duckmäuserisch zog ich meine hässlichen jüdischen Schuhe aus, stellte sie hinter die Tür und tapste wie eine Schuldige die Treppe hinauf, eine Treppe, die nicht nur sehr schmal, sondern auch so steil ist, dass man es kaum glauben kann. Aber da man ja unablässig mit etwas zu tun hat, was man schier nicht glauben kann, hat mich diese Treppe dann doch nicht umgebracht. Die arme Grete jedoch mit ihrer kranken Lunge! Wie schafft sie das nur jeden Tag?

Oben kommt man in einen winzigen Vorraum mit einem Spülstein und einem Küchenschränkchen, mehr passt nicht. Und da öffnete sich dann die einzige Tür, eine ganz niedrige, und Grete stand da, klein und mager und schmal, noch schmaler als die Treppe, und gab mir nicht ihre knochige Hand (Tuberkulose!?) und sagte: Komm herein, Meret, wie nett, dich zu sehen!

Ihr Zimmerchen hat ein Bettchen, ein Schränkchen, ein Stühlchen und ein Tischchen, ein Fensterchen und ein Stehlämpchen, und die sieben Zwerge können auch nicht weit sein. Dann gibt es da noch eine LAMPE und die ist groß und von Brecht am Bett angebracht, damit Grete im Bett auch bequem lesen kann, und das war natürlich fast das Erste, was sie mir erzählt hat. Damit ich auch sehen kann, wie gut er für sie sorgt. Als hätte ich das nicht schon gewusst, und jetzt werde ich schon wieder frech, das kommt davon, dass mir der Mann unbesehen auf die Nerven geht, weil ihm mindestens drei Frauen vor den Füßen herumliegen. Das kann ja wohl nicht wahr sein und sehr konkret ist es auch nicht, aber vielleicht hat sich Herr Brecht gerade deshalb diesen Satz Buchstabe für Buchstabe ausgeschnitten, um ihn sich unter die eigene, unkonkrete Nase zu halten. Die Wahrheit ist konkret – dass ich nicht lache!

Grete und ich haben uns auf ihr Bett gesetzt mit einer Tasse dampfenden Earl-Grey-Tee (siehe oben!), den sie auf einem kleinen Gaskocher zubereitet hat. Der Regen schmiss sich wütend gegen das Dachfenster und ein Feuerchen im gusseisernen Öfchen heizte gut ein.

Ich habe sie als Erstes nach der kleinen Barbara gefragt, ob sie wieder gesund sei, und sie erzählte, kaum dass die Helene ihr Zepter im Haus wieder in die Hand genommen habe, sei das Fieber schlagartig gesunken. Dabei schaute Grete etwas missmutig drein, sie ist wohl von der Anwesenheit der Weigel nicht ganz so begeistert wie das Kind. Ich frage mich, ob die Weigel wiederum sehr begeistert ist über die Anwesenheit von Grete. Und von der Berlau. Wer von diesen Frauen überhaupt begeistert ist. Es macht mir doch einen verzwickten Knoten in den Kopf, wenn ich an diese Menagerie in Skovsbostrand denke. Und daran denken muss ich von Zeit zu Zeit, auch wenn der Verzwickte im Kopf sich dabei jedes Mal noch fester zurrt. Die Steffin habe ich dann jedenfalls schnell auf ihre Reise entlang der Schwarzmeerküste angesprochen, und über mein Interesse schien sie sehr erfreut, sie fing an zu erzählen wie ein Buch und hörte gar nicht mehr auf.

Im letzten Jahr im Frühling hat ihr verehrter Bidi sie wieder auf die Krim geschickt wie schon 1932, weil das Klima dort so mild und die Luft sehr gut ist. Die Russen kuren dort alle, und Brecht liebt die Russen, weil sie dichten können und Kommunisten sind. Ob Grete auch Kommunistin ist, weiß ich noch nicht, aber ich vermute stark, dass sie eine ist. Ob alle Kellerasseln Kommunisten sind?

Im Anschluss an die Kur hat sie dann eine Reise auf einem russischen Schiff an der Schwarzmeerküste entlang gemacht: Es ging von Batumi über Suchumi, Sotschi, Noworossijsk und Jalta nach Simferopol. Sie hat mir diese Orte, die alle so klingen wie russische Obstsorten, aufgeschrieben, weil ich gesagt habe, dass ich sie in dem Atlas der Tante nachschlagen möchte. Was ich auch getan habe, und das hat meine darbende Reiselust nur noch mehr angefacht.

Die Schwarzmeerküste hat Grete in den siebten Himmel versetzt: die Felsen und tiefgrünen Wälder, die vom Schiff aus zu sehen waren, genauso wie die Bauernhäuser ganz aus Holz mit kunstreich verzierten Giebeln, bemalt mit bunten Blumenmustern und Vögeln, Girlanden von Stroh und Frühlingsblumen an den Fenstern! Hühner und Gänse sind an den Schiffsanlegestellen herumgelaufen und langhaarige Ziegen, und manchmal kamen Frauen und Kinder auf einem langen Kahn an das Schiff herangerudert, um ihre Waren anzubieten: furchtbar gute Sachen wie gefüllte Hefeklöße und dicke Eierpasteten mit Honig und Kardamom und Teigtaschen mit Kräutern und Quark oder mit gebratenem Speck. Und kleine in Zucker und Butter gebratene knallgelbe Kürbiskuchen, die noch warm waren. Am besten hat Grete aber ein Getränk geschmeckt, das Kefir heißt und mit dem man hundert Jahre alt werden kann, wenn man viel davon trinkt. Das hat sie den Frauen immer flaschenweise abgekauft und in großen Zügen getrunken. Grete hat mit diesen Bäuerinnen gut sprechen können, denn sie kann Russisch, sie kann überhaupt viele Sprachen, Dänisch sowieso schon längst, denn sie lernt sie ganz leicht und rasch und hat auch *Die Dreigroschenoper* von Brecht ins Dänische übersetzt, kaum dass sie 33 in Svendborg angekommen waren. Die Leute aus diesen kleinen Dörfern am Schwarzen Meer waren alle so arm wie sie selbst und dabei kerngesund. Niemand dort hatte irgendein Malheur!, hat sie immer wieder gesagt. Und ihre Zähne erst, das müssen Prachtstücke von Zähnen gewesen sein, die sie da gesehen hat, und die Kinder – alle so fröhlich und unbeschwert und mit schönen dicken weizenblonden Haaren.

Grete geriet richtig ins Schwärmen, das hat mich fast gewundert, denn sie ist sonst eigentlich eine recht nüchterne Person, die in allem nur das Geistige sucht. Auf diesem Schiff hat sie eine Amerikanerin kennengelernt, und zwar eine richtige Hollywood-Autorin: Mrs Tockeydoll. Zu ihrem großen Erstaunen stellte sich heraus, dass Mrs Tockeydoll eine Verehrerin von den Songs war, die Brecht, Eisler und Weill zusammen erfunden haben. Meret, sagte sie mit Kopfschütteln, weißt du, da fahre ich am Ende der Welt auf einem Schiff und begegne doch wieder nur ihm, dem Bidi!

Grete kann die Lieder natürlich alle singen. Sie hat ein kleines Akkordeon aus dem Schränkchen hervorgeholt und mir *Mackie Messer* vorgesungen. Sie spielt recht gut, ich habe sie schwer gelobt (was kannst du eigentlich nicht?), und sie erzählte, dass sie das Akkordeon seit 33 besitzt. Da hat sie Hanns Eisler im Herbst in Paris kennengelernt, sie haben zusammen gesungen, das war sehr lustig, und sie hat dann Brecht gebeten, ihr so eine Adamsorgel, wie sie es nennt, zu besorgen, und das hat er auch gemacht, der wundervolle Mensch.

Brecht hat Eisler damals gebeten, jetzt nur noch so zu komponieren, dass die Adamsorgel ausreicht, denn er ist der Meinung, dass diese kleinen Sachen für den kleinsten Kreis wichtig sind in dieser Zeit, wo Chorgesänge und Agitprop keine Rolle mehr spielen.

Grete hat früher ganz viel bei Sprechchören im Theater mitgemacht, Agitprop und so was, und in dem Zusammenhang hat sie dann den Brecht überhaupt kennengelernt. Sie ist 1933 zusammen mit ihm und seiner Familie schon einen Tag nach dem Reichstagsbrand aus Berlin geflohen, zuerst nach Prag und dann ins Tessin zu dem Kurt Kläber und seiner Frau Lisa Tetzner, deren Kinderbücher bei uns daheim in Stuttgart natürlich im Bücherregal stehen. Standen, besser gesagt, im Bücherregal standen – und jetzt in Kisten verpackt bei Torzecht in Cannstatt. Auf dass ich sie dann in ferner Zukunft einmal für meine eigenen Kinder wieder auspacke – und der Kaiser von China heiratet meine Oma.

Brecht wollte prüfen, ob er mit seiner Familie im Tessin bleiben könnte, aber das war ihm zu teuer. Er und Hanns Eisler haben Grete eine Kur in Agra bezahlt, in einem kostspieligen Sanatorium am Berg bei Lugano, denn nur das Beste findet Brecht gut genug für sie. Wie sie mit roten Backen erzählte. Und von dort ist sie dann auch mit ihm in Südfrankreich gewesen, denn er hat unten in Sanary-sur-Mer Freunde besucht. Dort kann man ganz viele deutsche Autoren treffen, Annette Kolb, auch Franz Werfel, Stefan Zweig und Lion Feuchtwanger, und ich frage mich, warum die Dinkelspiels eigentlich nicht auch dort in einem hübschen (eigenen!) Haus am Meer unterkommen konnten, anstatt hier bei der Tante. Dann würde ich jetzt in einem Straßencafé am Hafen sitzen und die Luft wäre erfüllt vom Duft der weiten Welt und von Fisch und Meer. Und im Sommer würde ich dunkelbraun geschmort zwischen den Olivenbäumen spazieren gehen, würde vielleicht den Hund von Frau Kolb Gassi führen und mit Klaus Mann tanzen gehen oder lieber mit seinem jüngsten Bruder, der heißt Michael und ist so alt wie ich, soviel ich weiß.

Der Feuchtwanger soll dort ein fantastisches Haus haben, kühle Räume mit schönen alten Fliesenböden, ganz oben am Hang über dem azurblauen Mittelmeer, sie haben dort auf der halbrunden Terrasse gesessen und die Luft duftete nach wildem Thymian und Lavendel und sie sind von Feuchtwangers Frau Marta exzellent bekocht worden. Der Liederdichter Kurt Weill und die Schauspielerin Lotte Lenya sind auch dazugestoßen, sie haben in den lauen Sommernächten französische Lieder gesungen und viel Rotwein getrunken. Grete hat sich mit Arnold Zweig angefreundet und die Tage sehr genossen, denn für sie war das alles fast wie ein Traum und die schönste Zeit ihres Lebens. Wenn die politische Lage und auch ihre Krankheit nicht so ernst gewesen wären. Sie sagt, sie habe es kaum fassen können, wie gut sie es auf einmal hatte in diesen Kreisen rund um Brecht, nach all den Jahren der Entbehrung in Berlin, in denen sie manchmal kaum die Margarine aufs Brot zusammengekratzt bekam. Brecht und die Arbeit mit ihm ist alles, was ich bin und habe, sagte sie, die Berlau oder die Weigel dürfen es mir nicht wegnehmen!

In dem Moment hat sie zum ersten Mal eine Pause gemacht beim Erzählen und ist aufgestanden, um Holz nachzulegen, und ich konnte ihr blasses Gesicht von der Seite betrachten, ihre Haut wirkte wie dünnes Porzellan und man konnte bläuliche Adern durchscheinen sehen wie geheimnisvolle Rinnsale aus dem Jenseits. Die ganze Frau wirkte zerbrechlich, als sie da über dem Ofen gebeugt stand und ein Holzscheit hineinwarf, als würde das zu viel wiegen. Ihre Hüftknochen ragten kantig aus dem Stoff ihres Kleides hervor.

Durch Bidi habe ich gelernt, das Jetzt auszukosten, ohne Furcht, dass es sich ändern kann, sagte sie. Vorher war ich nur eine Stimme im Chor, aber durch Brecht habe ich eine Einzelstimme bekommen. Mein Vater hat mir nicht erlaubt, die höhere Schule zu besuchen, obwohl die Lehrer ihn bekniet haben, weil sie mich talentiert fanden. Er wollte nicht, dass ich was Besseres werde, dass ich mich aus *seinem Staub* erhebe. Er hat geglaubt, dass ich dann der Arbeiterklasse *entfremdet* würde. Aber dann habe ich Brecht kennengelernt und zum ersten Mal erlebt, dass ich wirklich gesehen wurde. Als eine, in der etwas steckt. Die etwas kann. Als eine, die Bildung braucht wie die Luft zum Atmen. Brecht war von Anfang an beeindruckt von meiner Belesenheit. Ich habe ja an meinem Vater vorbei die Klassiker alle gelesen und mich sprachlich immerzu weitergebildet, und Brecht hat mich brauchen können. Von mir erfährt er, wie es wirklich zugeht bei den Proletariern. Von der Berlau kriegt er das nicht, auch nicht von Helene. Die ist ja Jüdin.

Was Grete damit meinte, weiß ich nicht, es klang aber so, als wäre es eine Erklärung für einen Mangel.

Sie war ganz atemlos, als sie das erzählte. Ich hatte den Eindruck, dass ich lieber gehen sollte, damit sie Ruhe bekam, und legte meine Hand auf ihre Schulter, um sie spüren zu lassen, dass mich ihre Tuberkulose nicht ängstigt (obwohl sie das tut!).

Grete wirkt so allein. Auch wenn man neben ihr sitzt, ist es, als wäre da niemand bei ihr in dieser Welt. Dann stand sie auf und stellte sich hin und fing an, ein Gedicht aufzusagen, das Brecht vor Kurzem für sie geschrieben hat, wie sie hinterher mit Tränen in den Augen sagte. Sie hat mir eine Abschrift davon geschenkt, und hier ist es:

Die gute Genossin M. S.

Und eine von euch
Habt ihr mitgegeben.
Dass sie prüfe
Alles, was ich sage; dass sie verbessere
Jede Zeile von nun an
Geschult in der Schule der Kämpfer
Gegen die Unterdrückung.
Seitdem unterstützt sie mich –
Schwacher Gesundheit, aber
Fröhlichen Geistes, unbestechlich
Auch von mir. Oftmals
Streiche ich lachend selber eine Zeile durch, schon ahnend
Was sie darüber sagen würde.

Merkt sie nicht, dass er sie benutzt? Sie unterstützt ihn, das sagt er deutlich genug. Aber sollte es nicht umgekehrt sein, wenn sie so krank ist? Sie glaubt, sie hätte bei ihm eine eigene Stimme. Aber er nennt sie eine von euch. Heißt das nicht: eine unter vielen? In seinen Augen gilt sie doch nur etwas, weil sie ihm mitgegeben wurde. Lachen kann hier nur einer!

Wir haben uns für den nächsten Sonntag zum Spaziergang verabredet. Vielleicht erfahre ich dann, was es mit den zwei goldenen Ringen auf sich hat, die sie trägt.

Dem Tod ins Auge gesehen

3. Dezember 1937

Friedrich hat die Masern und hohes Fieber. Er isst nicht und wimmert vor sich hin. Das arme Bibabutzemännlein! Mutter weint jeden Tag. Vater sagt, das ist eine normale Kinderkrankheit, Malka, er wird es überstehen. Daraufhin Mutter: Friedrich ist aber kein normaler Junge, und Ricarda ist schon weg, und ich möchte nicht noch ein Kind verlieren.

Warum meint sie, Ricarda verloren zu haben, nur weil sie nach Kopenhagen gegangen ist? Sie ist doch bei der Berlau gut untergekommen. Gestern kam eine Postkarte von ihr: Bin beim Theater und es ist GROSSARTIG!!! Mehr stand nicht drauf. Aber diese Großbuchstaben reichen ja auch. Nur für Mutter ist es zu wenig. Sie möchte ihre Schäfchen lieber kleingeschrieben zusammenhalten. Es ist eine seltsame Zeit, in der wir leben. Man weiß nie, was kommt. Irgendeine Gefahr droht immer. Aber jetzt rede ich schon wie die Tante.

Das Motorrad überwintert mittlerweile im Schuppen. Es ist endgültig zu kalt und gefährlich zum Fahren, das habe ich einsehen müssen. Und das ist mir sehr schwergefallen! Denn meine ganze Freiheit steckt doch in dem Ding.

Aber morgens liegt Raureif auf der Straße, und am Freitag hat es geschneit, nur kurz und heftig und es taute gleich wieder. Man muss Überschuhe tragen und Fäustlinge sowieso.

Am Sonntag bin ich mit dem Bus zur Pension Stella Maris gefahren, um Grete zu treffen. Vater hat mir Geld mitgegeben, damit ich sie zum Tee einladen kann. Ich habe den Eltern ein bisschen von ihrem Leben und ihrer Kindheit mit dem

Trinker-Vater erzählt, und wie immer in solchen Fällen sind sie gleich übergeflossen vor Mitleid. Mutter hat einen Sandkuchen mit Rumrosinen gebacken, den sollte ich ihr mitbringen, und sie wollte auch einen warmen Pullover einpacken, den alten blauen aus Murnau, der noch sehr schön ist (und den ich lieber hätte!). Aber da habe ich gesagt, dass zu viele milde Gaben die Grete auch kränken könnten, denn sie möchte doch wahrscheinlich nicht mehr zu den Armen gehören. Mutter war zuerst beleidigt deswegen, denn sie hätte sich den Pullover sehr gern für sie vom Herzen gerissen, was immerhin ein gutes Gefühl gibt. Humorvoll, wie sie ist, hat sie dann aber doch eingelenkt und gemeint: Gut, dann nicht, aber du kriegst ihn auch nicht. Und hat mir die Zunge rausgestreckt.

Grete stand schon an der Bushaltestelle an der Straße, die hinunter zum Sund führt. Sie hatte einen dicken braunen Schal um den Kopf gebunden und sah aus wie eine Beduinin!

Wir gingen eine ganze Weile am Sund spazieren. Es war wirklich eisig kalt, aber die Luft herrlich und das Licht lag in ruhigen Flächen so schön auf dem Wasser. Ich hätte mit niemandem tauschen wollen in dem Moment, schon gar nicht mit Ricarda.

Grete war am Anfang schweigsamer als sonst, sie wirkte fast bedrückt, und ich überlegte, ob es etwas mit der Weigel zu tun haben könnte. Das geht mich nichts an, habe ich beschlossen, ich fragte sie auch nicht. Auf diese Weise kam ich einmal dazu, ein bisschen mehr von mir zu erzählen. Und das hat sie auch wirklich interessiert. Ich habe von meiner Schulzeit erzählt, von Frau Karpf und der *Judenbuche* und der Gestapo, von Lisa Stubenrauch, die ich oft vermisse, und wie wir zusammen Brot gebacken und vor zwei Jahren eine Radtour an der Mosel gemacht haben. Ich habe ihr nichts von dem jüdischen Ehepaar aus unserer Straße erzählt, die sich das Leben genommen haben. Auch nichts von dem Judenhaus in Halle, in dem Tante Sidonie und ihre Familie jetzt leben müssen. Dafür aber umso mehr von Tante Alma in Schanghai, weil ich glaubte, dass Grete alles über fremde Länder hören mag, genau wie ich selbst.

Schließlich wurde es zu kalt zum Weitergehen. Der Wind pfiff uns gemein ins Gesicht und wir sind umgedreht und zum Stella Maris zurückgelaufen. Dort haben wir uns ins Café gesetzt, in einem großen Kamin loderte ein Feuer, und wir saßen auf feinen blau-weiß gemusterten Sesseln mit Armlehnen an einem Tisch und spürten, wie unsere Knochen vor Behagen ächzten. Zumindest ich habe das gespürt, Grete saß nur wie ein verfrorener Spatz da und hatte blaue Lippen, auf denen sie herumkaute. Ich wollte Pharisäer bestellen, weil der auch in den *Buddenbrooks* vorkommt, die ich gerade lese und ganz vorzüglich finde. Pharisäer – das ist starker Kaffee mit Rum und einer Sahnehaube. Aber die Kellnerin sagte in recht gutem Deutsch, dass sie heute keinen anbieten, dafür aber etwas ganz Ähnliches: nämlich Tote Tante! Das ist heißer Kakao mit Rum und Sahnehaube. Tote Tante – das hat mir prima gefallen und ich habe es sofort bestellt und Grete gesagt, dass ich sie einlade, woraufhin sie auch eine Tote Tante bestellte. Bei dem Namen hat die Chose natürlich hervorragend geschmeckt!

Allmählich ist Grete auch aufgetaut. Sie machte Späße auf Dänisch mit der Bedienung und lachte von einem Ohr zum anderen. Dann holte sie ein Würfelspiel aus ihrer Tasche und erzählte, die Eislers und sie hätten dieses idiotische Spiel den ganzen Sommer über gespielt und es mache irrsinnige Laune und ich müsse jetzt dran glauben und mit ihr würfeln. Das haben wir getan und hatten es sehr lustig miteinander, sodass die Bedienung aus dem Schmunzeln nicht mehr herauskam, während sie arbeitslos durch das nur dünn besiedelte Café schlenderte. Grete ist wirklich ganz famos, die Zeit mit ihr verging wie im Flug. Dann hörten wir mit dem Spielen auf und sie begann wieder viel zu erzählen, jedoch immer noch nichts von den Ringen. Ich mag sie nicht danach fragen. Goldene Ringe sind doch etwas sehr Persönliches, weil sie mit Liebe zu tun haben.

Dieses Mal ging es um die Kur, die sie im letzten Jahr auf der Krim gemacht hat. Ihr war dort zuerst sehr langweilig, aber dann hat sie eine Theatergruppe gegründet mit ein paar Leuten aus dem Sanatorium, und ab da wurde es besser, was ich mir lebhaft vorstellen kann. Sie hat dic Stücke selbst geschrieben, wie sie überhaupt gern produktiv wäre, aber sie sagt: Immer wenn ich etwas beginne, habe ich Angst, dass die Leute sagen werden, ich hätte es nicht selbst gemacht. Und deshalb höre ich wieder auf.

Sie fürchtet, dass es vielleicht nichts taugt. Obgleich Bidi findet, dass sie was kann. Na dann?

Einmal hat sie dort auf der Krim einen deutschen Kolchos besucht, wovon sie so begeistert war, dass sie am liebsten auf lange hinfahren würde.

Da wusste ich, dass sie eine Kommunistin ist, und zwar eine waschechte, also mindestens genauso wie eine Kellerassel.

Vor allem aber schilderte sie mir ausführlich eine Erfahrung, die mich schaudern ließ.

Ende letzten Jahres musste sie wegen der Tuberkulose eine Zeit lang ins Øresund-Hospital in Kopenhagen. Sie kam dort auf die Isolierstation und lag manchmal die halbe Nacht wach. Tausenderlei ging ihr durch den Kopf, während sie auf die Morgendämmerung wartete. Ihr Bett war ganz an die Wand herangeschoben. In dieser Wand gab es ein Fenster, das mit einer Pappe verdeckt war. Grete schob die Pappe einen Spaltbreit beiseite und konnte nun in die Nachbarstation hineinlinsen. Das war aber nicht irgendeine Station, sondern eine ganz unheimliche Abteilung, nämlich die Station der Todkranken. Die ist ihr vorgekommen wie ein Todesbataillon. In einer Nacht hörte sie Geräusche, als ob einer stöhnt. Natürlich, das ist im Hafen, dachte sie, ein Nebelhorn oder so was. Ihr Herz klopfte schrecklich. Plötzlich war da ein Lichtstreif im Spalt zu sehen, und es ist ihr bis heute ein Rätsel, woher der eigentlich gekommen war. Sie stand rasch auf und nahm ihre Brille, und wie sie hineinsah, hat sie einen jungen Mann liegen sehen, so jung wie sie selbst, und ihm beim Sterben zuschauen können. Sie hat gehört, wie sein Atem flacher wurde, zuerst ein leises Fiepen, dann ein Röcheln, das heftiger wurde, immer heftiger, dann leiser, dann lauter, dann hat der Mann sich geschüttelt, die Ärzte und Schwestern kamen in ihren weißen Kitteln gelaufen und haben ihn gehalten und ihm irgendwas gegeben, aber der Sterbende hat seine letzten Atemzüge gemacht und ist dann weggesackt vor dem heimlich durch den Spalt guckenden Auge Gretes. Sie sagt, sie habe seine Todesangst gehört und gespürt und dadurch am eigenen Leib erfahren, was Sterben ist und was ihr selbst bevorsteht. Es sei zum Fürchten gewesen, so nah und unmittelbar dabei zu sein, nur getrennt durch eine dünne Pappe, eine Pappe wie ihre eigenen Lungenflügel, also nicht im Geringsten geschützt. So furchtbar dieses Erlebnis auch war – ihre Angst vor dem Tod sei jetzt nicht mehr so groß wie früher. Sie habe das Gefühl der Überwindung zurückbehalten.

Gesundheitlich geht es so lila, sagte sie, also nicht ganz blau. Aber innerlich gewachsen sei sie und bolschewistisch gehärtet!

Ja, das hat mich stark gemacht, sagte sie, stärker als Bidi. Der Mann hat Angst vor einem Herzstillstand, und diese Angst prägt alles, was er denkt und tut. Das weiß keiner, Meret, aber mir hat er es verraten.

Sie hat Aufzeichnungen gemacht von dieser Erfahrung, die

hat sie Brecht gezeigt, und er sei vollkommen fasziniert davon gewesen, aber er wisse nicht, wie umgehen mit dem Tod.

Sie habe die Aufzeichnungen auch ihrem guten Freund, dem lieben Walter Benjamin zu lesen gegeben, und auch der habe gestaunt darüber.

Mir ist es in dem Augenblick so vorgekommen, als wäre Grete stolz darauf, diesen großen Männern etwas vorweisen zu können, etwas, das sie selbst nicht besitzen. Nämlich einen überwundenen Tod. Den hätte doch jeder gern. Ich auch.

Haus und Pulverfass

17. Dezember 1937

Das Bibabutzemännlein ist wieder genesen! Friedrich hat heute Morgen zwei Scheiben Brot mit Pflaumenmus gegessen, und ich glaube, man kann getrost sagen: Es geht ihm wieder blau! Ich habe ihm mein Lieblingsmärchen vom *Hans im Glück* erzählt, er krabbelte auf meinen Schoß und steckte seinen Daumen in den Mund wie eh und je, ach, wir waren beide innig und glücklich miteinander. Nächste Woche werden wir nach Kopenhagen fahren, denn am 19. Dezember findet die Aufführung von Ricardas Theaterstück im Riddersalen statt. Jetzt nenne ich es schon ihres, dabei hat es ja Herr Brecht geschrieben. Aber für uns Dinkelspiels ist das nun einmal so! Wir haben in den letzten Wochen wenig von ihr gehört, sie hat nur einmal auf dem Telefon von Herrn Vegesack angerufen. Er kam herübergelaufen und hat Mutter geholt, dann hat Ricarda erneut angerufen, und die Mutter konnte mit ihr sprechen und hat uns hinterher erzählt, dass das Stück sehr gut wird und wir alle kommen sollen. Das haben wir auch vorher schon gewusst. Vater darf den Ford von Herrn Vegesack leihen, und wir nehmen Grete mit. Friedrich bleibt bei der Tante, die eh kein Interesse hat. Sie wird mit Friedrich Plätzchen backen, hat sie angekündigt, das ist ja nett von ihr, aber ihr Weihnachtswahn geht uns allen auf die Nerven. Sie spricht von nichts anderem als von *ihrem* Adventskranz, von Engelchen, Lametta und Vanillekipferln, und wir lassen sie immer abblitzen, denn wir mögen einfach nicht so *unjüdisch* tun. Warum sollen wir in Dänemark plötzlich ein Fest feiern, das wir in Deutschland ignoriert haben? Aus Dankbarkeit für unsere Rettung vor Hitler?

Am Sonntagnachmittag hat die Tante drei Kerzen an ihrem Kranz angezündet und laut zu singen angefangen. Da bin ich aufgestanden, habe meinen Mantel genommen und bin in die Valdemarsgade gegangen. Es war schon fast dunkel, die Straßenlaternen ließen ihr gelbes Licht fallen wie einen Schleier, unter dem zu gehen mir ein Gefühl feierlicher Einsamkeit bereitete. Es waren kaum Menschen unterwegs, und ich ging langsam und mit nachdrücklichen Schritten. Als ich sah, dass dasselbe Licht auch im Fensterchen Gretes zu sehen war, machte meine Seele einen Freudensprung. Die Vermieterin öffnete mir mit der bekannten Brummigkeit die Tür und ließ mich grußlos links liegen und eintreten. Ich machte trotzdem einen Knicks wie das gut erzogene Mädchen, das ich ja bin, nicht ohne jedoch innerlich zu spotten über mich selbst – und natürlich über sie.

Auf meinen dicken Wollsocken ging ich die Treppe hinauf, und Grete kam aus ihrem Zimmer mit einem so bleichen Gesicht, wie ich es noch nie zuvor gesehen habe. Es wundert mich wirklich nicht, dass in dem Wort bleich eine Leich steckt! Das verschlug mir zunächst die Sprache, und ich vergaß beinahe, meinen Mantel auszuziehen. Eine ganze Weile saß ich eingepackt und stumm auf der Bettkante, während Grete den Tee kochte und auch nicht sprach. Sie wirkte ganz fahrig, ihr Haar hing ungekämmt und strähnig herab, immer wieder griff sie sich an den Kopf oder ans Ohr, bis endlich der Tee fertig war und ich meinen Mantel auszog und wir jede eine Tasse in der Hand hielten und Grete auf ihrem Stuhl saß. Sie streckte die Beine von sich, die in cremefarbenen Strumpfhosen unter ihrem grauen Wollrock hervorragten wie Kalbsknochen.

Ich wünschte sehr, dass sie krepieren würde, stieß sie plötzlich hervor. Ich werde ihr einen schönen Kranz kaufen.

Dass sie die Berlau meinte, wusste ich sofort.

Sie kommt immer öfter, klagte sie, und Bidi lässt sie. Er zieht sie vor! Er mag sie lieber als mich, ich sehe es ihm an, sie ist die Hübschere von uns beiden und noch dazu ein Biest. Außerdem hat sie die richtigen Kontakte zu dänischen Verlegern. Und sie weiß genau, wie sie vorgehen muss in der Welt. Und bei Bidi. Sie ist nicht so schüchtern wie ich, sie kriegt ihn, so viel sie will. Kommt mit ihrem Lincoln angefahren und ich kann gehen. Ich brauche gar nicht erst nach Skovsbostrand zu kommen. Bleibe hier sitzen, darf für ihn arbeiten und warten, warten, auf seine Gnädigkeit warten. Auf was? Auf was? Er geht mir verloren.

So sprach Grete eine ganze Weile vor sich hin, und ich wäre mir überflüssig vorgekommen, wenn sie nicht immer wieder und ganz kurz nach meiner Hand gegriffen und mich aus weit aufgerissenen, bläulich unterlaufenen Augen angeschaut hätte. Wie ein Kind, dachte ich, sie ist ein armes Kind, das nichts als Magermilch zu trinken bekommt. Ich drückte dann mutig ihre Hand und schüttelte vorsichtig den Kopf oder nickte aus Anteilnahme, wo es mir angebracht schien, aber im Großen und Ganzen wusste ich überhaupt nicht, was ich sagen oder tun sollte. Lisa Stubenrauch hat mir nie so ihr Herz ausgeschüttet, noch niemand hat es je auf diese Weise getan, und mir war, als würde Grete mir ein Fieber übertragen, das ich durchzustehen hatte wie Friedrich seine Masern. Dann sagte sie einen Satz, der nur in einem Flüstern herauskam und den dieses Papier kaum aufzunehmen wagt: Ich liebe ihn so sehr, dass ich daran sterben werde. Ist Liebe so? Wenn sie das glaubt – wie muss es ihr dann gehen? Wie kann sie das ertragen? Sie kann es nicht. Mit leiser, eiliger Stimme berichtete sie mir dann davon, wie ihr vor nicht sehr langer Zeit das Leben noch wie im Aufbruch erschienen sei. Durch Brecht hätte ihr ganzes Dasein eine fast traumhafte Wandlung erfahren, es hätte sich so viel getan, alles sei gediehen, gelungen, geworden, und die Krankheit habe keine Macht mehr über sie gehabt, sie sei nur eine Art Begleiterscheinung gewesen, die ihr vor allem schöne Erlebnisse wie die Kuren auf der Krim und in Agra bescherte und das Gefühl, dass man sich um sie kümmert.

Dann sei die Berlau aufgetaucht. Und dem Brecht nicht mehr von der Seite gewichen.

Zuerst war es so nicht schlimm, sagte sie, die Berlau hat mir ja sogar geholfen, einen Mann für eine Strohheirat zu finden.

Strohheirat?, frage ich.

Jetzt hielt sie mir ihren Ring Nummer eins unter die Nase. Ich bin verheiratet. Seit dem 29. August 1936 bin ich verheiratet mit dem Seemann und Journalisten Svend Jensen Juul. Ruth Berlau hat ihn im Seemannsheim angesprochen und gefragt, ob er bereit wäre, eine Deutsche zu retten. Er ist ein netter Kerl und hat gleich eingewilligt. Wir waren auf dem Standesamt, und nun besitze ich die dänische Staatsbürgerschaft. Das ist gut für meine Tuberkulose. Man kann mich nicht zurückschicken ins Deutsche Reich. Gleich nach der Eheschließung musste ich wegen einer Blinddarmoperation ins Øresund-Hospital in Kopenhagen, und Juul und ich haben uns einen Spaß draus gemacht, uns als frisch Vermählte aufzuführen. Juul hat sich einen Anzug geliehen und ist schick mit Blumen und Pralinen zu Besuch ins Spital gekommen, Küsschen rechts, Küsschen links, ganz korrekter Ehemann, dazu diese unechten Goldringe. Die Krankenschwestern haben nichts geahnt, sie fanden ihn charmant und haben ihm von seiner Gattin nur Gutes berichtet. Der Bidi hat mich auch oft dort besucht. Alles war gut.

Grete lächelte jetzt ein bisschen und wirkte nicht mehr so blass.

Dann kam der Herbst 36, fuhr sie fort, und die Tuberkulose hatte das Ohr angegriffen, ich habe es schon erzählt: wie ich wieder ins Øresund-Hospital musste, für viele Wochen, und dabei dem Tod begegnet bin. In der Zeit waren wir gerade mit der Aufführung von den *Rundköpfen* beschäftigt. Du weißt schon, Meret, Brechts »Greuelmärchen«.

Als Grete mich in dem Augenblick mit einer Miene ansah, aus der deutlich zu lesen war, wie selbstverständlich sie es fand, dass ich Bescheid wusste über Brechts Stück, da ritt mich die Laus und es bereitete mir große Genugtuung zu antworten: Nein, ich weiß nichts davon.

Der Satz war ein Brett. Ich hielt ihn vor meinen Kopf. Ich wollte kein Spiegel sein.

Warum so widerständig? Warum kann ich nicht einfach eine Freundin sein, die ihr einen Becher Sahne reicht? Weil ich den in Stuttgart habe stehen lassen müssen? Ich empfinde mit ihr und dann wieder nicht. Ich verstehe sie und dann wieder gar nicht. Ich mag sie gern und fühle doch eine tiefe Distanz, die ich mir nicht erklären kann. Und trotz allem: Sie ist eine Frau mit ungewöhnlicher Lebenskraft. (Das hat Mutter gesagt. Sie hat sie kürzlich in der Apotheke getroffen und eine Weile mit ihr geplaudert.)

Sie erklärte mir in rasender Geschwindigkeit alles, was es zu den *Rundköpfen* zu wissen gilt, um dann zu erzählen, wie sie die Ärzte überredet hat, für die Premiere des Stückes letztes Jahr im November das Øresund-Hospital verlassen zu dürfen.

Sie haben mir einen Tag Freiheit erlaubt und ich war dabei, Meret, ich saß bei der Premiere im Riddersalen in Kopenhagen in der ersten Reihe.

Ihre Augen strahlten dabei hell auf, wie ein Komet, der für einen kurzen Augenblick über den schwarzen Nachthimmel blitzt und gleich darauf wieder verschwunden ist.

Meine Krankheit, sagte sie dann mit plötzlich wieder monotoner Stimme, ist das, was früher unsere feuchte Kellerwohnung war: eine viel zu enge Behausung. Über die kann ich nicht hinaus. Ich werde immer die Zurückgelassene bleiben. Den engen Keller werde ich nicht los. Ich müsste weg von Brecht, das weiß ich schon seit 33, aber ich schaffe es nicht. Er ist ja alles, was ich habe. Durch ihn bin ich erst geworden, was ich heute bin. Wovon sollte ich denn leben? Er bezahlt mich für meine Arbeit. Aber dieses innere Eingeschränktsein, das hat auch er mir nicht nehmen können. Ich habe große Städte gesehen: Paris, Moskau, London, ich war bei den großen Köpfen in Sanary. Aber nun? Bin ich hier in Svendborg, links die Weigel, rechts die Berlau, und muss weitermachen. Einfach weitermachen, was ich kann, so gut ich kann.

Sie schwieg. Ich erhob mich von der Bettkante, auf der ich die ganze Zeit recht unbequem gesessen hatte, ging zum Dachfenster und öffnete es. Die frische Luft strich über mein Gesicht und daran vorbei ins Zimmer. Ich schaute hinaus in den Winterabend. Am Himmel waren schwarze Wolkenflecken zu sehen, wie Inseln in einem weiten, dunklen Meer. Unten auf der Straße hasteten ein paar Menschen entlang. Ein Junge zog laut rumpelnd einen Leiterwagen über das Pflaster. Im Haus gegenüber hing ein weihnachtlicher Stern hinter der beleuchteten Fensterscheibe. Ich dachte an die Tante und ihren grünen Kranz und wünschte auf einmal, Grete hätte wenigstens eine Kerze zum Anzünden.

Damals, hörte ich sie weitersprechen, damals im Øresund-Hospital, als ich beim Sterben zugesehen habe, da habe ich einen wirklichen, einen inneren Aufbruch erlebt. Aber was ist mir geblieben davon? Die Berlau hat die Macht einer Königin. Es ist ihr Land. Es ist ihr Brecht. Wie Grete redete! Es wurde mir zu schwer, ich mochte nicht mehr zuhören. Ich kenne sie noch zu wenig, um all das zu verstehen. Und habe ich nicht selbst genug zu tragen?

Ich wandte mich zu ihr um und rief leise: Aber das ist doch Unsinn! Ein Mensch kann niemals einem anderen gehören!

Grete antwortete nicht. Sie stand auf, stellte die leeren Teebecher auf ein Tablett und holte sich eine Stola. Der Ofen heizt heute nicht gut, murmelte sie. Da schloss ich das Fenster schnell wieder.

Sie sprach nun mit heiterer Stimme davon, wie sie Ende 1936 endlich den herrlichen Bescheid bekommen habe, dass die Lunge vollkommen in Ruhe und das Ohr geheilt sei. Und wie Walter Benjamin sich darüber mir ihr gefreut habe.

Das war eine gute Zeit, sagte sie. Ich war verheiratet und die Lunge endlich, endlich so vielversprechend, so stabil, und ich hatte diese eigene Wohnung in Aussicht. Weißt du, wie lange ich nur aus dem Koffer leben musste? Nirgends zu Hause, immer unterwegs oder als Gast, im Sanatorium, im Stella Maris oder auf der Küchenbank der *Familie Brecht*. Das Leben mit Bidi war gut, aber heimatlos. Ein Leben auf der Flucht. Aber nun, mit der eigenen Wohnung und der guten Lunge, nun würde alles gut werden! Der Aufbruch lag in der Luft wie ein Versprechen. Im vergangenen Januar, gerade als ich hier eingezogen war, stießen Hanns Eisler und seine Lou zu uns, das sind so liebe Leute, bis Oktober wollten sie bleiben, er wollte an seiner *Deutschen Symphonie* arbeiten, und genau das ist auch geschehen, das waren keine hohlen Ideen. Ich habe mich so herzlich mit ihnen verstanden, wir sind oft zusammen ins Kino oder haben dieses idiotische Würfelspiel gespielt und im Frühling fuhren wir mit dem Boot hinaus auf die Ostsee, die deutsche Küstenwache in Sichtweite. Unter dem Donner der manövrierenden deutschen Schiffe haben wir uns vergnügt! Ganz nah sind die Nazi-Boote manchmal an uns herangefahren und konnten uns nichts anhaben. Das hat meine Lebenslust noch mehr angestachelt. Ich habe sogar Pläne geschmiedet, wieder in die Sowjetunion zu reisen, Meret.

Jetzt ließ sich Grete aufs Bett plumpsen und hockte dort wie ein kleiner munterer, wenn auch flügellahmer Vogel. Ich setzte mich neben sie.

Aber daraus ist nichts geworden, sagte sie und runzelte die Stirn.

Warum nicht?, fragte ich.

Sie antwortete nicht.

Im Oktober sind die Eislers wieder abgereist, zum Heiraten nach Prag und so weiter. Brecht hielt sich noch in Paris auf, mit der Helene. Ich war einsam. Habe nur die Kinder gehabt, Barbara und Stefan, mit denen ich Hausaufgaben gemacht habe. Die Berlau war noch in Spanien und frisch von ihrem Mann geschieden, wegen Brecht, und hatte schon das Zimmer in Skovsbostrand gemietet. Ich wusste, dass sie bald wieder zurückkehren würde. In diesen Wochen hat mich die Verzweiflung gepackt, Meret. Wer war ich denn? Halb Assistentin, halb Kindermädchen, halb Frau. Ganz Kellerassel. Da habe ich Bidis Ring abgelegt.

Sie hielt mir die Hand mit Ring Nummer zwei vor die Augen. Er schien aus echtem Gold zu sein, im Gegensatz zu ihrem Ehering, und besaß einen winzigen roten Granat. Er gefiel mir sehr, und ich dachte bei mir, dass der Brecht einen guten Geschmack hat und dass ich auch einmal einen schönen Ring von einem Mann bekommen möchte. Und jetzt trägst du ihn doch wieder?, fragte ich.

Ich darf ihn nicht ablegen, antwortete sie mit klarer Stimme. Bidi will, dass ich ihn trage. Dass er mir den Ring geschenkt hat, das muss ihm doch etwas bedeutet haben?

Sie starrte ihre Hand an, als wäre sie ihr fremd. Meret, flüsterte sie, einmal hat er zu mir gesagt: *Ich bin eine Art Pulverfass. Man nähert sich mir besser mit Kälte als mit Wärme.*

Wir schwiegen wieder. Das Feuer im Ofen machte einen

heftigen Knall, ein Holzscheit rumpelte vom andern. Ich betrachtete die Lampe, die ein Eimer war, und den Eimer, der eine Lampe war, und mir fiel ein, dass in Murnau ein ähnliches Kupfergefäß vor der Tür des Bauernhauses gestanden hatte, gefüllt mit einer überbordenden Traube enzianblauer Blümchen. Wir hatten abends die leere Milchkanne daneben abgestellt, um am Morgen frische Milch zu haben. Ich erinnerte mich auf einmal an den Duft, der von den Blümchen ausgegangen war, honigsüß und zitronig zugleich, ein Duft nach Zitronenfalter-Sommer und Staffelsee, dazu Heuwiesen und dicke gelbe Butter, Nachtfalter, Glühwürmchen, wilde Himbeeren im Wald und Mückenstiche an den Beinen, Wespenstiche, Essigumschläge, Kuhglocken, Kälbchenmäuler, kräftige Gewitter am Abend, Wanderungen mit Sonnenhüten und in kurzen Hosen voller Grasflecken, Wanderungen in die Berge, Wanderungen bei Regen und Regentage im karierten Federbett mit guten und weniger guten Büchern, vor Fett triefende Pfannkuchen mit Zimt und Zucker oder – noch besser! – mit Erdbeermarmelade, Stachelbeertorte mit Baiser im Café-Garten in Murnau, Gurkensalat mit Rahm und frischem Dill aus dem Bauerngarten, leuchtend bunte Kapuzinerblüten im Salat, das Fischerstechen im Dorf, bei dem der Sohn *unserer* Bauersleute gewonnen hat, Streit mit Ricarda um einen neuen rot-weiß gestreiften Badeanzug mit Rüschen am Ausschnitt, Albereien mit dem winzigen Friedrich, Friedrich am Seeufer auf seinen kleinen braunen Beinchen, ratlos dastehend oder eifrig mit der Schaufel aufs Wasser schlagend, Vater, mit Friedrich auf dem Rücken in den See stapfend, Ricarda und ich im Wasser und unter Wasser, zum Steg hinausschwimmend, auf den Steg hinaufkletternd, auf den heißen Holzbohlen in der Sonne bratend, dösend, abends Sahne auf den Sonnenbrand, morgens die sauer riechende Haut, die Kernseife der Bauersfrau, die sie selbst herstellt, ihr blau-weiß gemustertes Kopftuch, das sie jeden Abend auswäscht und auf die Leine hängt, Mutter, die in Murnau nach genau so einem Kopftuch sucht, weil sie so eines auch gern hätte, aber keines findet und stattdessen einen tomatenroten Rock mit grünen Taschen kauft, in dem sie sich immerzu dreht, weil er dann zu einem schönen, großzügigen Teller wird, und Tomaten, jeden Tag frisch gepflückte Tomaten, so viel wir wollen.

Grete holte jetzt einen Apfel und ein Messer aus dem Schrank und schnitt ihn in Viertel. Wir aßen den Apfel und sprachen noch eine Weile über die Fahrt am 19. Dezember zu Ricardas Aufführung in Kopenhagen, bis die Turmuhr draußen siebenmal schlug. Dann zog ich meinen Mantel an und sie brachte mich hinunter zur Haustür. Meine durch und durch jüdischen Schuhe, die unten am Treppenabsatz auf mich warteten, hätten eine prima Heimat für Kellerasseln abgegeben, so feucht wie sie immer noch waren. Die Vermieterin ließ sich nicht blicken. Ihr Name ist übrigens Gryde und lange nicht so niedlich wie ihr Haus: Gryde bedeutet Grube und: Kochtopf.

Dass Grete glaubt, an ihrer Liebe zu Brecht sterben zu müssen, lässt mich nicht los. Sie, die doch dem Tod ins Auge geschaut hat! Ich habe mit Mutter darüber gesprochen, und wir sind einer Meinung, dass Liebe so nicht sein darf. Mutter sagte, dass Brecht für Grete vermutlich eher ein Haus ist als ein Mann: ein Haus, in dem sie wohnt. Darüber musste ich lachen, auch wenn es eine ernste Angelegenheit ist und für Grete traurig. Ich sagte zu Mutter: Wenn schon, dann soll mein Mann einmal kein Haus sein, sondern ein Schloss. Da zog sie mich sanft am Ohrläppchen und meinte: Sei du lieber selbst eine kleine Villa.

Das werde ich auch sein. Und es wird immer Kerzen bei mir geben.

Sintflut

Dann geht auf einmal alles sehr schnell.

Als die Familie Dinkelspiel am 19. Dezember 1937 im Riddersalen in Kopenhagen der Aufführung von *Die Gewehre der Frau Carrar* beiwohnt, gibt sie sich große Mühe herauszufinden, was Ricardas Rolle bei dem Ganzen gewesen ist. Sie hoffen vor allem, Ricarda selbst in irgendeiner Weise eifrig zu sehen, vielleicht direkt vor der Aufführung noch emsig beschäftigt oder danach auf der Bühne stehend und sich in der Reihe aller Mitwirkenden vor dem zahlreich erschienenen Publikum verbeugend. Natürlich gilt der Beifall vor allem der großen Schauspielerin Dagmar Andreasen in der Rolle der Frau Carrar und dem Autor Brecht, den Meret endlich zu Gesicht bekommt und scharf dabei beobachten kann, wie er flink auf die Bühne springt und unter seiner Kappe ironisch hervorlächelt. Grete, die neben Meret sitzt, stößt sie in die Seite und rollt verschwörerisch mit den Augen.

Aber hätte Ricarda Dinkelspiel nicht auch erwähnt werden müssen? Warum tritt sie so gar nicht in Erscheinung? Was hat sie eigentlich die ganze Zeit getan? Was ist ihr Verdienst? Und warum hat sie so abwesend gewirkt, als die Dinkelspiels mit der Steffin eine Stunde vor Beginn im Riddersalen aufgetaucht sind, nach der langen Autofahrt ein bisschen müde, aber überglücklich, die Tochter und Schwester nach fast drei Wochen wiederzusehen? Ricarda hat kaum Regungen gezeigt und gesagt, sie müsse gleich wieder hinter die Kulissen, und damit blieb sie verschwunden.

Die Dinkelspiels warten nach der Aufführung darauf, dass Ricarda zu ihnen kommen und ihre Truppe vorstellen würde, dass sie dann gemeinsam ein Lokal aufsuchen und endlich ausführlicher von *ihrer* Arbeit am Stück hören könnten. Doch stattdessen betritt ein Herr in etwas schlampigen Hosen die Bühne, der sich als Fabrikbesitzer Jarner vorstellt und eine Rede hält. Es geht darin um verschiedene Emigrantenschicksale, und als daraufhin Geschenkpäckchen unter den ausländischen politischen Flüchtlingen verteilt werden – Seife, Schokolade, Heftpflaster, Reise-Nähzeug und Nagelfeile –, kommen sich die Dinkelspiels vor wie auf einer Weihnachtsfeier. Zu allem Übel wird auch noch eine Resolution an den Ministerpräsidenten verabschiedet, die Ausweitung des Asylrechts wird gefordert, und die Mutter flüstert dem Vater ins Ohr: Wo sind wir hier gelandet? Weihnachtsfeier *und* politische Veranstaltung!

Hinterher im Foyer ist Ricarda gerade erst zu ihnen gestoßen, als die Berlau heraneilt, nachdem sie zuvor lange mit der Andreasen gesprochen und gelacht hat, und nicht ohne Sarkasmus in der Stimme erzählt, dass Ricarda ja wirklich gut mitgeholfen habe. Meret scheint es, als würde die Miene der Schwester dabei noch verschlossener werden. Der Vater weiß daraufhin nicht, ob er Fragen stellen soll, und vertagt das vorsichtshalber auf später. Weil niemand Anstalten macht, die Dinkelspiels zu einer Premierenfeier oder dergleichen einzuladen, nehmen die Eltern ihre beiden Töchter auf eigene Faust in eine verqualmte Kneipe in der Straße mit, bestellen für alle Martini, stoßen ein wenig verwirrt auf »unsere Theaterassistentin« an und lassen es dann gut sein. Ricarda radelt in ihre Bleibe in die Prinsessegade 18 bei der Berlau, die restlichen Dinkelspiels suchen ihre schon bekannte Pension auf.

Am nächsten Morgen ist im *Aftenbladet* zu lesen: *Das erste Schauspiel über den Spanischen Bürgerkrieg hatte gestern Abend im Theater der Arbeiter Premiere. Geschrieben hat es der jetzt landflüchtige, seinerzeit so gefeierte Bert Brecht. Der typische*

Schauspielautor der Nachkriegszeit Brecht lebt jetzt in Dänemark als Emigrant.

Ricarda tritt mit ihrer Familie die Rückreise nach Svendborg an. Es ist geplant, dass sie schon Anfang Januar nach Kopenhagen zurückkehren wird, um bei einer weiteren, dieses Mal deutschen Aufführung desselben Stückes mitzuarbeiten, bei der Helene Weigel die Rolle der Frau Carrar übernehmen soll.

Die beiden Schwestern sitzen auf der Rückbank von Vegesacks Ford, Grete ist nicht dabei, sie will die Weihnachtstage bei Bekannten in Kopenhagen verbringen.

Die Dinkelspiels sprechen in vereinzelten Sätzen, Ricarda schweigt, ein Hagelschauer prasselt zeitweise gegen die Scheiben, was ein willkommenes Getöse verursacht.

Irgendwann hebt Ricarda die Hand und hält sie sich vor die Augen, als würde sie von einem Lichtschein geblendet, aber sie streicht sich nur immer wieder über Stirn und Mund und fragt dann, als hätte sie die Frage lange geübt: Ist Post von Kurt-Anselm angekommen?

Im selben Augenblick wissen der Vater, die Mutter und Meret, dass Kurt-Anselm ihr keine Briefe mehr schickt. Denn Ricarda hat ihm selbstverständlich, bevor sie nach Kopenhagen gegangen ist, ihre dortige Adresse bei der Berlau mitgeteilt, hat Morten Hilgersen darüber informiert, dass er arbeitslos werden würde, der auch nicht mehr vorbeigekommen ist, nicht einmal für einen Schnaps, zu seinem eigenen Verdruss und zu dem der Tante. Anselm hätte seine Briefe für Ricarda jetzt an Ruth Berlau adressieren müssen. Was er aber offensichtlich nicht getan hat. Er hat gar keine mehr geschrieben. Die Frage Ricardas, die sie sich mit dem Aufwand aller Kraft aus dem Mund hat herausziehen müssen, da sie die Antwort mehr fürchtet als den Tod, ist mit anderen Worten nichts anderes als das Geständnis einer Katastrophe: Kurt-Anselm hat sie im Stich gelassen.

Der Vater blinzelt in den Rückspiegel und zieht die Stirn kraus. Die Mutter hält die Luft an. Meret versucht, den Leberfleck auf ihrem kleinen Finger mit äußerster Sorgfalt auf den Ringfinger zu verschieben, was ihr nicht gelingt.

Du meinst die Briefe, die Hilgersen immer bekommt?, fragt die Mutter. Das ist die dümmste Frage der Welt, und die Mutter weiß das auch. Sie will jetzt aber dumm sein.

Lieber dumm als stumm. Es ist ja nur vorübergehend.

Für Ricarda ist es allerdings nicht vorübergehend.

Sie sagt: Bekommen hat.

Keiner spricht.

Ricarda sagt: Das kann nicht sein.

Meret weiß leider, dass es viel zu viel gibt, was nicht sein kann.

Kurt-Anselm hat gekniffen. Liebe, Palästina, Bronisław, Orchester, Tel Aviv, alles hin. Zion Ade.

Sie spürt den Drang, Ricarda in den Arm zu nehmen, denkt dann aber, das sei ein zu deutliches Zeichen der Resignation, und sagt deshalb betont gelassen: Ach, die Post, die Post.

Da hat deine Schwester recht, sagt der Vater entschieden. Ricarda bewegt sich nicht. Ihre Augen hinter den Brillengläsern sind starr geradeaus gerichtet, sie schweigt den Rest der Fahrt bis Svendborg, und die anderen sprachlosen Dinkelspiels beharren so hartnäckig wie möglich darauf, dass Liebe mit Briefen nichts zu tun hat.

Der Staudamm ist geöffnet.

Die gelben Fluten, die später in China über die Provinzen Henan, Anhui und Jiangsu herfallen werden, machen jetzt auch vor Svendborg nicht Halt. Der giftige Sud, den ein kleiner, größenwahnsinniger, keifender Pinscher aus Österreich über das jüdische Volk ergießt, flutet auch das stille Leben der Familie Dinkelspiel.

Nachdem der seidene Faden Kurt-Anselm gerissen ist, macht Ricarda zunächst weiter wie bisher. Sie erträgt wie die anderen das Weihnachtsfest der Tante, nur isst sie kaum und spielt auch nicht Cello. Anfang des neuen Jahres fährt sie mit dem Zug nach Kopenhagen zurück und wohnt wieder bei der Berlau, die inzwischen in den Stadtteil Hellerup umgezogen ist, jenem feudalen Villenvorort der Hauptstadt, in dem später fünfundneunzig dänische Widerstandskämpfer von der deutschen Besatzung hingerichtet werden.

Ricarda übernimmt eine kleine, unbedeutende Statistenrolle bei der deutschen Inszenierung der *Frau Carrar*. Teilnahmslos, aber immer noch gut genug lernt sie ein paar Gesten und Worte, tut, was Ruth Berlau von ihr will, und ist dabei, als am 14. Februar 1938 in der Borups Højskole – Borups Hochschule – die Aufführung stattfindet, für die Ruth Berlau extra Kostüme vom Königlichen Theater in Kopenhagen geliehen hat.

Die Aufregung und Ergriffenheit des Publikums über den Auftritt der beiden großen Schauspielerinnen Helene Weigel und Bodil Ipsen teilt sie nicht. Nicht einmal, als Letztere das Gedicht *Spanien 1937* von Arnulf Øverland in der Übersetzung seines Freundes Willy Brandt vorliest, zeigt sie irgendeine Regung. *Endlich können wir Krieg führen – ohne den Frieden zu kränken!,* heißt es da, und Meret sieht, wie tief die Berlau ihren Kopf dabei neigt. Es ist vorbei. Das Wasser steigt. Ricarda kehrt nach Svendborg zurück. Dass sie nicht mehr Theater spielen will, hat sie deutlich gesagt. Die Dinkelspiels nicken verständnisvoll und jetzt warten sie darauf, dass Ricarda wieder Cello übt.

Das tut sie nicht.

Sie legt am 22. Februar das Cello in den Kasten wie in einen Sarg. Dann packt sie ihren Koffer.

Meret versucht, sie zum Sprechen zu bringen: Ricarda, du musst sagen, was du vorhast.

Jetzt sprich!

Sprich mit mir!

Sprich mit Mutter, Ricarda, hörst du! Mit Vater! Du kannst nicht einfach so fortgehen!

Du kannst nicht weggehen, ohne etwas zu erklären!

Wo willst du denn hin?!

Kurt-Anselm wartet nicht mehr auf dich!

Und schließlich sehr laut: Was hast du vor?

Natürlich sind längst die Eltern ins Zimmer gekommen, auch sie entsetzt. Die Mutter hält Ricarda am Arm fest, entreißt ihr den Koffer, schüttet alles auf den Boden, Ricarda packt alles wieder ein. Die Mutter lässt sich aufs Bett sinken und fängt an zu weinen.

Der Vater sagt energisch: Nein, so nicht, Ricarda. Du setzt dich jetzt hier hin und sprichst.

Endlich lehnt Ricarda sich erschöpft an die Wand neben der Tür und spricht.

Ich fahre nach München zu Kurt-Anselm und stelle ihn zur Rede. Er hat versprochen, mit mir nach Palästina zu gehen. Ich muss ihn an seine eigenen Worte erinnern. Er wollte die Schiffskarten besorgen. Er kann nicht alles rückgängig machen. Und – wenn er mich sieht, wird er wieder klar werden im Kopf. Dann werden wir alles so machen können, wie wir es vorhatten.

Es sind einfache und gut nachvollziehbare Sätze, die aus Ricardas Mund kommen. Die vorgetragene Sachlichkeit verbreitet eine täuschend echte Ruhe im Zimmer. Die Tür geht auf und Friedrich kommt herein. Meret nimmt ihn auf den Arm.

Aber natürlich kann Ricarda nicht gehen. Es ist unmöglich, sie muss hierbleiben bei ihrer Familie. Hier ist sie sicher. Dort nicht. Es ist schon zu gefährlich in Deutschland. Man darf nicht der Meinung sein, als Jüdin einfach so nach München zu reisen und dann weiter nach Triest und Jaffa. Das kann nicht gut gehen. Man darf sein Leben nicht aufs Spiel setzen, wenn man einmal gerettet worden ist.

Wie willst du denn nach München kommen?, fragt der Vater schließlich.

Ruth Berlau nimmt mich mit, antwortet Ricarda. Sie fährt morgen Früh nach Berlin. Sie holt mich ab. Von da kann ich mit dem Zug nach München weiterfahren. Sie hat mir auch eine Adresse in München gegeben, da kann ich ein paar Tage wohnen, bis Kurt-Anselm und ich weiterfahren nach Triest.

Auf einmal kommen die Worte aus Ricardas Mund gefallen wie Bausteine, aus denen sich ein Plan zusammensetzen lässt. Kurt-Anselm ist in diesem Plan wieder der seidene Faden, nein, dieses Mal ist er ein Seil, ein dickes, ein Schiffstau, noch um den Poller gewickelt, am Hafen in Triest, man wird es nur noch losmachen müssen – und das wird Ricarda tun.

Die Mutter faltet die Hände. Ricarda, sagt sie. Der Vater sieht die Entschlossenheit seiner Tochter, er kennt sie von sich. Auch Meret sieht sie. Sie weiß, dass Ricarda sich nicht umstimmen lassen wird.

Am Abend essen sie gemeinsam noch etwas Gutes. Die Mutter macht Grießklößchen-Suppe, Rindfleisch mit Kartoffelbrei und Buttermöhren. Zum Nachtisch gibt es Kaiserschmarrn mit Apfelmus. Die Tante, die noch nicht eingeweiht worden ist in Ricardas Vorhaben, wischt sich den Mund mit ihrer großen Leinenserviette sauber und sagt: Es hat vorzüglich geschmeckt. Das hat sie noch nie gesagt.

Meret kann in dieser Nacht nicht schlafen. Sie hört ein Käuzchen draußen rufen. Ricarda schnauft im Schlaf. Dass sie schlafen kann, wundert Meret. Sie muss sehr müde sein, denkt sie, sonst könnte sie das nicht.

Aber Meret weiß nicht, dass Ricarda gar nicht wirklich schläft. Die ist wach. Die stellt sich gerade das Schiff vor, das über das

Meer nach Jaffa fährt. So sehr ist sie damit beschäftigt, dass sie ein Herz und eine Seele geworden ist mit der Maschine und mit ihr zusammen schuftet. Kilometer für Kilometer wühlt sie sich durchs Wasser, sie merkt gar nichts vom eigenen Schnaufen, sie ist schon unterwegs, sie schläft nicht, sie ist wach.

Und jetzt ist sie doch eingeschlafen.

Gehen und Bleiben

22. März 1938

Gestern hat Grete ihren dreißigsten Geburtstag gefeiert. Ich habe ihr ein paar Anemonen gebracht, die im Wäldchen hinter der Molkerei wachsen. Der Frühling ist da. Von Brecht hat sie eine Flasche Wein bekommen, die stand auf ihrem Tisch und leuchtete in der Sonne, die durch das Dachfenster fiel. Sie hat sie geöffnet und wir haben zusammen ein Glas auf ihr Wohl getrunken.

Alles hat sich verändert. Wenn ich im Sommer bei unserer Ankunft in Svendborg noch gedacht habe, dass die Flucht aus Deutschland die tiefste Kerbe in mein Leben bedeutete, die überhaupt hineingeschnitten werden könnte, so kann ich jetzt darüber nur den Kopf schütteln. Denn es ist etwas geschehen.

Ricarda ist von der Berlau abgeholt worden an jenem Morgen des 23. Februar. Es war ganz früh und noch dunkel, als der Lincoln vorfuhr. Vater trug Ricardas Koffer, sie selbst ihren Cellokasten. Wir hatten unsere Wintermäntel angezogen, um uns am Gartentor zu verabschieden. Ich weiß nicht mehr, was ich dabei empfunden habe. Es gibt Erfahrungen, für die einem die Worte fehlen, man kann nur durch sie hindurchgehen wie durch einen Schlund. Und hinterher kann man versuchen, mit klammen Fingern die Seele wieder aufzulesen. Dieser Versuch wird immer nur ein Versuch bleiben und wird nie mehr aufhören, solange man lebt, das weiß ich inzwischen. Als das Auto fortgefahren war, standen wir noch eine ganze Weile am Gartentor in der Kälte und sahen zur Straßenecke hinüber, hinter der Ricarda verschwunden war. Ich fror ganz schrecklich und zitterte. Vater legte seine Arme um Mutter und mich und schob uns langsam ins Haus zurück.

Vater sagte, dass wir nun das Beste hoffen mussten. Das Beste wäre, dass Ricarda Kurt-Anselm antrifft und recht behält mit ihrer Hoffnung. Dass er wirklich mit ihr nach Palästina geht. Dass sie Schiffskarten bekommen. Ein Schiff in Triest besteigen. Dass sie gemeinsam ein Leben in Tel Aviv beginnen. Und dass wir dann eines Tages die Nachricht bekommen, dass das Beste Wirklichkeit geworden ist.

Das Zweitbeste, habe ich gedacht, wäre mir aber auch schon gut genug. Nämlich dass Ricarda zwar nach Berlin fährt, dann von mir aus auch noch nach München und dort auf *keinen* Kurt-Anselm trifft, der mitkommt. Dass sie daraufhin die zweitbeste Einsicht für richtig hält und umkehrt und zurückkehrt zu uns. Ich hätte das für eine Lösung gehalten, ich hätte Ricarda für weise und klug gehalten. Ich hätte hoffen können, dass die Zeit das Ihre tun und Ricarda trösten wird. Nicht nur für Ricarda hätte ich das sehr gern gehofft. Sondern für uns alle, vor allem für Mutter.

Sie hat sich gleich nach Ricardas Fortgehen mit Schüttelfrost und Fieber ins Bett gelegt.

Als am 26. Februar der mit Ruth Berlau verabredete Anruf bei Herrn Vegesack gemeldet wurde, der ersehnte Anruf aus Berlin, für den Vater und ich schon wie gebannt zur festgelegten Zeit neben dem Apparat in Vegesacks Wohnzimmer saßen, nahm Vater den Hörer von Herrn Vegesack entgegen.

Guten Tag, Frau Berlau, sagte er. Dann hörte er zu. Ich knetete meine Finger, während Herr und Frau Vegesack im Nebenzimmer flüsterten.

Vater sagte immer wieder nur *Hm* und wirkte sehr aufgeregt und stellte irgendwelche Fragen, deren Sinn mir in meiner eigenen Anspannung nicht klar wurde. Er schien auch nicht alles verstehen zu können, die Sätze wurden, wie er später sagte, von deutscher oder dänischer Seite aus oft unterbrochen, es rauschte und gurgelte in der Leitung wie von Wasserfluten.

Dann war das Telefongespräch vorbei. Ich sah Vater an, Vegesacks hörten auf zu flüstern. Vater sagte mit ganz kleiner Stimme: Lass uns erst einmal zu Mutter gehen. Vegesacks kamen vorsichtig ins Zimmer geschlichen und machten ernste und fragende Gesichter. Wir verließen ihr Haus.

Wir gingen schweigend und eilig zu Mutter, die in ihrem Bett lag und uns kreidebleich entgegensah.

Dann erzählte Vater.

Die Fahrt nach Berlin sei gut gegangen, keine weiteren Vorkommnisse. Ruth Berlau habe Ricarda am Tag nach ihrer Ankunft in Berlin zum Bahnhof Zoo gebracht. Auf dem Weg sei Ricarda plötzlich stehen geblieben und habe gesagt, sie wolle jetzt zu Recha Freier. Sie wolle bei Recha Freier etwas erreichen. Vielleicht Schiffskarten. Irgendetwas wegen Palästina. Erst danach wolle sie zu Kurt-Anselm nach München. Ricarda habe sich von Ruth Berlau verabschiedet und sei in eine Straßenbahn nach Charlottenburg gestiegen. Ruth Berlau habe sie nicht davon abhalten können. Das war alles, was Vater wusste.

Mir fiel daraufhin ein – und ich berichtete es den Eltern –, was Ricarda mir einmal erzählt hat, nämlich dass sich in der Kantstraße in Berlin-Charlottenburg die Geschäftsstelle der zionistischen Jugend-Alijah befindet, mit der Recha Freier zu tun hat. Solche Tatsachen und Zusammenhänge zu wissen und laut auszusprechen, hatte etwas Tröstliches, und Ricardas Verschwinden schien dadurch eine viertel Elle vom Abgrund abzurücken.

Nach einer Woche, die wir in großer Unruhe verbracht hatten, war Frau Berlau wieder in Svendborg zurück. Sie kam sofort zu uns und erzählte, dass sie in Berlin noch versucht habe, bei Recha Freier anzurufen, aber dort nur ihren Ehemann, den Oberrabbiner Moritz Freier, erreicht habe. Der habe gesagt, seine Frau sei verreist. Er wollte nicht sagen, wohin. Er habe von Ricarda nichts gewusst. Weil Ricarda jedoch nicht mehr bei ihr aufgetaucht sei, ging Ruth Berlau davon aus, dass sie mit Recha Freier zusammen abgereist sei. Wahrscheinlich nach München. Vielleicht sogar schon nach Palästina. Palästina hörte sich aus ihrem Mund an wie ein vollkommen unwirklicher Ort.

Die Eltern konnten nun aber nicht bei Kurt-Anselm anrufen – er hat ja kein Telefon und auch seine Eltern nicht.

Mutter, die immer noch Fieber hatte, war nach dem Besuch von Ruth Berlau wild entschlossen, selbst nach Berlin zu Recha Freier zu fahren und dann nach München. Sie war felsenfest davon überzeugt, dass sie herausfinden würde, ob Ricarda bei Frau Freier gewesen und was daraus geworden ist. Ob sie Kurt-Anselm gesprochen hat. Und ob die beiden dann abgereist sind. Die Eltern von Kurt-Anselm müssen ja etwas wissen, sagte sie, und Vater und ich konnten ihr da nicht ganz widersprechen, obgleich es ja leider auch sein kann, dass die Eltern gar nichts wissen, so wenig wie wir. Weil Ricarda vielleicht überhaupt nicht in München war. Aber das brachte keiner über die Lippen. Hinzufahren und für Gewissheit zu sorgen, schien so viel Hoffnung zu versprechen. Bei allem sorgenvollen Überlegen kam es mir vor, als wäre es das Beste, in Bewegung zu bleiben, so als könnten Juden eben doch reisen und ihr Schicksal selbst in die Hand nehmen. Etwas unternehmen und nicht nur abwarten, ob Ricarda sich meldete. Dennoch waren wir uns nicht einig darüber, ob Mutter fahren sollte. Es ist so sehr gefährlich, als verschwunden gemeldete Jüdin wieder in Deutschland aufzutauchen. Was, wenn sie unterwegs in eine Ausweiskontrolle geriet? Wenn die Nazis sie mitnahmen? Genau das aber könnte Ricarda ja auch passiert sein. Es könnte sein, dass sie in Schwierigkeiten steckt. Vater sagte, lieber würde er selbst fahren. Aber Mutter sagte, es lasse ihr keine Ruhe, sie selbst müsse die Eltern oder Kurt-Anselm mit eigenen Augen sehen und sprechen. Sie wollte unbedingt fahren, gleich am nächsten Tag. Vater sagte, Malka, es ist besser, du wirst erst ganz gesund, und ich werde fahren. Aber Mutter sagte, Oz, ich muss.

Und was dann?, fragte ich. Was tust du, wenn sie weg sind? Oder wenn Ricarda allein weg ist? Oder wenn du die Eltern nicht antriffst?

Dann fahre ich nach Triest weiter, sagte Mutter. Es gibt dort Passagierlisten. Ich werde mit eigenen Augen sehen, dass Ricarda auf einer Liste steht. Ricarda Dinkelspiel, Kabine 8. Dann weiß ich, dass sie auf dem richtigen Schiff ist. Und wann sie ankommen wird in Jaffa, das kann ich auch herausfinden. Ankunft fünfzehn Uhr Hafen Jaffa. Das ist eine Tatsache, die wir brauchen. Und dann können wir beruhigt sein.

Glaubt mir, es ist das Beste, wenn ich fahre, sagte Mutter immer wieder. Als müsste sie sich selbst gut zureden.

Jetzt sollte also *dies* das Beste sein. Dabei fühlte es sich noch nicht einmal gut an.

Ich half Mutter dabei, ihre Tasche zu packen. Sie sagte, sie brauche nicht viel, es sei ja nicht für lange, sie komme so rasch wie möglich wieder. Das Fieber stand ihr auf der Stirn in winzigen Schweißperlen, aber sie bewegte sich flink und wirkte beinahe frohgemut.

Die Tante sagte abends noch: Malka, du fährst in das Land Satans, pass auf dich auf.

Und Mutter antwortete: Er wird mir nichts tun können, ich reise aus reiner Mutterliebe, und das ist die stärkste Waffe.

Am nächsten Morgen brachten Vater, Friedrich und ich Mutter zum Bahnhof. Der Zug nach Flensburg war derselbe, mit dem wir im letzten Jahr gekommen sind. Der Schaffner, der aus seinem Fenster schaute, winkte uns freundlich zu. Er schien es nicht eilig zu haben mit seiner Weiterfahrt. Die Sonne kam zwischen den Wolken heraus, die so frisch gewaschen aussahen, und ich spürte für einen kleinen Augenblick, dass sich – abgesehen von allem – ein Frühling mit deutlichen Absichten bemerkbar machte und ich dafür eigentlich wie geschaffen bin. Eigentlich und abgesehen davon – ich musste mich jetzt von Mutter verabschieden.

Vater und Mutter umarmten sich lange, Mutter nahm Friedrich auf den Arm, er bekam Küsse auf die Wangen, und als ich an der Reihe war, fielen wir uns um den Hals und weinten. Da sagte sie: Mein Kind, mein Kind, schluck's Tränle nunda, s'isch no a bissel Schmerz. Das hat sie früher immer zu uns gesagt, wenn wir uns als Kinder wehgetan hatten.

Nur ein bissel Schmerz –!

Jetzt muss es aufgeschrieben werden: Mutter ist nicht zurückgekommen. Es sind jetzt mehr als siebzehn Tage, dass sie fort ist. Wir haben *keinerlei* Nachrichten. Vater hat längst einen Brief an Kurt-Anselm und noch einen an dessen Eltern geschickt (mit Hilgersen als Absender). Keine Antwort bis heute. Grete hat ihrer Schwester in Berlin telegrafiert, dass die sich mit Recha Freier in Verbindung setzt. Die Schwester ist in die Kantstraße gefahren und hat herausgefunden, dass Ricarda wirklich da gewesen ist. Sie sei aber wieder gegangen, als sie hörte, dass es noch daure, bis wieder eine Gruppe der Alijah nach Palästina ausreisen könne. Von Mutter konnte Gretes Schwester uns nichts sagen. Bei Recha Freier soll sie nie angekommen sein.

Wo ist sie geblieben? Warum schreibt sie nicht, ruft nicht bei Vegesacks an? Was ist mit ihr? Ist sie in München? Hat sie es bis Triest geschafft? Sucht sie die Passagierlisten nach Ricarda Dinkelspiel ab? Was ist ihr zugestoßen?

Ich schreibe diese Zeilen mit wildem Herzklopfen, mit jeder Frage schreie ich meine Angst um Mutter hinaus und hoffe, dass irgendwo ein Erbarmen ist, das mich hört und das mir Antwort geben kann. Wir sind Juden und sind nicht ohne Gott.

Vater und ich können es nicht fassen, wir können es nicht fassen, dass wir drei nun allein sind. Ricarda und Mutter, wo sind sie?

Das Beste hoffen müssen. Die Seele aufsammeln jeden Tag. Vater ist sehr still und unruhig zugleich, liest aber immer noch täglich Herrn Vegesacks Zeitung.

Friedrich fragt oft nach Mutter. Dann sage ich jedes Mal: Sie kommt wieder zurück. Was soll er damit anfangen? Er kann mir nicht einfach glauben, weil er nicht begreift, was glauben heißt. Mutter ist nicht mehr da – das ist eine Erfahrung ohnegleichen für ihn wie für mich. Zum ersten Mal machen wir dieselbe Erfahrung. Wir unterscheiden uns nicht. Und auch ich kann nichts begreifen und nichts glauben.

Das Beste hoffen müssen. Die Seele aufsammeln jeden Tag.

Vorhin war ich im Schuppen beim Motorrad. Es steht dort, wieder ganz verstaubt, man müsste es putzen. Vielleicht mache ich das morgen und tanke und fahre los. Vielleicht besuche ich Grete. Sie wird morgen in Skovsbostrand bei den Kindern sein. Das Wetter ist mild und der Frühling ist da.

Wir brauchen auch einen Anemonenstrauß. Und Kerzen.

Epilog

Die Freundschaft zwischen Meret und Grete Steffin vertiefte sich im folgenden Jahr, bis Grete Steffin im Frühjahr 1939 gemeinsam mit Bertolt Brecht und seiner Familie Dänemark verließ und zunächst für ein Jahr nach Schweden, dann nach Finnland überwechselte.

Brecht, der die Katastrophe des Zweiten Weltkriegs schon sehr früh heraufkommen sah, versuchte, für Grete und seine Leute Visa für die USA zu erhalten. Auf ihrer Flucht nach Amerika hielten sie sich in Moskau auf, wo Gretes Tuberkulose sie schließlich so sehr schwächte, dass sie dort im Krankenhaus bleiben musste, während er mit Helene Weigel und den Kindern mit der Transsibirischen Eisenbahn bis Wladiwostok fahren und dort den Dampfer in die USA erreichen konnte. Unterwegs erreichte ihn die Nachricht, dass Margarete Steffin am 4. Juni 1941 verstorben war.

Meret blieb mit dem Vater und Friedrich in Dänemark, das während der Besatzung durch die Deutschen als *Kanarienvogel Hitlers* bezeichnet wurde, da er es als ein Modellprotektorat erscheinen lassen wollte, in dem sich die Nazis »gut« benahmen. In den dreieinhalb Jahren dieser Besatzung – von April 1940 bis August 1943 – gab es eine dänische Regierung, bei der die Nazis keinerlei Mitspracherecht hatten, und auch im Krieg wurde Dänemarks Neutralität akzeptiert.

Dennoch strebte Hitler auch in Dänemark die Endlösung seiner gottlästerlichen sogenannten jüdischen Frage an. Als sich im September 1943 die Nachricht wie ein Lauffeuer verbreitete, dass Deutschland den Befehl erlassen hatte, die Juden

Dänemarks zu deportieren, kam es zu einer beispiellosen Hilfsaktion vonseiten der Bevölkerung. Unzählige Bürger halfen ihren Juden bei der Flucht über den Øresund. Über neunzig Prozent der Juden in Dänemark wurden in der Nacht vom 1. Oktober 1943 mit Ruderbooten nach Schweden gerettet. Dort hatten sich inzwischen Hunderte von Einwohnern vom Ministerpräsidenten bis zum einfachen Ferienhausbesitzer auf die Ankunft der Flüchtlinge vorbereitet. Auch Meret, Oz und Friedrich Dinkelspiel waren dabei. Meret erlebte die Fahrt über den Sund wie den Exodus des Volkes Israel durch das Rote Meer: Ihr war tatsächlich zumute, als würden die Fluten der Vernichtung zurückgedrängt vor ihren Augen, während sie mit acht weiteren jüdischen Menschen unter dem nächtlichen Sternenhimmel auf den Brettern eines Fischerbootes saßen, der mutterlose Friedrich auf ihrem Schoß. In Schweden fassten die drei mühsam, aber entschlossen Fuß. Oz Dinkelspiel fand eine mäßig bezahlte Anstellung in der Verwaltung einer Kunstakademie in Malmö und zog später zu seiner Tochter Meret nach Stockholm. Das Bild von Mitsch-Forch, dessen Werke ab den sechziger Jahren Höchstpreise erzielten, ist bis heute im Besitz der Familie. Meret Dinkelspiel wurde Journalistin, heiratete einen wohlhabenden schwedischen Juwelier aus Dalarna und besaß ein Ferienhaus auf der Schäreninsel Furusund. Sie nahm Friedrich zu sich, der es liebte, sich im Sommer zwischen den Felsen im Wasser zu tummeln, und mit fünfunddreißig Jahren an seiner Herzkrankheit starb. Merets vier Kinder erhielten die Namen Ricarda, Malka, Grete und Oz. Sie leben noch heute in Schweden.

Ricarda Dinkelspiel ist es nach Umwegen über die Türkei und Syrien tatsächlich gelungen, nach Palästina zu gelangen. Ihr Schiff erreichte den Hafen von Jaffa am 10. Mai 1939 nachmittags um drei Uhr. Im Kibbuz *Degania* am See Genezareth arbeitete sie zunächst als Pflückerin auf einer Orangenplantage, später als Lehrerin. Sie heiratete einen jüdischen Architekten aus Breslau, mit dem sie zwei Söhne hatte, Friedrich und Morten, und lebte in Jerusalem. Bis ins hohe Alter hat sie leidenschaftlich Cello gespielt und auch unterrichtet, jedoch nie Bronisław Huberman in Tel Aviv aufgesucht. Mit ihrer Familie in Schweden, die sie 1951 das erste Mal besuchte, hielt sie zeitlebens Kontakt.

Malka Dinkelspiels Schicksal ist unbekannt. Ihre Spuren verlieren sich in Nazi-Deutschland. Dies war ein Kummer, den Meret, Oz und Friedrich tief in sich vergruben.

Die Tante verkaufte nach dem Krieg ihr gelbes Haus und übersiedelte mitsamt einem Salzschüsselchen in ihre zerbombte Heimatstadt Köln. 1969 bekam sie einen Platz im jüdischen Nelly-Sachs-Altersheim in Düsseldorf, in das auch Rose Ausländer einzog, mit der sie bis ins Greisenalter von hundertdrei Jahren einen Tisch teilte.

Morten Hilgersen begann noch mit dreiundsechzig Jahren als Postbote der Gemeinde Svendborg zu arbeiten. Die Freude, Briefe zu bringen, verließ ihn genauso wenig wie das Vergnügen, einen Schnaps zu kippen.

Kurt-Anselm fiel im Zweiten Weltkrieg in Stalingrad. Seine Eltern verkauften seine Geige weit unter ihrem Wert.